© 강영호

**김탁환**

1968년 진해에서 태어나 서울대학교 국어국문학과와 동 대학원을 졸업했다. 장편소설『조선 누아르, 범죄의 기원』,『혁명, 광활한 인간 정도전』,『뱅크』,『밀림무정』,『눈먼 시계공』,『노서아 가비』,『혜초』,『리심, 파리의 조선 궁녀』,『방각본 살인 사건』,『열녀문의 비밀』,『열하광인』,『허균, 최후의 19일』,『불멸의 이순신』,『나, 황진이』,『서러워라, 잊혀진다는 것은』,『압록강』,『독도 평전』, 소설집『진해 벚꽃』, 문학비평집『소설 중독』,『진정성 너머의 세계』,『한국 소설 창작 방법 연구』, 산문집『읽어 가겠다』,『뒤적뒤적 끼적끼적』,『김탁환의 쉐이크』등을 출간했다.

열녀문의 비밀 2

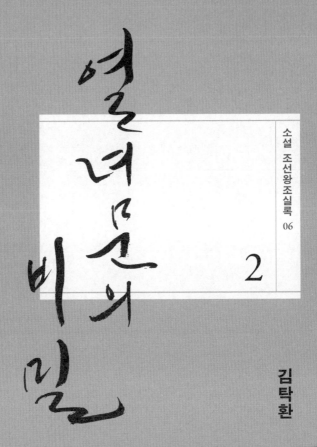

소설 조선왕조실록

06

2

열녀문의 비밀

김탁환

민음사

내아에서 아침상을 받는데 한성 판윤 임명보가 설마령을 넘었다는 연통이 왔고, 숭릉 마시기 전 경기 감사 박훈(朴熏)이 두지진에 내린다는 음서가 닿았다. 자반고등어가 반도 넘게 남았지만 이덕무는 서둘러 호족상(虎足床)을 물렸다.

2년 전 겨울, 어명을 받들어 불운정(拂雲亭, 규장각에 있는 정자) 사장(射場)으로 나아갔을 때 감히 여쭌 일이 있었다.

"왜 내치지 않으시고 중용하십니까?"

박훈은 임명보와 함께 장헌세자(莊獻世子, 사도세자) 폐위에 앞장선 노론 핵심이었다. 아들이 아버지 복수를 하는 것은 당연한 일이다. 세간은 진작부터 피비린내를 맡았는데 창덕궁만 아직도 적요(寂寥)했다. 누군가 손에 더운 피를 묻혀야 한다면 기꺼이 나설 뜻이 있었다.

'자당(自黨) 위해 어심을 흐리고 유한유성(維翰維城, 왕족) 갈가리 찢은 간신배들! 사지 묶어 배 가르고 붉은 죄명 이마에 새겨 넣으리.

전하! 신을 쓰시옵소서. 울분 닿으시는 벽마다 불벼락, 슬픔 흐르시는 길마다 얼음칼, 한숨 머무시는 나무마다 쇠도끼가 되겠사옵니다.'

웅후(雄侯, 왕이 활을 쏠 때 이용하는 과녁, 붉은 바탕에 곰 머리를 그림) 노려보며 하문하셨다.

"네게는 저것이 곰으로만 보이느냐?"

즉답을 못하였다.

"구름 보면 막힘 없이 깨끗한 이유를 따져야 하고 물고기 보면 물 아래 헤엄치며 잠겨 있는 까닭을 살펴야 하느니라."

순간 나는 그토록 자주 막막강궁(莫莫强弓) 잡으시는 심정을 알아차렸다. 뒤주에 가두소서, 폐세자하소서 주청했던 이들을 한 사람씩 과녁에 세우고 유엽전(柳葉箭) 날리셨던 것이다.

'임명보와 박훈의 이마에도 최소한 100발 이상 화살이 박혔으리라. 살이 찢기고 피가 튀었으리라. 의금부 도사인 내가 짐작하는 일을 당상관들이 어찌 모르리. 백발백중 화

살 날리실 때마다 소인배들은 활처럼 긴장하며 진땀 쏟았
으리.'

"한성 판윤과 경기 감사가 동시에 적성으로 행차하는
건 예사로운 일이 아닙니다."

이덕무는 솔잎차를 혀 밑에 머금은 후 가만히 눈을 감았
다. 김진이 이야기를 이었다.

"손님 오신다니 관아를 정결하게 소제하고 서질궤안(書
帙几案)을 방정하게 살핀 후 마중을 나가셔야지요."

이덕무가 눈 감은 채 답했다.

"설마령을 벌써 넘었고 두지진에 내렸으니 예의를 갖추
어 맞이하기는 힘들 듯하네. 그깟 도리 가볍게 무시하고
찾아오는지는 몰라도, 우린 서둘러야겠네."

이덕무는 향청과 질청에 연통을 넣어 오늘 처결할 공무
를 확인한 후 언제라도 달려올 수 있도록 대기하라고 명했
다. 고개 돌려 나와 눈을 맞추었다.

"청전이 설마령으로 지금 속히 가 주게. 판윤 대감과는
구면이니 나 대신 무례를 사죄하고 정성껏 모셔 오게. 화
광은 나와 함께 두지진으로 가세."

"알겠습니다."


말을 타고 아현을 넘어 5리쯤 달렸을까. 야트막한 언덕

길을 돌아드는 한성 판윤 일행이 보였다. 목청 좋은 하인이 갈도(喝道)를 했고 군마 십여 필이 뒤따랐다. 알록달록 채색한 꽃가마가 마지막에 흔들흔들 나타났다.

속히 말을 달려 나아갔다. 임명보가 내 얼굴을 확인하고 멈춰 섰다. 나는 열 걸음 앞에서 말을 내려 읍을 했다.

"어서 오십시오, 대감!"

임명보 입가에 묘한 웃음이 흘렀다. 살쾡이를 닮았다.

"이 도사 아니오? 반갑소이다."

임명보는 아주 천천히 내리더니 급할 것 없다는 듯 말목을 두 번 토닥거렸다. 내가 적성에 있다는 사실을 모르기라도 했던 것처럼.

꽃가마를 내려놓은 가마꾼들이 어깨를 번갈아 두드려 댔다. 저 가마에 얌전히 앉은 여인을 알 듯도 했다. 밖으로 나와 인사 건넬 만도 한데 버선코도 보여 주지 않는다.

'꽃가마에 해어화 탔으니 화중화(花中花)로다.'

"현감은……?"

"경기 감사 영감이 오신다는 전갈을 받고 두지진으로 가셨습니다."

"내천(內川, 박훈의 호)이 온다고?"

임명보 얼굴에 놀라는 빛이 스쳤다. 한성 판윤과 경기 감사가 미리 연통을 주고받은 것은 아닌 듯했다. 나는 몸을 왼편으로 틀며 청했다.

"따르시지요. 엇비슷한 때에 관아에 닿을 듯합니다
만⋯⋯."

"알겠소."

다시 말에 올랐다.

일행과 떨어져 저만치 혼자 앞장을 서고 싶었지만, 임명
보는 정담이나 나누자며 다가섰다. 뒤따라오는 꽃가마에
자꾸 눈이 갔다.

"종부 일은 잘 되고 있소?"

'역시 그 때문인가. 독락정에서 유음(幽陰, 으슥한 그늘)을
틈타 청탁한 것으로도 모자라 직접 왔는가, 임 참판이 도
와달라 음신이라도 띄웠는가.'

"곧 마무리할 겁니다."

슬쩍 큰소리치며 임명보 표정을 살폈다. 툭 튀어나온 눈
두덩과 말고삐를 쥔 손이 동시에 떨렸다.

"그래요? 역시 이 도사답소이다. 좋은 소식 있겠지요?"

"글쎄요. 무엇이 좋고 무엇이 나쁜지 모르겠습니다. 소
장은 김 씨 행적을 모아 탑전에 개신(開申, 기록하여 보고하는
것)할 뿐입니다. 정려하는 문제는 전하께서 따로 명하시겠
지요."

"나도 거실장문(擧實狀聞, 사실에 근거하여 왕께 아룀)하기만

을 바랄 뿐이라오."

능구렁이처럼 넘겨짚는 콧잔등을 말벌처럼 쏘아 주고
싶었다.

"혹시 김 씨가 패관기서(稗官奇書)를 탐독하였다는 풍문
듣지 못하셨는지요?"

"금시초문이외다."

"야소교도들이 적성을 오간다는 풍문은요?"

"대체 무슨 소릴 하는 게요? 적성은 대대로 향청과 향교
를 중심으로 공맹의 가르침을 충실히 따르는 고을이라오.
다시는 그딴 망언 마시오."


경기 감사 박훈은 벌써 도착해 있었다. 관아에 닿으니
이덕무와 함께 동헌 앞마당에서 연못 구경을 하던 박훈이
반갑게 오른팔을 들며 성큼 나아왔다. 넓은 볼과 각진 턱
은 서책을 닮았다. 임명보가 먼저 인사를 건넸다.

"내천! 적성에서 만날 줄은 몰랐소이다."

박훈도 화답했다.

"적성이야 제 관할이니 응당 둘러봐야지요. 판윤 대감께
서 이곳까지 출타하시다니 뜻밖이군요. 구상(鳩像, 손잡이를
비둘기 모양으로 조각한 지팡이. 흔히 노인들이 들고 다님)에 의지
하지도 않고 설마령을 거뜬히 넘을 만큼 정정하시니 기쁩

니다."

임명보가 이덕무를 곁눈질했다.

"도성 방비를 튼실하게 하려면 양주와 적성 일대가 편
안해야지요. 온아(溫雅) 평담(平澹)한 형암이 적성에서 얼마
나 공무를 훌륭히 보는지 궁금하기도 했고요. 무엇보다 소
갈 들린 늙은 몸이 자꾸 좋은 시만 골라 쪽잘쪽잘 씹으려
해서 도움도 청할 겸 왔소이다."

이덕무가 짧게 답했다.

"잘 오셨습니다. 자, 안으로 드시죠."

임명보가 상석에 앉고 좌우에 박훈과 이덕무가 자리를
잡았다. 김진과 나도 말석에 끼었다. 점심상을 받기엔 이른
시각이었기에 향청에서 특별히 준비한 귀계장(歸桂漿, 당귀,
녹각, 꿀 등으로 만든 귀한 차)을 마셨다.

"형암! 금문대루(金門待漏, 내직)에만 머물다 적성으로 오
니 어떠하오? 경기도 땅이라 해도 도성 안과 밖은 매우 다
를 터."

이덕무가 시선을 내린 채 답했다.

"지세 비록 궁벽하나 현민이 어질고 풍속이 돈방(惇厖,
인정이 두터움)하여 공무를 보는 데 큰 어려움이 없습니다."

박훈이 끼어들었다.

"지나친 공손입니다. 원종(袁鍾, 원굉도와 종성)을 능가하

는 형암의 학덕이야 천하가 알지요. 종이품 감사를 맡아도 부족할 텐데 종육품 현감에 머물러 있자니 갑갑증이 날 겁니다. 형암은 어려서부터 만리장성에 올라 천하를 살피고 싶어 했다 들었소. 대국을 휩싸고 도는 큰 바람에도 관심이 많고요. 기(蘷, 비바람을 일으키는 상상의 동물)를 잡아 그 바람의 선후를 살피겠다고 했다면서요?"

비아냥이 문장 사이에 숨어 있었다. 이덕무는 박훈이 놓은 덫을 거들떠보지도 않았다.

"소생 같은 천학 비재를 규장각 검서관으로 등용하시고 또한 외직까지 맡기신 성은에 황감할 따름입니다. 허리에 찬 해낭(亥囊, 정월 해일에 왕이 내리던 비단 주머니)과 품 속 납약을 사시사철 꺼내 보며 전하의 크신 은혜를 우러른답니다. 대국 나들이 역시 큰 보살피심 덕분이지요."

이덕무가 동요 없이 상경(常經, 항상 지켜야 할 도리)을 밝히자 박훈은 다시 준비할 덫이 마땅치 않았다. 임명보가 눈자위를 떨며 박훈을 도왔다.

"임 참판 일은 어찌 되고 있소이까?"

"아직 심찰 중입니다."

박훈이 끼어들었다.

"임문 종부를 말씀하시는 겁니까? 열녀 품신을 청하는 글이 적성현에서 경기 감영으로 올라왔을 때 나도 자세히 읽어 보았소이다. 문재가 출중하고 품행이 정숙하며 남편 그리는 정이 매우 깊었더군요. 지아비와 쇠문(衰門, 쇠퇴하여 기운 가문)을 위한 정성 또한 갸륵하던데, 아직도 열녀문을 세우라는 하교가 내리지 않았습니까?"

나는 이덕무보다 먼저 목에 힘을 주었다.

"상구힐의(詳究詰議, 세밀히 구명하고 끝까지 따져 철저히 처리함)하여 한 점 의심도 없게 하라는 어명이 계셨습니다."

"주밀히 살피는 것도 좋지만 지나치게 시일을 끌진 마오. 참판 부부 심정도 헤아려야지요. 2년 전 장남 잃고 정월 초하룻날 총명하고 후덕한 맏며느리까지 자진하였으니, 관흉국(貫匈國, 가슴에 구멍이 뚫린 사람들 나라) 사람이 따로 없을 게요. 열녀문을 빨리 세워 비통함을 위로하는 것이 옳다고 봅니다."

김진이 다시 반박하려는 나를 눈짓으로 만류했다. 볼에 잔뜩 바람을 넣은 채 고개를 숙였다. 임명보가 말머리를 돌렸다.

"형암도 바쁠 테니 긴 이야긴 하지 않겠소. 내가 이곳에 온 건 적성 향청에서 도와달라 간곡한 쌍리를 보냈기 때문이라오."

"향청에서…… 무엇을 도와주십사 했는지요?"

이덕무는 이미 각오한 듯 침착하게 물었다.

"형암이 더 잘 알지 않소? 수령이 향청 도움을 얻지 않고는 고을을 다스리기 힘들다오. 물론 제 잇속만 채우고자 수령을 괴롭히는 향청이 몇몇 있는 건 아오만, 적성 향청이 그런 흉측한 곳은 아니지 않소? 좌수 최벽문은 시문이 장엄하고 품성이 간묵(簡默)하여 도성에까지 그 이름이 알려진 위인이고, 향안에 오른 면면도 형암에게 해악을 끼칠 사람은 없다오. 왜 이렇듯 향청과 척(隻)을 지려 하시오? 마음에 들지 않는 일이 있다 해도 처음 1년 정도는 향청에 의지하도록 하오. 형암이 천 가지 장점을 지녔더라도 향청에 한 가지 장점이 있으면 찾아가 구하는 것이 또한 학인이 마땅히 추구할 길 아니겠소. 고을 현황을 충분히 파악한 후엔 뜻대로 해도 좋소만, 처음부터 이렇듯 강다짐하면 아무리 형암이라 해도 큰 낭패를 보고 거하(居下, 근무 평점에서 최하위)를 면치 못할 게요."

박훈이 헛기침을 하며 이덕무를 더욱 몰아세웠다.

"뭔가 해 보려는 형암 뜻은 아오. 맑은 사람이 처음 외직에 나가면 의욕을 품기 마련이지. 하나 자칫 서둘다가는 일을 그르친다오. 나도 솔직히 말하리다. 내가 온 까닭은 임진강을 끼고 있는 여러 나루의 객주들 부탁을 받아서라오."

이덕무는 이번에도 침착하게 물었다.

"객주들이 어떤 청을 하였는지요?"

"두지진 객주에게 장세를 새롭게 책정하고 물품이 나고 드는 문서를 더욱 꼼꼼히 살피겠다고 밝힌 적이 있소?"

"있습니다."

"장세를 새로 정하는 건 적성 고을만의 문제가 아니오. 경기도 일대 다른 나루 객주들까지 불안해하고 있소이다. 같은 새경이면 과붓집 머슴살이라 할 만큼 이문에 밝은 사람들이오. 이문이 줄까 염려하여 물품 도환(倒換, 교환)을 줄이기라도 하는 날에는 경기도 백성은 물론 왕실과 조정까지 힘들어진다는 걸 왜 모르시오? 이런 일을 벌일 때는 경기 감사인 나와 먼저 상의를 했어야지."

"장세 걷는 일은 각 고을 수령이 관장해 왔지 않습니까? 감영에 그 금액과 횟수를 허락받은 적은 없다 알고 있습니다만."

박훈이 평평한 턱을 횡으로 흔들며 답했다.

"그건 지금까지 객주와 경기도 각 고을 수령이 구순하게(의가 좋아 화목하게) 지냈던 탓이오. 이렇듯 다투기 시작하면 내가 나설 수밖에 없어요. 우선 장세를 다시 책정하겠다는 뜻을 거두시오. 두지진 객주를 다독여 춘풍화기(春風和氣)로 품어 주오."

임명보가 덧붙였다.

"향청이 맡아 왔던 일도 당분간 존속시키는 게 좋겠어

17

요. 뜻이 넘치면 행실이 부실한 법 아니겠소?"

나는 더 이상 참을 수 없었다. 임명보와 박훈의 말은 명
백한 위협이며 나라 법과 예의에도 어긋난 간섭이다. 두
주먹을 불끈 쥔 채 불뚝성을 냈다.

"감히 한 말씀 드리고자 합니다. 적성 고을 일은 현감께
맡기십시오. 객주든 향청이든 공무에 방해가 된다면 얼마
든지 꾸짖고 벌할 수 있는 겁니다. 두 분 대감께서 향청과
객주 말만 듣고 오셔서 감 놔라 배 놔라 하실 수 있는 겁니
까?"

의심 한 줄기가 밀려들었다. 혹시 이들이 향청이나 질청
을 돕기 위해 나와 김진을 급습한 것이 아닐까. 한성 판윤
이나 경기 감사 정도라면 충분히 독화살로 무장한 자객을
보낼 수도 있다. 생각이 거기까지 미치자 더욱 화가 치솟
았다.

박훈이 크게 한숨을 내쉬며 거적눈을 치떴다.

"어허, 감 놔라 배 놔라라니? 내가 경기 감사란 걸 잊었
소? 경기도 각 고을을 살피는 건 경기 감사 본연의 공무외
다."

임명보도 도끼눈을 떴다.

"아무리 종친이라 해도 말을 가려 하오. 우린 형암이 걱
정되어 조언하는 것뿐이오."

김진이 마음을 가라앉히라며 눈을 끔쩍거렸지만 나는 못 본 체하며 다시 받아쳤다.

"조언도 조언 나름이지요. 곁방살이 주인 눈치도 보지 않고 코곤다더니…… 이건 협박이에요. 자꾸 이러시면 소장 오늘 보고 들은 바를 소상히 적어 탑전에 올릴 겁니다."

"나가 있게."

명령을 내린 이는 뜻밖에도 이덕무였다.

"혀, 형님!"

"나가 있으래도."

이덕무 얼굴에 노기가 가득했다.

나는 이덕무가 개 꾸짖듯 화를 내는 걸 본 적이 없었다. 공손함으로 욕을 피하고 청렴함으로 화를 면하며 살아온 그가 아닌가. 이러지도 저러지도 못한 채 가슴이 뻥 뚫린 것처럼 정처 없는 내 팔을 김진이 잡아끌었다.

어떻게 객사까지 왔는지 몰랐다. 김진은 곧 다시 동헌으로 들어갔으므로 나 혼자 마음 닿는 대로 걸음을 옮겼다.

"뭘 그리 삼사(三思, 깊이 생각함)하시는지요?"

정신을 차려 보니 뒤란이었다. 크고 작은 독들이 모인

장독대 아래로 우물이 있었다. 계목향이 버들잎 띄운 종굴박(작은 표주박)을 내밀었다.

"어서 한 모금 쭉 드세요."

계목향을 쳐다보았다. 하얀 앞니 살짝 드러내며 고개를 끄덕인다. 종굴박을 받아 벌컥벌컥 들이켰다. 시원한 기운이 식도를 타고 손끝 발끝까지 휘돌았다. 황망함과 분노가 한결 가라앉았다.

"여기서, 무얼 하고, 있었소?"

"나리를 기다렸어요."

계목향이 짧게 답했다.

"나……를?"

"언니 일이 궁금하여 견딜 수가 있어야지요. 대감을 졸라 동행한 거랍니다."

김아영을 친언니처럼 따랐던 계목향이니까 그럴 만도 했다.

"안색이 안 좋으세요. 불편한 데라도 있으신지요?"

"아니오."

고개를 들고 계목향을 뚫어지게 쳐다보았다.

한여름 길을 나섰기 때문일까. 주근깨가 조금 더 늘었다.

'김아영 생시에도 오늘처럼 꽃가마 타고 설마령 넘어 만나러 왔겠지? 두지강가에 서서 그동안 읽은 소설 속 여주

인공 이름을 주거니 받거니 띄웠으리.'

계목향은 살짝 고개 돌리며 눈을 간잔조롬하게 뜨고 물었다.

"왜 그리 빤히 쳐다보세요?"

"혹시, 남영채, 아오?"

"남, 영, 채? 잘 모르겠어요. 누구죠?"

"소광통교에서, 지전을 하는, 남동소, 외동딸이라오."

"소첩이 왜 그 낭자를 알고 있으리라 짐작하시는 건가요?"

계목향은 고개를 갸웃거리며 나와 눈을 맞추더니 시선을 조금 내리며 답했다.

"야소, 교도라오."

"야소교도! 야소교도를 왜 소첩에게 물으세요? 이상한 일이네."

계목향은 어깨를 간들간들 흔들며 물었다. 나는 더 이상 돌려 말하지 않기로 했다.

"김 씨와 함께, 야소를, 믿었다 했소."

"언니와 함께?"

계목향이 갑자기 풋, 웃음을 터뜨렸다.

"왜, 웃는 게요?"

"미, 미안해요! 삼일 안 새색시도 웃을 말씀을 하셔서.

나리! 지금 언니를 야소교도로 모는 건가요? 언니가 야소교도였으니 너도 야소교도가 아니냐 추궁하시는 건가요?"

"⋯⋯김 씨가, 야소교도란 걸, 몰랐소?"

계목향이 정색을 하고 답했다.

"어디서 무슨 말씀을 들으셨는지 모르겠지만, 언니는 야소교도가 아니에요. 참판 댁 종부가 패서(稗書, 시중에 떠도는 여러 이야기를 모은 책)를 좋아하는 게 특이한 일이지만 야소교도라뇨? 당치도 않아요."

"『야소경』을 읽거나 이상한 노래 부르는 모습, 본 적 없소?"

"없어요. 야소교도가 아닌 언니가 왜 그런 서책을 구해 읽고 노래를 부르겠어요? 나리가 아직도 적성에 계신 까닭을 이제야 알겠네요. 언니가 평범한 양처(良妻)와 다른 건 사실이죠. 평범했다면 집안을 일으키지도 못했을 테니까요. 언니가 객주를 드나들었다는 건 아셨죠? 그런 몇몇 기이한 언행을 추악한 사교와 연결시킬 법도 해요. 세상엔 남 잘되는 꼴을 못 보는 이들이 많으니까요. 하지만 실망이네요. 나리까지 야소교도니 뭐니 하며 기연가미연가 언니를 의심하고 게다가 소첩까지 야소교도로 모시다니요. 정말 언니가 야소교도였다면 의자매인 소첩에게 말씀하지 않았을 리 없지요."

복잡한 심사가 오장을 뒤집는 듯했다.

'계목향이 진실이고 남영채가 거짓을 이야기한 것이라면? 아니다, 그럴 리 없어. 동굴에서 만난 외거 하인들은 분명 김아영을 통해 야소교를 접한 이들이다. 계목향은 김아영이 야소교도란 걸 알면서도 거짓말을 하는 걸까? 아니면 계목향에게만은 자신이 야소교도란 걸 숨긴 걸까?'

"제발 도청도설(道聽塗說, 소문을 듣고 그대로 말함) 마세요. 범인들이 퍼뜨린 헛소문일지도 몰라요."

계목향이 일침을 더했다. 나는 잠시 이 문제를 접어두기로 하고 말머리를 돌렸다.

"소설은 마무리 지었소? 『별투색전』 말이오."

"아직……. 세책방에서 소설을 계속 빌려 읽고는 있는데 쉽지가 않네요. 혹시 『별투색전』을 멋지게 마무리 지을 이야기가 떠오르시면 꼭 소첩에게 가르쳐 주셔야 해요."

계목향 이마에 입 맞추고 싶었다.

고운 여인이다. 황진이는 제 뜻에 따라 사내를 골랐다는데, 계목향 이 푸르디푸른 꽃이 한성 판윤 임명보 곁에 머무는 까닭은 무엇일까.

부끄럽게 떨어진 마음을 주워 담았다.

"김 씨 일이 궁금하여 따라왔던 게요? 내게 따져 물으려고?"

"그것도 있고…… 이포진에 가서 뱃놀이나 할까 하고요."

"뱃놀이라! 왜 하필 이포진이오?"

계목향의 치켜뜬 검은자위에 쓸쓸함이 맺혔다.

"언니가 그랬거든요. 격기(膈氣, 가슴이 답답한 증세)가 있으면 이포진에 나간다고. 높은 산 흐르는 물은 천 편의 시와 같으니 그 강에 배 띄우고 언니 원혼 달래는 노래나 한 곡조 하렵니다. 「산유화」든 「절명사」든."

임명보와 박훈은 점심상도 받기 전에 자리를 떴다. 임명
보는 계목향과 나란히 이포진으로 향했고 박훈은 도성에
약속이 있다며 설마령을 넘었다.

점심상을 물릴 즈음 반가운 손님이 당도했다. 야뇌 백동
수가 날개 돋친 범처럼 관아 대문을 걷어차고 들어선 것
이다.

"사나흘이면 충분한 일을 여태 아퀴(일의 갈피를 잡아 마무
르는 끝매듭) 짓지 못하고 무엇들 하고 있는가? 열녀인가 아
닌가를 가리는 일이 무에 그리 힘들어? 나 같으면 벌써 일
다 마치고 감악산이나 유산(遊山)하며 나무 그늘에 개 팔자
로 지냈겠네. 화광 자넨 다 좋은데 그 짚고 짚고 또 되짚는
버릇이 문제야. 뜻을 정한 후엔 곧장 처결하면 그만인데,

이리저리 용백국(龍伯國, 거인들이 사는 나라) 사람처럼 긴 그림자 피하며 물덤벙술덤벙 줏대 없이 오래도 돌아다니지.”

관옥(冠玉) 같은 김진은 웃기만 하고 이덕무도 말을 아꼈다. 결국 호걸지사에게 능갈치는 것은 내 몫이었다.

“아뇨 형님! 그렇게 간단한 문제가 아닙니다. 종사한 김씨 언행을 처음부터 하나하나 확인해야 하니까요. 여러 사람을 탐문하여 생전 모습을 살피자니 시일이 걸리는 겁니다.”

“느루 잡아 꼼꼼히 살피는 것도 좋지만 모든 일을 개미굴 파듯 하나하나 따질 필요는 없으이. 경험이 많을수록 의심하고 놀라는 일이 줄어들게 마련일세. 이번 일은 누가 보든지 명명백백하네. 남편 잃고 2년 동안 봄 구름 같은 슬픔에 젖어 있던 정숙한 아내가 가세를 회복한 후 목숨을 끊은 거라네. 혹시 이곳에 와서 다른 물증이라도 찾았는가? 타살이라든가, 남편을 따라 죽은 것이 아니라든가 하는 물증 말일세.”

“찾지 못하였습니다.”

“찾지 못한 것이 아니라 물증 자체가 없는 것이겠지. 지금까지 조사한 걸 당장 적어 올리라는 하명이 계셨으이. 오늘은 나돌아 다니지 말고 초를 잡아 보도록 해.”

김진이 말했다.

“그와 같은 하명은 선전관을 보내도 되는 일입니다. 형님께서 직접 오신 연유를 알고 싶습니다."

백동수가 김진을 보며 피식 웃었다.

"화광, 자넬 속이진 못하겠구먼. 전하께선 자네들이 곤란한 지경에 빠지지는 않을까 걱정하셨네. 적성에 머물며 보살펴 주라 하셨으이. 이제 걱정 말게. 백동수가 왔으니 누가 감히 자네들을 건드리겠는가?"

나는 기분이 무척 상했다. 김진과 이덕무야 마음으로 하락(河洛)을 탐구하고 입으로는 단상(彖象)을 외며 아리따운 세상을 시축(詩軸)에 가득 담는 서생이지만, 나는 당당히 무과에 급제한 의금부 도사다. 누구 보호를 받을 처지가 아닌 것이다.

"헛걸음하셨군요. 아무도 우릴 위협하거나 방해하지 않았습니다. 적성은 참으로 평화로운 고을이니까요."

김진은 나와 생각이 다른 듯 양팔을 들어 반겨 맞는 시늉을 했다.

"참으로 잘 오셨습니다. 그렇지 않아도 야너 형님 같은 분을 보내 주십사 청을 올릴 작정이었습니다. 전하께서 미리미리 살피시고 형님을 보내셨군요."

칭찬에 인색한 김진이 추켜세우자 백동수도 기뻐하는 기색이 역력했다.

"암, 이젠 아무 염려 말게. 자네들이 탑전에 올릴 글을 짓고 다듬는 동안 난 뭘 하지? 매형! 상수역에서 듣자 하니 기생 점고도 하지 않으셨다며?"

이덕무가 천천히 고개를 끄덕였다.

"매형은 그게 문제라니까. 꽃 본 나비가 그저 가랴. 열 여자 마다하는 남자 있으면 나와 보라고 그래. 적당히 품을 땐 품어야지. 그렇게 맑디맑아서야 어디 물고기들이 제대로 돌아다닐 수 있겠소? 매형 시문이 문원(文苑)의 깊은 수풀이요 학해(學海)의 허허바다(끝없이 넓은 바다)임은 내 인정하오만, 꽃자리 좁아도(마음이 좁고 옹졸함) 정도껏 하셔야지."

이덕무가 답했다.

"여긴 자그마한 고을일세. 처남이 우릴 만나러 도성에서 왔다는 것도 곧 소문이 날 걸세. 이미 적성 사람들이 다 알고 있는지도 모르네. 제발 언행을 조심하게. 처남 힘 빌리지 않더라도 적성은 내가 알아서 다스리도록 하겠으이."

백동수는 손사래를 치며 말했다.

"매형이 탁주 받아 줄 거라곤 기대도 하지 않았소이다. 매형 하는 일이 그렇지 뭐. 담헌 선생이 살아 계셨더라면 가야금 곡조에 푸욱 젖으며 탁주 사발 단숨에 들이킬 수 있을 텐데. 풍류 아는 인간들은 다 어디로 가 버렸나?"

김진이 백동수에게 청했다.

"아뇨 형님이 꼭 해 주셨으면 하는 일이 한 가지 있습니다. 아주 중요한 일입니다."

백동수 눈이 번쩍 뜨였다. 지루함을 단번에 날릴 수 있는 일이라면 무엇이든 좋았다.

"뭔가? 당장 하지."

"약조부터 해 주십시오. 소생이 드리는 부탁이 바로 납득되지 않으시더라도 믿고 따라 주실 수 있겠습니까?"

백동수는 잠시 김진 얼굴을 쳐다보았다. 납득이 되든 아니 되든 방바닥 긁는 것보다는 나을 것이다.

"알겠네. 그리 하겠네."

"좋습니다. 그럼 참판 댁에 가서서……."

"가서?"

"향이란 아이를 잡아 오십시오. 죽은 김 씨 몸종입니다. 가장 가까이에서 모셨던 아이지요."

"겨우 계집종 하나를 잡아 오라, 이 말인가?"

실망하는 빛이 역력했다. 건장한 사내 열 명과 싸워도 어깨 힘이 풀릴까 말깐데, 계집종 하나를 잡아 오라?

"그 아이가 혹시 김 씨를 죽이기라도 했는가?"

"이번 조사를 마무리 짓기 위해선 그 아이를 잡아 가두어야 합니다. 향이를 잡아들이겠다고 하면 하인들이 형님을 막아서고, 심할 경우 덤벼들지 모릅니다."

백동수의 표정이 다시 밝아졌다. 한판 멋지게 싸울 수 있을지도 모른다.

"걱정 말게. 그깟 하인들 백 놈이 달려들어도 한주먹에 날려 버릴 수 있어."

김진이 고개를 저었다.

"능한 매는 발톱을 감추는 법이지요. 절대로 주먹을 휘두르진 마십시오. 참음으로 노여움을 견제하면 실패할 일이 없는 법입니다. 대신 호통을 치셨으면 합니다."

"주먹을 휘두르지 말고 호통을 치라?"

"그렇습니다. 그곳 사람들이 내남없이 들을 수 있게 큰 소리로 외치십시오. '몸종 향이가 큰 죄를 지었으므로 잡아가는 것이다. 내일 아침 한양 의금부로 압송하여 문초할 것이다. 열녀 정려에 관한 일은 향이에 대한 문초가 끝난 후 다시 살피도록 하겠다.' 아시겠습니까? 내일 아침 의금부로 압송한다는 대목을 강조하여 두 번 세 번 반복하셔도 좋습니다."

백동수가 갑자기 말머리를 돌렸다.

"목청 아프게 외칠 필요 있을까? 내가 가서 참판 형님을 만나겠네. 참판 임호 그 형님이 문과에 급제하기 전 나와 씨름을 한 판 겨룬 적 있다네. 글공부나 하는 서생치곤 참으로 강단졌네. 내가 이기긴 했지만 땀깨나 흘렸으이. 그날

바로 우린 형 아우가 되었지. 나보다 다섯 살 위인 그가 형, 내가 아우, 이렇게 말일세. 형님을 만나 향이를 데려가겠다고 하면 간단하게 끝날 일이야. 목청 높일 이유가 없단 말이지. 조용조용 데려오겠네."

나도 백동수 의견에 찬성했다. 다툼 없이 향이를 데려올 수만 있다면 고함을 지를 까닭이 없다. 김진은 고집을 꺾지 않았다.

"아닙니다. 참판 대감 뵙기 전에 향이부터 잡으십시오. 꼭 큰소리로 호통을 치셔야 합니다. 그럴 뜻이 없으면 가지 마십시오."

백동수는 불만이 가득 찬 얼굴로 고개를 끄덕였다.

"알겠네. 그리 함세."

오시(낮 11시)쯤 객사를 나선 백동수는 미시(1시)가 되기도 전에 향이를 앞장세우고 돌아왔다. 향이는 고개를 푹 숙인 채 오들오들 떨며 걸음을 내디뎠고 백동수는 하늘을 바라보며 콧노래를 흥얼거렸다. 호랑이 앞에 토끼라고나 할까. 백동수는 김진을 보자마자 실팍한 주먹을 쥐어 보였다.

"호통을 쳤다네. 처음엔 하인 몇 놈이 앞을 막아섰지만 큰소리로 꾸짖자 물러서더군. 때마침 참판 형님이 대문으로 나와 일이 식은 떡 떼어 먹듯 끝났으이……. 화광, 나도 부탁이 하나 있네."

김진이 웃으며 물었다.

"무엇입니까?"

"다시 참판 형님 댁에 가면 아니 될까? 그 집 종부를 조사 중인 줄은 아네만, 모처럼 아우를 만났으니 술이라도 한잔 들자고 해서 말일세. 아직 점심도 먹지 못했다네."

김진이 선선히 응낙했다.

"그리 하시지요. 오랜만에 만나셨으니 술도 드시고 오래오래 놀다 오십시오. 하룻밤 유하시는 것도 좋겠네요. 저희들은 내일 아침까지 탑전에 올릴 글을 마무리 지어 놓겠습니다."

"그리 해도 되겠는가? 고마우이. 역시 자넨 사내들의 농밀한 정을 아는군. 그럼 다녀옴세. 아침에 보세."

똘이가 찾아온 것은 다음 날 어둑새벽이었다.

동이 트지도 않은 시간에 객사 담을 넘어 들어왔던 것이다. 인기척을 느끼고 눈을 뜨니 똘이는 벌써 윗목에 꿇어앉았고, 김진은 눈을 지그시 감은 채 이야기를 듣고 있었다. 나는 이불을 걷고 몸을 일으키려다가 벽을 향해 돌아누웠다. 자는 척하고 두 사람 대화를 듣는 쪽이 낫겠다는 생각이 들었던 것이다.

"향이는 아무 잘못도 없습니다. 잡아가시려거든 소인 놈을 잡아가십시오."

김진이 차가운 목소리로 답했다.

"잘못이 있는지 없는지는 금오에 가서 문초를 하면 드러날 일이다. 죄인을 문초하는데 어찌 사람을 바꿀 수 있겠느냐? 어림없는 소리 말고 썩 물러가렷다."

"향이는 벌레 한 마리도 제 손으로 죽이지 못하는 착한 아이입니다. 새아씨를 깊이 존경하며 정성을 다하여 모셨고 언제나 순종하면서 제 할 일만 묵묵히 하였지요. 향이가 나리께 무슨 말을 하였는지는 모르겠으나 그건 향이 진심이 아닐 겁니다. 향이는, 우리 향이는……."

김진이 말허리를 잘랐다.

"진심이 아니라니? 향이가 내게 거짓말이라도 하였다는 게냐? 착한 아이가 거짓말을 해?"

"거짓말을 아뢴 게 아니라 새아씨에 대한 그리움을 절반도 드러내지 못했다는 말씀을 올리는 겁니다. 저희 같은 배워 먹지 못한 아랫것들은 다 그렇습죠."

김진이 웃으며 비꼬았다.

"너는 예외인 것 같구나."

"향이는 소인 놈이 잘 압니다. 무엇 때문에 그 아이를 잡아들이셨는지는 모르겠지만, 그건 모두 오해이거나 모함입니다."

"허어, 말이 지나치구나. 향이를 잡아들인 게 큰 잘못이다, 이 말이냐? 네가 지금 나를 가르치려 드는 게야?"

"……."

나는 다시 돌아누웠다. 똘이 얼굴을 살펴보고 싶었기 때문이다. 김진이 말을 이었다.

"잘 들어라. 향이를 잡아들인 건 죽은 새아씨 시신을 최초로 발견한 사람이기 때문이다. 참판 대감과 말씀 나눈 후 곧바로 잡아들였어야 하는데 이런저런 문제를 검토하느라 늦어졌을 뿐이다. 향이는 한양에 갔다가 아씨가 죽은 후에야 돌아왔다고 거짓말까지 했느니라. 이래도 향이를 잡아들인 것이 잘못이라고 하겠느냐? 한양에 갔다는 것도 믿기 힘드니라."

똘이가 아랫입술을 물어뜯었다. 두 눈에는 초점이 없었고 억울함을 삭이기 벅찬지 어깨까지 떨렸다.

"아닙니다. 분명 향이와 소인은 한양에서 만났습니다. 대문을 고쳐야 한다고 안방마님께서 소인 놈을 한양으로 보내셨습죠. 이건 안방마님께 확인하면 아실 겁니다. 향이는, 우리 향이는 아마 무서워서 그랬을 겁니다. 새아씨를 지켜 드리지 못한 잘못 때문에 가슴 아파 그랬을 겁니다. 소인 놈은 향이와 하루 더 한양에서 놀다 가고 싶었지만 향이는 새아씨 걱정에 밤길을 달려 적성으로 돌아갔습니다요. 설마령에서 잠시 쉬었다 가자는 것도 뿌리쳤습죠. 덕분에 해도 뜨기 전에 적성에 닿았습니다. 대감마님도 새아씨도 기침하시기 전이었습니다. 소인 놈은 향이 등을 떠밀며 잠시 눈이라도 붙이라고, 새아씨 기침하시면 곧 깨워 주겠노라고 다짐했습죠. 잠 한숨 못 자고 뛰다시피 설마령을 넘은 향이가 안쓰러웠거든요. 향이는 새아씨 방문 앞에서 잠시 졸면 그만이라 했지만 소인이 막았습니다. 혹시 잘못해서 감환이라도 걸리면 어쩌나 해서요. 향이는 새아씨 기침하시면 꼭 깨우라 당부하곤 자기 방으로 들어갔습니다. 소인도 언 몸 녹이려 잠깐 방에 갔더랬는데…… 아마 깜빡 졸았던가 봅니다. 퍼뜩 눈을 뜨니 날이 훤히 밝았더군요. 서둘러 마당으로 나왔습니다. 새아씨는 시집오신 후 언제나 어둑새벽에 기침하셨지요. 혹시나 싶어 새아씨 방을 기웃거렸습니다만 전혀 인기척이 없었습니다. 섬돌 위까지 다가섰지요. 그때 갑자기 방문이 확 열리고 작은되련님이 나오셨습니다.”

“임거선이 나왔다고?”

“되련님은 다급한 목소리로 말씀하셨습니다. ‘빨리 의원을 데려와. 조 의원을!’ 소인 놈은 정신없이 두지진을 향해 달렸습니다. 향이를 깨울 틈도 없었지요. 두지나루까진 그럭저럭 갔는데 조 의원 댁을 찾기 힘들었습니다. 약을 받아 오는 일은 향이가 도맡아 했거든요."

김진이 끼어들었다.

"나루에서 어부들에게 물어보면 되지 않나?"

"그랬습죠. 어부들에게 물어물어 겨우 조 의원 댁을 찾았습니다. 의원을 모시고 왔지만 새아씨는 돌아가신 뒤였습니다. 새아씨 방문 앞에 엎드려 엉엉 곡하던 향이가 소인 놈에게 울음 섞인 원망을 했습니다. 잠자기 싫다는 사람 왜 억지로 자고 했냐고요. 그때 바로 새아씨께 갔더라면 막을 수도 있었을 거라고요. 이제 아시겠습니까? 향이는 새아씨가 돌아가신 후에 당도한 거나 마찬가집니다. 지난번 향이가 나리들 뵈러 간다기에, 혹시 그 아침 일을 물으시거든 늦게 돌아와서 아무것도 모른다 답하라고 소인 놈이 시켰습니다. 정말 향이는 아무것도 모릅니다. 그 새벽 향이는 자기 방에서 잠에 취해 있었을 뿐입니다."

김진이 소매에서 담뱃대를 꺼냈다. 담배를 찾는 것은 곧 똘히 따질 문제가 생겼음을 뜻한다.

"그럼 새아씨 시신을 처음 발견한 이가 작은도련님이라고 향이에게 가르쳐 준 사람도 너겠구나."

똘이가 굳은 얼굴로 답했다.

"그렇습니다."

"이상한 일이군. 아무리 아끼는 시동생이라도 아침부터, 그것도 홀로 된 형수 방에 들어갈 수 있을까? 너는 어찌 생각하느냐?"

"소인 놈이 어찌 그것까지 알 수 있겠습니까? 작은되련님께 여쭈어 보십시오. 다만……."

"다만?"

"두 분이 별채 서재에서 함께 밤늦도록 서책을 읽으신 적은 여러 번 있습니다. 혹시 그 아침도 새아씨께서 되련님께 글을 가르치셨던 게 아닐까요? 워낙 두 분이 친하셨거든요. 오누이처럼 말이죠."

김진이 고개를 끄덕였다.

"충분히 일리 있는 말이군. 부인의 소랑(瀟朗, 깨끗하고 명랑함)하고 연담(姸澹, 곱고 담박함)한 시문 솜씨가 천의무봉(天衣無縫, 직녀가 짜는 옷. 조금도 꾸민 티가 없이 자연스러움을 비유함)하다는 평은 임 참봉에게 들어 잘 알고 있다."

"그럼 향이를 풀어 주시는 겁니까?"

"아니야. 의금부로 압송하라는 명이 내려왔으니 향이는 금오(金烏, 태양)가 날아오는 대로 일단 도성에 가야 해. 방금 네가 솔직하게 털어놓은 일들을 소상히 적어 의금부 위관(委官, 심문관)에게 전할 테니, 향이는 곧 풀려날 게다. 이만 돌아가서 기다리고 있어라. 알겠느냐?”

똘이는 당장 향이가 석방되기를 원했지만 김진 뜻을 따를 수밖에 없었다. 변명을 처음부터 끝까지 들어 준 것만 해도 감지덕지할 상황이었다.

“알겠습니다. 소인 놈은 이만 돌아가겠습니다. 어슴새벽부터 놀라게 해 드려 죄송합니다. 용서하십시오. 벌을 내리시더라도 달게 받겠습니다.”

김진이 가볍게 받아넘겼다.

“나도 사랑이란 걸 해 봐서 안다. 향이를 아끼는 네 마음이 곱구나.”

똘이가 방을 나가자마자 김진이 등을 보인 채 담뱃대를 탁탁 치며 말했다.

“언제까지 누워 있을 텐가? 어서 일어나게.”

이불을 걷고 느릿느릿 몸을 일으켰다.

“언제부터 알고 있었는가?”

“숨소리가 들리지 않더군. 자넨 한참 숨을 들이마셨다가 격하게 내뱉는 잠버릇이 있지. 정겨운 그 소리가 들리지 않으니 섭섭하더라고.”

나는 왼손으로 코를 움켜잡으며 숨을 깊이 들이마셨다 내쉬었다.

'잠버릇까지 살피다니. 고약한 친구 같으니라고.'

김진은 사물을 논하는 데 탁월한 백탑 서생 중에서도 쉼 없이 관찰하고 남김없이 정리하기에 으뜸이었다. 아무리 마음 놓고 쉬라 해도 곰곰 궁리하며 살피고 또 살폈다. 골방쥐든 파리든 구더기든 가리지 않았다. 오랜 관찰 끝에 예리한 독론(篤論, 정확하고 믿음이 가는 논의)과 명쾌한 판단이 나오겠지만, 정작 관찰 대상이 되고 보면 목이 움츠러드는 게 사실이다. 나도 모르는 버릇을 지적당하니 매우 거북했다.

"향이를 잡아들인 건 똘이가 제 발로 찾아오도록 만들기 위함이겠지?"

"자네도 보았듯이 똘이란 놈은 참으로 머리가 비상해. 철저하게 자신과 향이에게 유리한 이야기로만 준비를 마쳤을 걸세. 그런 똘이를 그냥 만나는 건 단단한 성벽에 입술을 대고 말을 걸기와 다를 바 없지. 잠시 그 마음을 근뎅근뎅 흔들어야 했네. 벽에 금이 가면 황소바람이 새어들기 마련이니까."

어깨를 빙빙 돌리며 목을 흔들었다. 모로 누운 자세로 꼼짝 않고 버티느라 애를 쓴 바람에 뒷목이 결렸다.

"저런! 돌아앉아 보게."

김진이 목과 등에 혈을 꾸욱꾹꾹 짚어 나갔다. 아픔과 시원함이 동시에 밀려왔다. 김진에게 등을 맡긴 채 똘이가 들려준 이야기를 논하기 시작했다.

"똘이란 놈, 총명하긴 해도 허점이 꽤 있더군."

김진이 손바닥으로 등을 둥글게 쓸어내리며 말했다.

"어디 한번 말해 보게."

"크게 두 가지가 걸렸네. 먼저 향이는 김아영이 죽은 후 도착했다고 말했는데 똘이는 그 전에 도착했다고 주장했고, 또 하나는 조 의원은 늘 똘이가 약을 타러 왔다고 했는데 똘이는 조 의원 집을 몰라 어부들에게 물어보았다더군. 앞 문제는 어느 정도 해명을 했네만 뒷 문제는 전혀 딴소리 아닌가?"

"둘뿐인가? 제일 중요한 걸 빠뜨렸군."

나는 목을 아래로 꺾으며 똘이가 뱉은 이야기들을 더듬었다. 잡힐 듯 잡힐 듯하면서도 김진이 가장 중요하다고 지적한 하나를 찾아낼 수 없었다.

"휴우, 모르겠네. 가르쳐 주게."

김진이 답했다.

"대문을 고치기 위해 똘이를 한양에 보낸 사람이 다르지. 향이는 김 씨가 똘이를 보냈다 했는데, 똘이는 참판 부인이 보냈다 하지 않았나?"

"그게 그렇게 중요한가?"

"중요하지. 똘이를 한양에 보낸 건 대문 때문이 아닌 것 같아. 운종가에서 향이를 우연히 만난다는 것도 그믐밤에 별 따기고."

"우연이 아니란 말인가?"

김진이 내 옆구리를 손칼로 툭툭 치며 답했다.

"우연인지 필연인지 좀 더 알아보세. 참판 부인부터 만나도록 하지. 그다음엔 한 열흘 적성을 떠나는 게 좋겠어."

"적성을 떠나다니?"

김진이 자리에서 일어서며 답했다.

"향이를 의금부로 압송해야 하니까."

"그건 자네가 지어낸 이야기 아닌가?"

"의금부 압송을 진짜라고 현민들이 믿도록 만들어야 한다네. 그래야 이 빙글빙글 돌아가는 회문금(回文錦)에서 어디가 시작이고 어디가 끝인지 살필 수 있을 테니까. 자, 어서 가세."

# 20

"열녀문을 세우든 말든 빨리 메지(일이 끝나는 마디)를 내어 주세요. 새아기가 여러 사람 입에 오르내리는 게 끔찍해요. 신암사(神岩寺)에 가서 큰애 부부 극락왕생 축원 기도나 올리고 싶습니다. 이렇게 시일이 걸리고 복잡한 일인 줄 알았더라면 품신하지도 않았을 거예요. 젊어 죽은 며느리가 너무 안타까워 호소한 일인데, 배움 짧은 아녀자 생각과는 퍽 다르네요. 삼독(三毒, 세 가지 번뇌 곧 탐심(貪心), 진심(嗔心), 미혹(迷惑))이 따로 없는 나날이랍니다. 언제부터 열녀문 세울 때 나라에서 이렇듯 철저하게 조사하였는가요? 고금 열녀 흠모하며 아름답게 살다가 장렬하게 자진한 일 확인하고도 모자란가요? 안타까울 뿐입니다."

참판 부인 남 씨는 눈을 내리깔고 차분하게 말했다. 얼굴선이 둥글고 코가 오뚝하며 아랫입술이 두터웠다.

부인은 서안에 놓인 연꽃무늬 단선(團扇)을 흔들며 자꾸 한숨을 내쉬었다. 구슬 눈물 한 방울이 맺힌 듯도 했다. 의금부 도사가 김아영을 조사하고 있다는 풍문이 못내 부담스러운 모양이었다. 백동수는 먼저 객사로 돌아갔고 임 참판도 시회가 있다며 감악산으로 떠났다. 김진이 답했다.

"곧 승가람마(僧伽藍摩, 절)에 가셔서 백일기도하셔도 됩니다. 향이를 잡아들였으니 조사는 망고한(일이 끝판에 이름) 것과 마찬가지거든요."

김진이 말을 끊고 남 씨의 안색을 살폈다. 남 씨는 아랫입술을 달막거리다가 이야기를 시작했다.

"향이는 덜렁꾼이긴 해도 착한 아입니다. 그 아일 잡아들인 까닭은 모르겠으나 헛수고하신 거예요. 대체 무얼 더 알고 싶으신가요? 처음 두 분이 오셨을 땐 스스로 목숨 끊은 새아기의 절행이 밝은 해처럼 만천하를 비추리라 여기며 좋아했습니다. 두 분은 살옥(殺獄, 살인 사건) 조사하듯 탐문을 벌이신다면서요? 참판 대감부터 향이나 똘이에게 요것조것 따지셨을 뿐 아니라 조 의원과 임 참봉까지 만나셨더군요. 대감께서는 어제 모처럼 찾아오신 야뇌 선생께 더 이상 치욕을 견디기 힘들다 말씀하셨습니다. 새아기를 두 번 죽이는 꼴이 되지 않도록 마무리를 속히 지어 주셨으면 합니다. 이런 꼴 보자고 우리가 열녀 정려를 품신한 건 아니에요."

김진이 정중히 답했다.

"심려 끼쳐 드린 점 사과드립니다. 심찰할수록 며느님의 고귀한 성품과 흔치 않은 선행이 명백해지고 있습니다. 지난 2년 동안 행적이 너무 밝고 활기차 자진과 어울리지 않는 면이 있긴 합니다만. 낮이 밤이 되고 밤이 낮으로 바뀔 땐 빛과 어둠이 공존하는 순간이 있지 않습니까? 며느님은 밝음에서 창졸간에 가장 지독한 어둠으로 떨어졌더군요."

"부드러움과 정숙함은 부인이 지닌 덕이요 부지런함과 검소함은 부인이 지닌 복이라 하였지요. 덕과 복을 모두 지닌 새아기는 속마음을 잘 드러내지 않았습니다. 힘든 일 있어도 얼굴 찡그리는 법이 없었지요. 어려운 사람들을 위하면서 열심히 살려고 노력했답니다. 새아기 삶에서 어둠을 찾기 힘든 건 너무나도 당연한 일이에요. 꼭꼭 숨긴 슬픔을 눈부처 바라보듯 살핀 사람은 저 하나 정도일 거예요."

"언제 며느님의 슬픔을 보셨나요?"

"큰애가 죽은 후 매달 보름날 신암사에 갔습니다. 극락왕생을 빌기 위함이지요. 그때마다 새아기가 꼭 따라나셨죠. 밤을 꼬박 새워 대웅전에 엎드리고 또 엎드려 절하였지요. 심신을 해친다 만류해도 소용없었습니다. 선방에서 잠깐 졸다 지성스레 우는 벌레 소리에 깨어 나와 보면 새아기 혼자 법당에 남아 절을 하고 있었어요. 무릎이 휘청대고 온몸이 땀으로 흠뻑 젖었지만 잠시라도 쉬는 법이 없었습니다. 그때 나는 보았어요, 새아기 눈에서 하염없이 흘러내리는 눈물을. 누구에게도 보이기 싫던 슬픔을 부처님 앞에 토해 내고 있었지요. 하룻밤을 실컷 운 다음 나머지 한 달을 버틴 겁니다. 그 망극한 슬픔이 어디 하루 운다고 사라지겠습니까. 폐엽(肺葉)이 타고 심장의 진액이 말랐겠지요. 울분이 새아기 가슴에 차곡차곡 쌓여 갔나 봅니다. 지나치듯 보면 밝음에서 어둠으로 순식간에 넘어간 것 같으나 새아긴 처음부터 어둠에 젖어 있었답니다."

"며느님을 위로하신 적은 물론 있으시겠지요?"

고개 돌려 내 얼굴을 쳐다보았다. 당연한 일을 왜 확인하느냐는 듯 따져 묻는 시선이 날카로웠다.

남 씨는 차분한 어투와 달리 표정과 몸짓에 조금씩 어색한 구석이 있었다. 김아영과 관련된 대목에선 지나치게 손을 휘젓고 눈을 동그랗게 뜬 채 그렁그렁 눈물을 흘렸다. 이덕무는 일찍이 까치 뱃바닥같이 흰소리 잘하고 눈살 찌푸릴 만큼 웃거나 우는 부인들을 다음과 같이 경계했다.

"표독한 부인은 조그마한 일에도 분개한다네. 분한 것으로 부족하여 울어 대고, 울어 대는 것으로도 부족하여 통곡하지. 손바닥으로 가슴을 두드리며 독혜(毒彗, 천재지변을 일으키는 혜성)에 호소하고, 그것도 모자란 듯 두억시니에 저주하는 이도 있으이."

"따뜻한 위로 건네려 했지요. 그때마다 새아기가 먼저 날 위로했답니다. 시어미한테 위로 받는 일을 불효라 여긴 것 같아요. 새아기는 늘 한결같았죠. 광대처럼 말과 웃음을 함부로 뱉지 않았고 초삭(焦爍, 애타게 근심함)하는 표정 짓지도 않았습니다. 유순(柔順)이 무엇인가 알고 싶으면 새아기 얼굴을 살피면 되지요."

"그렇게까지 궁굴리시다니 며느님을 무척 아끼셨나 봅니다."

"가여운 아이니까요."

"진정 며느님을 아끼신 것 같기에 여쭙습니다만, 혹시 며느님을 재가시킬 생각은 하지 않으셨나요?"

남 씨는 꿍심 들킨 사람처럼 양손바닥을 가슴에 댔다.

"대감이 들으면 화를 내시겠지만 솔직히 새아기를 언젠가는 재가시키리라 여겼지요. 2년밖에 되지 않았으니 말을 꺼내지 못했으나 삼년상 마치고 5년 정도 넘기면 그땐 내가 나서서 혼처를 알아볼 작정이었어요."

"홀로 된 종부가 재가하는 건 임문의 수치 아닙니까?"

남 씨는 연꽃 부채를 손바닥으로 쓸며 답했다.

"평생 수절은 지나친 처삽니다. 5년 정도면 족하지요. 문중에선 끝까지 반대할 겁니다만, 참판 대감은 '새아기가 어찌 홀로 지낼꼬, 지낼꼬.' 여러 차례 한숨을 쉬셨답니다. 내가 책임을 지겠다고 나서면 끝내는 못 이기는 척 받아 주실 어른입니다. 재가가 쉽지는 않지만 절대 해서는 아니 되는 일도 아닙니다."

김진이 말꼬리를 잡아챘다.

"재가하라 권하면 따랐을까요?"

남 씨는 눈을 가늘게 뜨고 잠시 생각한 다음 답했다.

"대감 반대는 걱정하지 않았습니다. 새아기가 재가하지 않겠다고 버틴다면 속수무책이지요. 새아기 슬픔을 달랠 좋은 혼처를 찾는 것도 문제고."

"며느님은 참으로 행복했군요. 이렇듯 좋은 분을 시어머니로 모셨으니 말입니다. 그렇듯 며느님을 아끼셨으니, 충격과 아픔을 달래려고 두지진 조 의원에게 약을 지어 드시는 것도 당연하네요."

김진 덕담에는 가시가 숨어 있었다. 남 씨가 태연하게 받았다.

"그렇습니다. 저는 본래 숨이 자주 답답하고 머리가 어지러웠는데 정월에 새아기가 그리 간 후 증상이 심해졌답니다. 산 사람은 살아야 하니 조 의원에게 약을 꾸준히 지어 먹고 있지요. 아, 그날 조 의원을 찾아왔던 서생들이 두 분이셨던가요? 급히 나오느라 인사도 여쭙지 못했군요."

김진이 마음 쓸 필요 없다는 듯 넘겨받았다.

"첫인사를 나누기에 적당한 곳은 아니었습니다. 며느님은 얼마나 자주 약을 지었는지요?"

"사철 물색(物色)이 바뀔 때마다 보약을 먹었던 걸로 기억합니다. 몸이 많이 약한 아이였답니다."

"그랬군요. 약값은 당연히……."

"제가 냈습니다. 약을 지을 때마다 값을 치르는 건 아니고 1년 동안 지은 약값을 연말에 합쳐 계산하지요. 조 의원에게 가면 자세한 내역을 확인할 수 있을 겁니다."

"며느님이 자진하셨단 비보를 누구에게 처음 들으셨습니까?"

남 씨는 망설임 없이 즉답했다.

"참판 대감이십니다. 평소에는 새벽에 깨어 마당도 거닐곤 하는데 그날따라 곤하여 늦장을 부렸지요. 그 어른이 절 흔들어 깨우셨답니다. 새아기가 기어이 거용이를 따라갔다 하셨습니다."

"대들보에 목을 맨 며느님 시신을 처음 보신 분이 그럼, 대감이신가요?"

"아닐 겁니다. 대감이 저를 깨우셨을 땐 밖이 무척 소란

스러웠어요. 누군가가 대감께 알렸겠지요."

"애통한 소식 접하고 어찌하셨나요? 며느님 처소로 곧장 달려가셨겠죠?"

"아닙니다. 방금 말씀드렸듯이 전 자주 가슴이 쥐어짜듯 답답해서, 끔찍한 광경을 보면 정신이 혼미하여 쓰러지고 맙니다. 조 의원도 심신을 편히 하고 두렵거나 놀랄 일이 닥치면 피하라 하였어요. 방에 그냥 앉아만 있었는데도 식은땀이 흐르고 가슴이 막 두근두근대며 당나귀기침을 해 댔습니다."

"끔찍하게 아끼셨던 며느님 아닙니까?"

내가 다시 따지듯 묻자 남 씨 목소리가 차가워졌다. 노여움이 얼핏 눈가를 스치고 지나갔다.

"이미 죽었다는데…… 가서 통곡한들 무슨 소용 있겠습니까? 새아기도 대감이나 제게 목 맨 꼴을 보이고 싶지 않았을 겁니다."

김진이 잠자코 있으라고 눈짓한 후 분위기를 부드럽게 바꾸려는 듯 맞장구를 쳤다.

"충분히, 그랬을 수도 있겠군요. 마지막으로 한 가지만 더 여쭙겠습니다. 아무리 따져 보아도 납득되지 않는 부분이 있네요."

남 씨가 무릎을 세우며 자세를 고쳐 잡았다.

"무엇인가요?"

"남편을 따라 죽는 여인들은 시댁 식구에게 종사하는 뜻을 몇 문장 남기는 경우가 많습니다. 자진이 엉뚱하게 오해받는 것을 막기 위함이지요. 며느님은 유서를 남기지 않았습니다. 시문에 능하여 사임당이나 난설헌과 어깨를 나란히 할 정도였는데 말입니다. 왜 그랬을까요?"

남 씨는 질문을 예상한 것처럼 또박또박 답했다.

"제가 새아기는 아니니 확답은 못 드리지만 짚이는 건 있습니다. 이미 다른 시문을 통해 망부를 향한 그리움을 읊었기에 사족은 필요 없었겠지요. 새아기 죽음을 더럽히는 짓 따윈 하지 않으리라 대감과 저를 믿었던 것이고요. 유서를 남겼으면 더 확실했겠지만 유서 없이도 우린 새아기 절의를 깊이 아낀답니다. 유서가 없는 게 열녀문을 세우는 데 문제가 됩니까?"

"아, 아닙니다. 말씀하신 대로 망부를 그리는 시문이 많으니 그 심정 충분히 헤아리고도 남음이 있습니다. 그럼 이만 일어서겠습니다. 저희는 오늘부터 열흘 정도 적성을 비울 예정입니다."

"어딜…… 가시나요?"

"향이를 문초할 때 배석하라는 공문이 방금 도착했습니다. 그나저나 걱정입니다. 저희도 향이에게 큰 죄가 없다

보지만 일단 의금부로 끌려가면 모진 형신을 당할 겁니다. 가새주리를 트는 것은 기본이고 인두로 등을 지지고 바윗돌을 허벅지에 얹을 겁니다. 그런 형신을 당하면 아는 것 모르는 것 죄다 털어놓게 됩니다. 향이가 크게 다치지나 않을까 염려되는군요."

"형신이…… 그토록 심합니까?"

남 씨 아랫입술이 삐죽 튀어나왔다.

"그렇습니다. 의금부로 끌려오는 죄인은 대부분 악질이거든요. 심하게 다루지 않으면 도무지 초승(招承, 범죄 사실을 자백함)하지 않습니다. 저는 의금부 관원이 아니고 또 이 도사도 공무 때문에 적성으로 파견되었으니 형신을 막을 입장이 못 됩니다. 왜 향이를 잡아들이라는 건지 저희들도 답답합니다."

김진과 나는 안방을 나왔다. 남 씨가 대문까지 배웅하겠다며 따랐다. 김진은 대문을 나서다 말고 대문에 붙은 거북 등을 손으로 감싸며 남 씨에게 물었다.

"참 좋은 문입니다. 똘이에게 이 문을 고칠 목수를 구하라 명하신 적 있습니까?"

남 씨가 오른손을 들어 대문 사이로 쏟아져 들어오는 햇살을 가렸다.

"그래요. 처음에는 똘이에게 문을 고쳐 보라 했지요. 자기 힘으론 어렵겠다며 한양에 가서 좋은 나무와 또 목수를 구해 보겠다 하기에 허락했습니다."

"참판 대감께서도 허락하셨고요?"

"미리 말씀드렸지요."

"며느님과도 의논하셨습니까?"

"곳간 열쇠는 맡겼으나 대문 하나 고쳐 다는 것까지 일일이 새아기와 상의하지는 않습니다. 똘이가 새아기에게 말을 넣었다면 모를까, 제가 새아기와 의논한 적은 없습니다."

"아, 한 가지만 더 여쭙겠습니다. 그 곳간 열쇠 말입니다. 큰아드님 상을 치르고 보름도 채 지나지 않아 며느님께 주셨더군요. 아무리 며느님을 총애하여도 그런 결정을 할 경황이 없었으리라 봅니다만……."

"큰애가 죽은 후, 아시겠지만, 저는 하루에도 서너 차례 혼절했습니다. 가슴이 터질 것 같았거든요. 새아기가 간호하지 않았더라면 그때 큰애 뒤를 따라갔을 겁니다."

"중병 때문에 더 이상 안살림을 살피기 어려워 곳간 열쇠를 넘기신 거군요."

"꼭 그렇지만은 않아요. 절 간병하느라 눕지도 못하고 벽에 기대 잠든 새아기를 보면서 덜컥 겁이 났답니다. 제가 병이 나으면 새아기가 큰애 뒤를 따르겠다고 나설 것만 같았거든요. 급히 새아기에게 일을 맡기기로 했지요. 최통(摧痛, 좌절과 애통)할 시간도 주지 않고 정신없이 집안 살림을 하라고 내몬 겁니다. 그땐 어떻게든 새아기를 살리고 싶었답니다."

"잘 알겠습니다. 큰 도움이 되었습니다."

김진이 허리 숙여 작별 인사를 했다.

# 21

해가 뉘엿뉘엿 지고 있었다.

벌써 설마령을 넘었을 해거름이지만 우리는 여전히 객사에 머물렀다. 백동수가 지금까지 탐문한 결과를 설명하지 않으면 상경하지 않겠다고 버틴 것이다. 나도 은근히 지원했다.

"의금부로 향이를 압송한다는 거짓말을 해야 하는 이유를 듣고 싶네. 내가 정직과 의리를 목숨보다 중히 여기는 건 화광 자네도 알지? 명 짧은 놈 턱 떨어지겠으이. 이제 속 시원하게 말해 줄 때도 되지 않았는가?"

김진은 서둘러 길을 나서자고 설득했다.

"여기 더 머무르다간 큰 화를 당할지 모릅니다. 어서 빨리 객사를 떠나야 해요."

백동수가 오른 주먹을 쥐어 보이며 싱둥싱둥하게 큰소리를 쳤다.

"아니 어떤 도척 같은 놈들이 객사로 몰려온단 겐가? 그런 놈들을 그냥 두고 떠날 순 없어. 자, 어서 설명을 해 보게. 자네 그 머릿속에 든 걸 몽땅 펼쳐 내보이란 말일세."

백동수는 김진이 꾸린 짐까지 빼앗았다. 해가 졌는데도 호랑이 같은 더위가 방을 후끈 달아오르게 했다. 김진이 문을 열어 주위를 살핀 다음 말했다.

"제일 중요한 문제 하나를 아직 풀지 못했습니다. 그걸 밝혀야 모든 일을 구슬 꿰듯 엮을 수 있습니다. 야뇌 형님이 관운장과 맞상대도 마다하지 않는 호걸이란 거 잘 압니다. 제발 한 번만 더 소생을 믿고 출발을 하시지요?"

이번에는 내가 쌍지팡이를 짚고 나섰다.

"자네 혼자 고민하지 말고 함께 문제를 풀자는 걸세. 죄 없는 향이를 잡아들인 것도 그렇고, 의금부에 가둔다고 현민들에게 거짓말하는 것도 그렇고, 또 갑자기 열흘 동안 적성을 떠나자는 것도 납득이 되지 않네. 대충 윤곽만이라도 알려 주게. 수백언(數百言)도 필요 없으이. 백언(百言), 아니 오십언(五十言)이면 족하네. 자넬 돕고 싶어 이러는 걸세."

김진은 잠시 눈을 감았다.

향이를 잡아 가둘 때는 곧 자초지종을 들려주리라 예상

했다. 그런데 새벽 달 보려고 초저녁부터 앉은 줄 뻔히 알면서도 김진은 말없이 적성을 떠날 작정이었던 것이다. 백동수가 마지막 성성혈일침(惺惺穴一鍼, 따끔한 충고)을 놓았다.

"자네가 끝까지 입을 다문다면 향이를 그냥 풀어 주겠네. 거짓말을 하려면 이유가 분명하고 명분이 서야 할 것 아닌가? 죽은 열부 김 씨에 관한 조사 역시 제자리걸음이라고 탑전에 독계(獨啓)할 테야."

나는 맞장구를 쳤다.

"나 역시 야뇌 형님과 같은 생각일세. 자네가 두루치기란 건 알지만 무거운 짐 이제 내려놓게. 우리가 돕겠네."

김진은 다시 방문을 열어 주위를 살핀 다음 가까이 다가앉으며 목소리를 낮추었다. 지나치게 조심하는 태도가 마음에 들지 않았다.

"좋습니다. 도사리(자라는 도중에 떨어진 풋과일) 같은 생각인지라 좀 더 미루려 했지만 간략하게 말씀드리겠습니다. 우선 김 씨는 자진한 게 아닙니다."

백동수가 깜짝 놀랐다.

"자진이 아니라고? 그게 대체 무슨 소린가?"

김진은 타살에 대한 확신을 굳힌 듯했다. 자진이 아니라 타살이라면 모든 것을 처음부터 다시 조사해야 한다. 한 과부의 고결한 삶을 탐문하는 것이 아니라 살인자를 뒤쫓

아야 하는 것이다. 그보다 먼저 이 변고를 탑전에 알려야
한다.

　김진이 목소리를 더욱 낮추며 답했다.

　"차근차근 말씀드리겠습니다. 그림을 하나 그리죠."

　김진은 세필을 들어 둥근 원을 그렸다. 그 원을 돌며 그
동안 우리가 만난 사람들 이름을 적었다. 왼쪽부터 읽어
나가자면 향이와 똘이 이름이 함께 올라 있고 그 옆에 임
거선, 참판 부인 남 씨, 참판 임호가 차례대로 적혀 있었다.
백동수가 고개를 갸우뚱거리며 물었다.

　"이게 대체 뭔가?"

　"제 꼬리를 문 구렁입니다. 도래샘(빙 돌아서 흐르는 샘)
모양 빙글빙글 돌 수밖에 없는 불쌍한 녀석이죠."

　"꼬리를 문 뱀이라! 이게 뭐 어쨌다는 건가?"

　김진이 이름들에 붉은 점을 찍어 가며 설명했다.

　"앞사람은 뒷사람이 김 씨 죽음을 처음으로 목도하였다
고 말하거나 그로부터 죽음을 전해 들었다고 했습니다. 즉
향이와 똘이는 김 씨가 죽던 날 그 처소에 임거선이 있었
다고 했고, 임거선은 어머니 남 씨가 형수 시신을 처음 발
견했다고 했습니다. 남 씨는 임 참판에게서 며느리 자진한
소식을 들었다고 했고, 임 참판은 향이가 죽음을 처음으로
알렸다 했습니다. 자, 보십시오. 이렇게 비보를 전한 이들

을 연결하면 원이 됩니다."

백동수가 말했다.

"호오, 그렇군. 요상한 일이야."

김진이 말을 이었다.

"우리가 만난 사람들은 하나같이 자신은 결코 김 씨 처소에 간 적이 없고 또 시신을 보지도 않았다 했습니다. 그들 말을 모두 믿자면 김 씨 처소에 가서 대들보에 매달린 시신을 거둔 사람이 아무도 없죠. 그런데도 김아영은 분명 그 방에서 자진해, 그 죽음은 남편을 따라 죽은 장렬한 일로 적성은 물론 한양까지 알려졌습니다."

내가 끼어들었다.

"그렇다면 대체 어찌 된 일인가? 누가 거짓말을 한 게야?"

"보다시피 이렇게 맴을 도는 형국이니 누가 시신을 발견하고 거두었는지 이 틀 속에서는 알 수 없네. 다른 가능성을 살펴보는 건 어떨까?"

"어떤 가능성 말인가?"

"시신을 거둔 이는 복심(覆審, 재조사)해서 찾는다 해도, 나는 이들이 한결같이 김 씨 처소에 없었다고 주장하는 이유가 궁금해."

"그 이유가 뭔가?"

백동수가 던진 물음에 김진이 고개 저으며 답했다.

"아직 명확하지 않습니다. 하나하나 따지자면 소소하게 설명을 하겠지만 이 원을 가능하게 만든 가장 크고 중대한 이유를 찾지 못했습니다."

"자네가 타살이라고 단정 짓는 근거를 아직 모르겠군."

"이들은 제각각 자기에게 유리한 말만 했습니다. 자기 대신 다른 사람을 조사하도록 유도하는 이야기를 서슴지 않았지요. 한데 그들에겐 같은 점이 딱 하나 있습니다. 김 씨가 자진했다 믿어 의심치 않는다는 겁니다. 이상하지 않습니까? 김 씨가 목을 맨 처소에 가지도 않은 자들이 어떻게 자진하였다 확신할까요?"

내가 따지듯 물었다.

"타살 물증은 없단 말인가? 그들 말을 전부 진실로 받아들이는 건 어리석지만, 그 모두를 거짓으로 돌릴 수도 없네."

김진이 내게 시선을 옮기며 말했다.

"청전, 자넨 자꾸 물증 얘기만 하는군. 이 원을 설명할 수 있으면 물증도 찾을 수 있으이. 내게 흥미로운 부분은 남편이 죽고 2년 동안 김아영이란 여인이 보인 행적 자체일세. 남편 잃은 슬픔이야 컸겠지만 남편을 따라 자진할 뜻은 전혀 없었어. 들숨 날숨 없이 아랫사람들을 돌보고 시부모를 공경하며 하루하루 열심히 살았으니까. 그런 나날을 이어가다가 갑자기 죽었네. 이건 그 무렵 뭔가 대단한 일이 일어났음을 뜻해. 성실한 일상을 뒤흔들 만한 큰일이었겠지. 그 사건이야말로 이 사람들이 모두 김아영 처소에 가까이 가지 않으려는 이유라고 생각하네. 그 일이 뭔지 모르겠어. 이들도 아직 그 부분만은 입을 굳게 닫고 있거든. 틀림없이 뭔가 있는데…… 아직은 모르겠어."

"그 일을 알아내는 것과 향이를 한양으로 데려가는 일이 연관되어 있다는 말인가?"

김진이 대답 대신 향이 이름을 붓으로 지우며 원 중심을 통과하는 줄을 그었다. 원은 정확하게 둘로 나뉘었다.

"어디가 꼬리고 어디가 머리인지도 구분하기 어려운 상황이야. 제일 좋은 건 구렁이를 죽이지 않고 꼬리를 머리에서 빼내는 거겠지. 그건 불가능에 가까우니 차선책을 택한 거야. 뱀의 목숨을 앗을 수밖에 없겠지만 이렇게 한 부분을 잘라 버린다면 일단 맴돌기는 멈추게 돼. 찬찬히 살펴볼 여유도 생기지. 하나가 잘려 나가면 남은 사람들은 이 새로운 처지를 또 어찌 받아들일까 고민할 걸세. 계속 맴돌면 파고들 틈이 없지만, 이렇게 잘라 버리면 반드시 허점이 생길 걸세."

"왜 향이지? 다른 사람도 많은데 말이야."

"김 씨가 죽던 날을 전후하여 다른 이들 행적은 확인이 불가능해. 하나같이 부인이 죽고 나서 그 소식을 들었다고 하지만 그 주장을 뒷받침할 물증이나 증인이 없지. 향이는 달라. 향이는 틀림없이 한양으로 심부름을 갔어. 이건 상전 (床廛, 한양 시전 상인)들을 수소문하면 알 수 있지. 또 그곳에서 똘이와 만난 것도 사실이야. 똘이를 보낸 사람이 누구냐 하는 물음엔 두 가지 엇갈린 답이 나왔지만, 하여튼 누군가 일부러 똘이를 도성에 보내 향이를 만나게 했어. 왜 똘이에게 향이를 만나게 했을까? 운종가를 즐겁게 노니라고? 아니야. 그럴 리 없지. 똘이가 한양에 간 이유는 향이가 제때 돌아오지 못하게 막기 위해서야. 다시 말해 향이가 없는 틈을 타 무슨 짓을 벌이려는 게지. 그런데 향이는 달콤한 밀어도 뿌리치고 밤을 달려 적성으로 내려왔어. 다시 정리해 볼까. 적어도 향이는 김 씨를 살해하는 일에 처음부터 가담하진 않았어. 살인자들은 향이를 적성에 두고 일을 도모한 것이 아니라 한양에서 돌아오지 못하게 하는 쪽을 택했으니까.”

“비약이 심해. 어찌 꼭 김아영이 살해되었다고 단정하나? 그리고 그렇다면 더더욱 죄가 없는 게 확실한 향이를 한양으로 데려갈 필요가 없지 않나?”

“그 연유를 지금 당장 선명하게 밝힐 순 없어. 처음에 말했듯이, 난 아직 가장 중요한 사실 하나를 모르니까 말일세. 하나 차선책으로 누군가를 잘라 덜어내야 한다면 향이가 가장 좋지. 앞서 설명한 이유도 있고, 또 윤똑똑이(영리한 체하는 사람) 똘이까지 한 번 더 흔들 수 있으니까."

"열흘 후엔 저들이 달라질까?"

"아마도! 꼬리를 물고 맴을 돌 때와는 또 다른 언행을 하겠지. 그 언행을 살핀 후 다시 대책을 세우도록 하세."

백동수가 콧김을 풍풍 내뿜으며 말했다.

"너무 신중하군. 차라리 지금이라도 이자들을 죄다 불러다 체문(逮問, 심문)하는 건 어떨까? 거의수형(去衣受刑, 옷을 벗고 곤장을 때리는 벌)하면 곧은불림(자기의 죄상을 사실대로 말함)할 게야. 나에게 맡겨 주면 하루 안에 진상을 밝히겠네."

김진이 반대했다.

"삼릉장(三稜杖, 죄인을 때릴 때 사용하는 세모진 방망이) 휘둘러 해결할 문제가 아닙니다. 문초를 하면 저들은 더욱 힘껏 맴을 돌 겁니다. 최대한 느긋하게, 적성에서 우리가 떠난 걸 확인시킨 다음, 누가 어떻게 쏟아진 물을 담으려 드는지 살피는 편이 낫습니다. 단숨에 제압해야 합니다. 무작정 찌르고 들어갔다가는 오히려 우리가 원에 갇혀 위험합니다."

"그사이 진범이 달아나 버리면 어찌하는가?"

"달아날 범인이면 벌써 없어졌겠지요. 진상이 백일하에 드러나는 그 순간까지 범인은 적성에 그대로 머물 겁니다. 왜 구렁이가 제 꼬리를 물 수밖에 없었는지 알 때까진 함부로 치고 들어가지 않으렵니다."

내가 물었다.

"자넨 벌써 그 이유를 짐작하고 있는 게 아닌가?"

김진은 잠시 쓸쓸한 미소를 입가에 머금었다.

"아뇨 형님! 오늘 말씀드릴 건 이게 전붑니다. 이제 향이를 한양으로 데려가도 되겠습니까?"

백동수가 에헴 헛기침을 했다.

"그리 하세. 간단히 처결할 문제를 왜 이리 생뚱맞게 빙빙 돌리는지 납득할 수 없네만, 자네가 꼭 그리 해야 한다니 하는 수 없지. 탑전에 올릴 글은 어찌 적었는가? 방금 우리에게 들려준 이야기까지 모두 담았나?"

김진이 미소를 잃지 않고 되물었다.

"방금 말씀드린 대로 아뢴다면 하문이 많으시겠지요? 형님 혼자 일일이 답하실 수 있겠습니까?"

"왜 내가 아뢴단 말인가? 자네들도 상경한다면 함께 가야지?"

김진이 단정하게 답했다.

"저희들은 입궐하지 않습니다. 한양에 왔다는 사실조차

알리지 않을 겁니다."

내가 물었다.

"그럴 필요까지 있나? 전하께서도 적성 일을 무척 궁금해하신다니 야뇌 형님과 함께 탑전에 나아가 말씀 올리도록 하세."

김진이 나와 백동수를 번갈아 쳐다보았다.

"조정에는 임 참판과 각별한 신료들이 많이 있습니다. 열녀문 세우는 일을 적극 도울 분들이지요. 이런 때 우리가 입궐하는 건 불을 지고 마른 섶으로 뛰어드는 것과 같습니다. 벽에도 귀가 있고 방바닥에도 눈이 있는 곳이 바로 구중궁궐 아닙니까? 전하께서 일부러 야뇌 형님을 보내신 것도 그를 염려하셨기 때문입니다. 우리를 직접 불러하문하실 상황이 아니라는 거지요. 적성 일은 야뇌 형님께서 탑전에 아뢰어 주십시오."

백동수가 순순히 인정했다.

"듣고 보니 그렇기도 하겠군. 나는 두려우이. 전하께서 하문하시면 아무 답도 아뢸 수 없을 것 같다 이 말일세. 도와주게. 어찌 말씀 올려야 하는가?"

김진이 사각으로 겹겹이 싼 비단을 내밀었다.

"군세면서도 막힘이 없고 간략하면서도 뼈가 드러나지 않으며 상세하면서도 살지지 않은 문장이겠지?"

백동수가 조심스럽게 그 비단을 풀고 서찰을 꺼내 펼쳤다.

"아니, 이게 뭔가? 점 하나 찍혀 있지 않군. 이걸 올리라는 건가?"

"그렇습니다."

백동수가 소리 높여 화를 냈다.

"내 목이 달아나는 걸 보고 싶어 이러는가? 소상히 적성 일을 알아 오라 하셨네. 아무것도 적혀 있지 않은 서찰이라니?"

나도 걱정스러운 눈으로 김진을 쳐다보았다.

'너무 심하군. 이런 불충이 어디 있단 말인가? 무거운 벌이 내려질 걸세.'

"밀서를 보시고 성노(聖怒, 왕의 노여움)를 나타내시거든 이렇게 아뢰십시오. '적성 일은 아직 모든 문제가 해결되지 않았으니 그 과정은 쓰지 않느니만 못하옵니다. 한 달 안으로 주밀히 적어 올리겠사오니 잠시만 더 기다려 주시오소서.'"

"그리 아뢰면 용서하실까?"

"알았다고 짧게 비답(批答)을 내리실 겁니다. 만에 하나 다른 하문을 주시면 소생과 의금부 도사 이명방을 들먹이십시오. 저들이 게을러 글을 주지 않았다 하십시오."

"자네들을 팔라고? 그럴 순 없네. 무거운 벌이 내릴 걸

뻔히 알면서 어찌 그러겠는가. 알았네, 내 책임짐세. 다치
게 되면 내가 다치지."

역시 백동수는 의리를 아는 조선 최고 협객이다.

"그리 말씀 올려도 전하께서 우리를 벌하시는 일은 없
을 겁니다."

"어찌 그토록 확신하는가?"

나는 묻지 않을 수 없었다.

"어떤 문장도 적어 올리지 않는 것, 그게 바로 전하께서
원하시는 것이기 때문이라네."

"무슨 소리인가? 분명 심찰한 것들을 모두 소상히 적어
올리라는 하명이 계셨는데, 우리가 아무 문장도 적지 않기
를 원하신다고?"

김진이 담담하게 고개를 끄덕였다.

"전하께서 규장각에 일을 내리실 때 한 번인들 경과를
적어 올리라 하명하신 적은 없다네. 일을 맡기면 끝까지
믿고 기다리시지. 아무리 적성 일이 더디 진행된다 해도,
매산전(買山錢, 은거할 산을 구입할 돈)을 마련하여 기린에 은
거한 야뇌 형님까지 불러들여 적성 일을 돕고 경과를 적어
올리라 하신 건 참으로 드문 일일세."

김진은 말을 끊고 내 얼굴을 쳐다보았다. 나는 김진이
노리는 바를 알 수 없었다.

'경과를 적어 올리라 하명하시는 건 전하답지 않으시다? 보기에 이상하다 하더라도 하명이 내렸으니 따르는 것이 신하 된 도리다. 어찌 어명을 받들지 않고 어심(御心)의 숨은 뜻까지 함부로 헤아린단 말인가? 불충이다.'

"혹시 우리가 임 참판에게 매수된 것이 아닐까 의심하시는 듯하이."

"무엇이라고? 우릴 의심하신다고?"

놀라지 않을 수 없었다. 백동수 역시 놀란 눈으로 물었다.

"전하께서는 백탑 아래 모인 우리들을 공자가 안자(顔子, 안연) 위하듯 아끼시네. 지난 5년 동안 얼마나 우리를 총애하셨는지 자네도 알지 않나?"

"우리를 아끼시는 건 아끼시는 것이고, 또한 전하께서는 우리를 눈엣가시로 보는 신료들도 거느리고 계십니다. 임 참판이 우리를 견제해야겠다고 마음먹었다면 당연히 신료들을 움직였을 테고, 그 신료들은 탑전에서 우리를 모함했겠지요. 그 모함엔 여러 가지가 포함되었을 겁니다. 게을러 두류(逗留, 오래 머물고 나가지 않음)한다 아뢸 수도 있지만, 전하께서는 우리 둘의 근구(勤劬)함을 믿으시니 이는 큰 문제가 아닙니다. 소생이 걱정하는 건 더욱 극한 방식을 택한 경우죠. 임 참판과 우리가 한통속이 되었으므로 사람을 바꾸라고 말입니다. 물론 이 참언 역시 일언지하에 물리치셨을 테지만, 만일을 대비하여 우리를 시험하는 쪽으로 성심(聖心)이 기우셨을 수도 있습니다. 이때 우리가 적어 올리는 문장이 단 하나만 있어도 그것은 우리 목을 치는 길굴(佶倔, 어렵고 읽기 힘든 글)이 될 겁니다."

"휴우, 참으로 안타깝군. 얼마나 외로우시면 우리들까지 의심하실까."

백동수가 아무것도 적혀 있지 않은 서찰을 비단으로 싸서 소매에 고이 넣었다. 이제 도성을 향해 떠나면 되는 것이다.

"나리! 손님이 찾아오셨습니다."

객사 문지기가 마당에서 아뢰었다. 문을 여니 어두운 마당 한가운데 장의를 쓴 여인이 서 있었다. 김진이 황급히 신발을 신고 여인에게 다가갔다.

"아니, 여기까지 어인 일이십니까?"

장의를 목까지 벗자 쉰을 갓 넘긴 여윈 얼굴이 드러났다. 그 여인이 떨며 말했다.

"꼭 보여 드릴 것이 있어…… 왔습니다."

## 22

그 여인은 김아영의 친정어머니 홍 씨였다.

경상도 진주에서 천 리 길을 달려온 것이다. 홍 씨가 이
순간 적성에 나타나리라고 예상한 사람은 없었다. 외동딸
을 잃은 슬픔이 병이 되어 허리와 무릎까지 편치 않은 터
라 먼 길을 나서는 건 무리였다. 더욱이 지금은 솔개그늘
하나 없는 염천에 고을마다 쓰러지는 사람이 나오는 강더
위다. 병색이 완연한 홍 씨 얼굴을 살피며 김진은 걱정부
터 했다.

"하실 말씀 있으시면 연통을 주시지요. 불볕더위에 어찌
적성까지 오셨습니까? 천 리 길을 홀로 달려오신 겁니까?
자, 이리 편히 앉으셔서 손을 내미십시오. 청전, 자넨 가서
시원한 물이라도 한잔 가져오게."

"그럼세."

냉수를 떠 오니 눈을 지그시 감고 홍 씨 팔목에 검지와 중지를 얹고 있던 김진이 눈을 뜨고 자세를 고쳐 앉았다. 홍 씨는 사발을 끝까지 비웠다. 몹시 목이 탔던 모양이다.

"몸을 반듯이 하고 이리 누우십시오. 부끄러워 마세요. 정 불편하시다면 이 사람들을 내보내겠습니다. 몇몇 혈을 짚어 주지 않으면 큰일 나십니다."

홍 씨가 물그릇을 내려놓으며 말했다.

"아닙니다. 현훈(眩暈, 어지러움)이 심했는데 이젠 괜찮아졌어요. 고맙습니다. 이야기부터 할게요."

김진이 무릎걸음으로 홍 씨에게 다가갔다.

"지금 침을 놓지 않으면 쓰러지십니다. 어서 이리 누우세요."

홍 씨 고집도 만만치 않았다.

"하나뿐인 딸까지 앞세워 보낸 박복한 년입니다. 제가 여기까지 온 이유를 말씀드리고 싶어요. 침은 나중에 맞겠습니다."

김진도 더 이상 권하지 못했다.

"깊게 숨을 들이마셨다 내쉬기를 열 번만 하십시오. 조금이라도 머리가 쑤시듯 아파 오면 즉시 이야기를 중지하셔야 합니다. 아시겠습니까?"

홍 씨가 천천히 숨을 골랐다. 창백하던 두 볼에 조금씩 혈색이 돌았다.

홍 씨는 이야기를 꺼내기 전에 옷고름으로 눈물부터 찍어 냈다.

"나리께서 다녀가시고 그냥 이 일을 묻어 두려 했습니다. 딸아이가 끔찍한 일을 당한 건 원통하지만 그 아이 잘못도 또한 있으니까요. 열녀문이 서면 부지런하고 정숙하며 검소하고 화순한 모습으로만 기억될 테니 그것도 나쁘지 않다 여겼습니다."

"무엇이 원통하고 또 무엇이 잘못이라는 겁니까?"

백동수가 말을 자르며 끼어들었다. 홍 씨는 호랑이 같은 눈과 반달곰 같은 덩치에 놀라 입을 꾹 다물었다. 김진이 백동수와 나를 소개했다.

"염려 마십시오. 이쪽은 제가 가장 좋아하는 형님이시고 이쪽은 가장 친한 벗입니다. 두 분 모두 어명을 받들어 따님 일을 심찰하고 있습니다. 편히 말씀하셔도 됩니다."

고개를 돌려 백동수에게 눈짓을 보냈다. 홍 씨가 차분히 이야기를 마칠 때까지 간섭하지 말라는 뜻이다.

밖은 완전히 어두워졌다. 오늘 도성으로 출발하기에는 늦어 버린 것이다.

홍 씨는 세 번이나 고개를 들고 말을 시작하려다가 깊은 한숨을 내쉬며 다시 시선을 내렸다. 답답한 침묵이 이어졌다. 하얀 이를 내보였다가도 곧 입술을 말며 혀끝까지 올라온 말을 삼켰다. 어디서부터 시작할 것인지 수십 번 헤아려도 아직 출구를 확신하지 못하는 듯했다.

이윽고 이야기를 시작했다.

"보름 전, 나리께서 다녀가신 바로 그다음 날 밤에 꿈을 꾸었답니다. 숙명한(옷차림이 수수하고 아름다움) 여인이 촉석루에 서서 남강을 내려다보고 있었지요. 가만히 보니 바로 그 아이였어요. 너무 반가워 곁으로 막 뛰어갔습니다. 한데 그 아이 두 발이 떠올랐답니다. 조금씩 조금씩 허공으로 떠오르다가 갑자기 멈추었어요. 두 팔이 아래로 축 처졌습니다. 두 눈에서 피눈물이 흘러내렸지요. 뺨을 지나 턱으로 흘러 목까지……. 끔찍한 광경들이 지나갔습니다. 구더기가 득실거리는 장, 초파리가 우글거리는 초, 바구미에 구멍이 송송 뚫린 콩, 좀이 저택을 지은 과일, 노래기와 지네가 둥둥 뜬 국, 쥐오줌과 파리똥이 버무려진 밥! 그냥 묻어 두지 말라는 바람이 악몽으로 나타난 것이겠지요."

'그냥 묻어 두지 말라는 바람?'

"새해를 앞두고 그 아이가 제게 보낸 겁니다."

홍 씨는 품에서 서찰을 꺼내 내밀었다. 김진이 먼저 서찰을 개탁(開坼)하여 읽고 백동수에게 건넸다. 나는 어깨

너머로 백동수와 함께 서찰을 읽었다.

　　문안 가이 없이 아뢰옵고, 기후 어떠하옵시니까. 여식은
무사히 있삽고 잠든 사이에도 잊지 못하와 시시각각 그리
옵나이다. 5일 후면 갑진년 신세(新歲)이옵는데, 나달이 하
고 많을수록 그립사와 서러워하옵나이다. 게으른 탓에 기
별 자주 못 올려 민망하옵나이다. 작일(昨日)은 짙푸른 남
강 구비구비 흐르다 의암(義巖) 멈춰 어지러이 나비춤 꿈꾸
고 기뻤사옵나이다. 겨울 깊사와 가오니 극(極)추위에 홀로
계실 생각하옵고 망극 슬허하나이다. 바라옵기는 기거(起
居) 청안(淸安)하옵고 여식 근심하와 눈물 쏟지 마옵소서.
이젠 어머니 남해에서 보낸 초가을 시절을 배우고 싶나이
다. 가이 없사오되 망극하와 이만 알외옵나이다.


　　"평범한 음서 아닙니까? 새해 문안 인사 여쭙고 어머니
를 향한 애틋한 그리움 드러낸⋯⋯."
　　김진과 홍 씨를 쳐다보며 물었다. 백동수도 나와 같은
생각인 듯 고개를 크게 한 번 끄덕였다. 김진은 대답 대신
홍 씨에게 시선을 돌렸다. 아직은 그도 이 서찰에 담긴 뜻
을 헤아리지 못했다. 홍 씨가 문장 하나를 외웠다.
　　"'이젠 어머니 남해에서 보낸 초가을 시절을 배우고 싶

나이다.' 이 구절을 읽었을 때 가슴이 철렁 내려앉았어요. 어찌 이런 망극한 일이 있을까 싶고……. 아비 없는 자식 이란 소리 듣지 않게 하려고 각별히『소학』과『열녀전』을 읽히고 또 읽혔건만……."

김진이 말꼬리를 잡아챘다.

"저도 그 부분이 궁금했습니다. 초가을 남해에서 어떤 기쁨을 누리셨는지요?"

홍씨가 조금 머뭇거리며 답했다.

"그 아이를 유홍(流虹, 출산)한 곳이 남해고 그때가 바로 초가을입니다."

그 순간까지도 나는 홍 씨 대답을 이해할 수 없었다. 그 만큼 김아영의 정숙한 삶에 깊이 감동하고 있었던 것이다. 백동수가 그 말을 잘강잘강 되씹었다.

"애 낳는 기쁨을 배우고 싶다, 이 말이군……."

그 순간 큰 뭉우리돌(둥글고 큼직한 돌)이 뒤통수를 때리 는 듯했다.

'애 낳는 기쁨? 그렇다면?'

"부끄러운 일이지만 그 아이가 아이를 뱄던 게 틀림없 어요. 그 소식을 우리 둘만 아는 일에 얹어서 은밀히 전한 것이지요. 걱정이 태산처럼 커졌습니다. 이 글에 보면 아무 리 생각해도 낳을 작정을 하고 있었으니까요. 2년 전에 남편이 죽은 과부가 애를 낳는다는 게 말이나 되는 소립니까? 매 맞아 죽을 짓을 하고서도 기쁨 운운이라니, 아무래도 그 아이가 단단히 실성을 했던가 봅니다. 불행히 과부가 되었지만 굳은 정조와 바른 행실로 살아가리라 여겼는데……. 아직도 믿을 수 없어요."

천지가 흔들렸다. 지금까지 만난 사람들이 하나같이 주장하던 김아영의 열녀다운 삶이 친정어머니 홍 씨의 말 한마디에 와르르 무너져 내린 것이다. 김아영이 외간 남자와 밀통하여 임신했고 그 아이를 낳으려고 했다!

처음에는 단순히 열녀를 조사하는 일이었다. 김진은 그 죽음을 자살이 아니라 타살로 추정했다. 그것만도 충격인데, 이번에는 김아영이 아이를 가졌다는 것이다.

'남편이 죽고 2년이나 지난 과부가 임신이라니. 아이를 낳는 기쁨과 설렘이 담긴 서찰을 친정어머니에게 은밀히 보내다니!'

나는 놀란 가슴을 진정시키며 처음부터 다시 생각을 정리했다.

'적어도 자살은 아니군. 아이를 가진 어미가 어찌 쉽게 죽음을 택하겠는가?'

"그랬군요."

김진은 짧게 대꾸했다. 홍 씨가 가슴 깊이 숨겨 두었던 고민들을 한꺼번에 쏟아 냈다.

"열녀문을 세워 딸애의 부끄러운 모습을 지울 것인가 아니면 사실을 밝히고 살인범을 잡을 것인가, 둘 사이에서 고민했지요. 나리께서 진주로 내려오셨을 때만 해도 열녀문을 세우는 쪽으로 기울었습니다. 이미 그 아이는 죽었으니 이름만이라도 빛내고 싶은 바람이었어요. 살해당한 것은 억울한 일이지만, 범인을 잡고 못 잡는 것보다 그 아이가 정숙하지 못하였다고 소문나는 것이 더 두려웠답니다. 제가 죽어 무덤에 들어갈 때까지 이 일을 숨기리라 결심했어요. 잘못 생각한 것이죠. 그 아이 원혼이 꿈을 빌려 깨우쳐 준 겁니다. 열녀문을 세우지 않아도 좋으니 부디 그 낮도깨비 같은 놈을 잡아 딸애 원한을 풀어 주세요."

갑자기 김진이 자리에서 일어서서 홍 씨의 움펑눈을 들여다보며 물었다.

"혹시 이번 적성 길을 참판 댁에 알렸나요?"

홍 씨가 약간 놀란 표정으로 김진을 올려다보았다.

"찾아뵙고 인사 여쭙지는 못하더라도 사돈댁에 알려 드리는 것이 예의일 것 같기에……. 설마령을 넘기 전 인편으로 음신을 보냈습니다."

"큰일 났군."

김진이 서둘러 갓을 찾아 썼다. 백동수와 나는 그때까지도 어리둥절한 표정으로 앉아 있었다.

"무슨 일인가? 왜 그리 서두르나?"

"어서 가세. 사람 목숨이 달린 일이야."

김진은 내게 서둘러 따라나서라고 한 후 백동수에게 청했다.

"야뇌 형님! 형님은 예서 부인을 지켜 드리세요."

백동수가 물었다.

"어떤 놈들이 감히 객사를 넘본단 말인가?"

"막다른 골목까지 몰렸다 싶으면 의금부 담장이라도 넘을 놈들입니다. 다른 곳으로 옮기는 것보다는 객사가 안전하니 밤을 새워 지키셔야 합니다."

"알겠네. 자네들은 어디로 가는가?"

"다녀와서 상세히 말씀드리겠습니다. 가세!"

객사를 나온 김진은 등자에 두 발을 의지하여 엉덩이를 들고 서쪽으로 말을 내달렸다. 나는 뒤처지지 않도록 고삐를 급히 흔들며 물었다.

"누구 목숨이 위험하단 건가?"

김진이 동문서답을 했다.

"신사(神祀) 끝난 뒤 부질없이 치는 장구가 아니라야 할 텐데. 홍 씨가 나타났을 때 서둘러 사람 목숨부터 구했어야 했어. 너무나 뜻밖인지라 놀랐고, 또 내가 고민하던 마지막 문제가 해결되는 바람에 잠시 조각을 이어 맞추느라 정신을 판 게 바보였네."

"마지막 문제가 해결되었다고?"

김진이 경쾌하게 답을 주었다.

"김 씨를 빨리 죽여야 하는 이유 말일세. 그 죽음이 자살로 바뀌어 열녀문을 세워 달라고 나라에 청을 넣은 곡절을 알았다네."

'도대체 누가 죽였단 말인가? 김아영을 임신시킨 사내일까? 가능성이 있다. 사실이 들통 날 걸 두려워하여 범행했을 수도 있겠지. 시아버지 임호는? 맏며느리의 임신 사실을 알고 집안의 수치를 지우기 위해 독한 결심을 하지는 않았을까?'

그동안 만난 얼굴들이 휙휙 지나갔다.

'정말 그들 중 살인자가 있는 걸까.'

두지진 나루를 지나 한적한 길로 접어들었다. 이 길 끝에 살고 있는 얼굴 하나가 뚜렷하게 떠올랐다.

"조광정이 위험한가?"

김진은 대답 대신 더욱 속도를 냈다. 나 역시 말고삐를 흔들며 소매에 넣어 둔 표창들을 헤아렸다. 불길한 예감이 맞다면 우리는 지금 사건 현장으로 달려가는 중이다.

'조광정을 죽이려는 자가 아직 머무르고 있다면 급습하여 사로잡으리.'

물굽이를 두 번 돌자 키 작은 밤나무로 울타리를 대신한 기와집이 나왔다. 앞마당 네 모서리에 선 금강, 두류, 백두, 한라를 닮은 수석 중 금강과 두류가 마주 보며 넘어져 있었다. 집에 불빛이 조금도 새어 나오지 않는다. 벌써 잠들기에는 이른 시각이다.

마당으로 들어서는 순간 시체 하나를 보았다. 조광정의 시중을 들던, 푸른 웃음이 맑은 소년이었다. 가까이 다가가서 안아 일으키니 뒷목에 칼이 꽂혀 있었다. 체온이 남아 있는 것을 보니 칼을 맞은 지 얼마 되지 않은 듯했다.

나는 소매에서 표창을 꺼내 들었다. 김진은 상갓집 개처럼 멍하니 시신을 내려다보며 체념한 듯 뇌까렸다.

"늦었어. 상요(殤夭, 성년이 되지 못한 채 죽음)의 재앙을 막을 수도 있었는데. 다 내 불찰일세."

황급히 방문을 열고 뛰어올랐다. 하마터면 코를 찧으며 넘어질 뻔했다. 발밑에 공처럼 둥글고 딱딱한 물체가 밟혔다. 겨우 균형을 잡고 집어 드니 붉은 피가 손을 타고 팔꿈치까지 흘러내렸다.

"흑!"

바닥에 떨어뜨렸다. 떼구르르 굴러 서안에 닿은 것은 잘려 나간 조광정의 머리였다. 방에는 온통 피가 흥건히 흘러 고였다. 사슴뿔을 자르는 큰 작두 위에 조광정의 상체와 하체가 따로따로 잘린 채 놓여 있었다. 오른 가슴에는 깊게 찔린 칼자국이 선명했다. 터진 내장들이 피와 엉켜 비릿한 냄새를 뿜어 댔다.

나는 다시 마당으로 뛰어내렸다. 달아난 범인을 쫓기 위함이었다.

"늦었네."

김진이 막아섰다.

"아직 체온이 남아 있네. 쫓아가면 돼."

"거룻배도 없는데 도강한 놈들을 어찌 잡는단 말인가?"

"강을 건너가다니?"

"마당으로 들어선 순간 희미하게 노 젓는 소릴 들었다네. 산과 집은 그대로건만……. 아, 이 둘은 내가 죽인 걸세. 살릴 수도 있었는데……."

고개를 떨어뜨린 김진은 당장에라도 눈물을 쏟을 듯했다. 나는 아직 왜 조광정이 죽어야 하는지, 또 누가 그를 죽였는지 알 수 없었다. 적당한 위로도 찾기 힘들었다.

김진은 천천히 뒷걸음질을 치며 조광정 집을 벗어났다.

몸을 돌려 솔랑솔랑 흘러가는 검은 두지강을 한참 동안 쳐다보았다. 곁에 서서 두 눈을 씀벅거리며 이 살옥에 대해 따져 보았다.

'홍 씨가 진주에서 적성으로 왔다. 김아영이 임신을 했고 또 살해당했다고 주장했다. 홍 씨는 적성에 닿기 직전 임 참판에게 도착을 알렸다. 김진이 갑자기 대화를 멈추고 두지진으로 달렸다. 조광정이 죽었다. 이것은 홍 씨가 적성 행을 임 참판에게 알린 것과 임 참판에게 단골로 약을 지어 바치던 조광정이 살해된 것이 연결되어 있음을 뜻한다.

참판 임호가 정녕 조광정을 죽였단 말인가? 조광정이 김 씨 살해에 연루됐던 것일까? 아니다. 꼭 임 참판만이 아니다. 홍 씨가 온 소식은 그 집 사람 누구라도 알 수 있었다. 집에 없는 임거선이나 임 참봉에게 연통이 닿는 것도 어렵지 않다. 아, 답답하구나. 왜 홍 씨가 적성에 오자마자 조광정이 죽어야 하는 걸까?'

내 고민은 마지막 물음에서 꽉 막혔다. 김진 도움을 받을 수밖에 없었다.

김진이 다시 강을 따라 걷기 시작했다. 나는 말고삐를 양손에 하나씩 들고 뒤따랐다. 위로를 건네는 대신 방금 전까지 내가 고민한 대목들을 길게 늘어놓았다. 위로는 김진에게 어울리는 단어가 아니었다. 잠자코 내 말을 듣던 그가 걸음을 멈추었다.

"사람 목숨 둘을 구하지 못한 건 애석하지만, 이 살인으로 인해 모든 것이 명명백백해졌네. 어지간히 급했던 모양이야. 꿩 구워 먹은 자리로 정돈할 수도 있었을 텐데. 혹 여차하면 네놈들도 이런 꼴을 만들겠다는 경고일까?"

"짚이는 범인이라도 있나? 어서 가르쳐 주게. 달아나기 전에 잡아들여야 하지 않겠는가?"

김진이 다시 걸음을 옮기며 말했다.

"범인은 결코 달아나지 않네. 열녀문을 세울 때까진 어디로도 못 가지. 서둘러야겠네. 오늘 밤에라도 당장 적성을 떠나도록 하세. 동행이 한 사람 더 늘었군. 향이와 함께 홍씨도 당분간 우리가 돌보아야겠어. 그리 해도 되겠지?"

나는 고개를 끄덕였다.

"왜 조광정이 살해된다고 예측한 건가? 첨윤(詹尹, 고대 점술의 명인)도 자네만큼 맞히지는 못할 걸세. 이것만이라도 가르쳐 줄 순 없겠나?"

김진이 강을 등지며 멈춰 섰다.

"김 씨는 임신한 사실을 숨길 수밖에 없었네. 운우지락을 나누었던 남자에게도 말하지 않았을지 몰라. 직접 그 사실을 알린 사람은 친정어머니 홍 씨뿐이었을 걸세. 어머니에게 못할 말이 무엇이겠는가. 또 진주와 적성은 천 리가 넘으니 둘만 아는 일화에 빗대어 알리면 들킬 염려 없다 생각했겠지. 무엇보다도 누구에겐가, 한 사람에게라도 비밀을 털어놓지 않고는 못 견뎠을 거야."

"그래서?"

"임신한 여자가 그 사실을 숨기는 상황에서 비밀을 알아냈을 사람이 누굴까?"

"조광정이겠지. 의원이니까. 그렇다면⋯⋯?"

김진이 언덕길을 오르며 말했다.

"그렇지. 김 씨는 조 의원에게 임신 사실을 들켰을 걸세. 어쩌면 임신했다는 걸 조 의원한테 처음 들었을 수도 있지. 그 후엔 당연히 조광정 입을 막으려고 했을 걸세. 재물도 주고, 더 비싼 약을 지었을지도 몰라. 한동안은 조 의원의 입을 막았겠지만 곧 조 의원은 그 일을 누군가에게 알렸네. 더 큰 떡고물을 받아 챙기면서 말일세. 그러니 홍 씨가 딸의 임신 사실을 밝혔을 때 우린 곧바로 조 의원을 구하러 왔어야 했어. 바로 그 누군가가 조 의원 입을 영원히 틀어막기 전에 조 의원을 안전한 곳으로 빼돌렸어야 했다, 이 말일세."

희미하지만 비로소 나는 몇몇 부분을 알아차렸고, 점점 더 많은 물음이 득시글득시글 찾아들었다.

"누가 조광정을 매수했고 또 그를 죽였나? 자넨 벌써 다 알고 있지 않은가? 역시 임 참판인가? 아니면 김아영과 정을 통한 사내인가? 범인이 누구야?"

김진은 그쯤에서 말을 잘랐다.

"아직은 때가 아냐. 난 김아영에 대해 더 많은 것을 알고 싶고 이 살인과 관련된 공범들을 모두 옥에 가두고 싶어. 조금 더 시간이 필요해. 그사이엔 오늘처럼 끔찍한 일이 벌어지는 일은 없을 게야. 자네도 오늘 일은 당분간 잊어 주게."

나는 고개를 끄덕였다. 김진이 갑자기 생각난 듯 물었다.

"이방이 장세를 걷기로 한 날이 오늘 아니었나?"

"그래. 낮에 이포진 고로 나갔다 하더군."

"관아로 돌아왔다던가?"

"아직일세. 아까 보니 형암 형님도 기다리는 눈치시더군. 걱정 말게. 5대째 질청에서 일하는 사람이라네. 마음도 넉넉하고 일처리도 빈틈이 없지 않은가? 자네도 이방에게 장세를 걷게 하는 일에 동의했고 말일세."

김진 표정이 조금 굳었다.

"그래, 동의하긴 했지. 너무 늦는군. 싸라기별도 없는 걸 보면 장대비라도 한줄기 내릴 날씬데. 돌아오는 길에 큰 고생이라도 하지 않을까 걱정이야."

# 23

견빙지점(堅氷之漸, 불길한 조짐)은 다시 한 번 큰 화로 이어졌다.

어둑새벽에 이방 진독주 시체가 덕진나루(德津津)에서 발견된 것이다. 진독주를 호위하고 갔던 나졸 다섯 명도 돌아오지 않고 있었다. 이덕무가 급히 김진과 나를 동헌으로 불러들였다.

"나는 곧 덕진나루로 가야겠네. 자네들은 이포진으로 가서 도주 한일심과 행수 정주동을 데리고 오게. 부탁하이."

"걱정 마십시오."

이덕무와 나는 이포진을 향해 말을 달렸다.

고들이 있는 언덕을 넘기 전 걸음을 멈추었다. 만에 하나 한 도주와 정 행수가 이방을 죽였다면 언덕 아래 장정들부터 처치해야 한다.

"한 가지만 묻겠네. 이방을 염려한 건 순전히 감인가, 근거가 있는 겐가?"

김진이 곰솔에 말을 묶으며 답했다.

"일이 벌어지리라 예상은 했지만 이렇듯 급히 닥칠 줄은 몰랐으이."

"예상을 했다? 불 때지 않은 굴뚝에 연기 나지 않는다지만, 내가 보지 못하는 연기를 어찌 자네만 번번이 보는 걸까?"

"이방에게 장세를 맡기는 순간부터 균열은 시작되었으이."

김진 대답을 찬찬히 곱씹었다.

"이방에게 장세를 걷게 한 건 이런 사고를 원했기 때문인가?"

김진이 주저 없이 답했다.

"살옥을 바란 건 아니네만, 질청에 큰 소용돌이가 일기를 바란 건 사실일세."

점점 더 날카롭게 물고 늘어졌다.

"자네도 이방이 적임자라고 하지 않았나?"

"적임자라 말한 적은 없으이. 지금 상황에선 호방보다 이방에게 맡기는 게 좋겠다고 답했을 뿐이야. 호방은 큰 문제 없이 장세를 걷을 수 있었겠지만, 형암 형님이 원하신 건 화평이 아닐 테니까."

"형암 형님도 이 화를 예상했다고? 납득하기 힘들군. 문제 없이 장세를 걷을 사람 대신 사고를 일으킬 도필리(刀筆吏, 아전)를 택하였다?"

이덕무와 김진은 장세를 안전하게 걷는 것보다 더 큰 문제를 살피고 있었던 것이다.

"형암 형님이 왜 장세 걷는 일을 향청에서 질청으로 옮겼겠는가? 그건 향청과 객주의 오랜 묵약을 깨뜨리기 위함일세. 고요한 달빛을 일렁일렁 흔들려면 그 정도 바람은 불어야겠지. 균열 속에서 법을 어긴 자들을 찾기 위함이야."

"꼭 이방에게 맡길 필요가 있었는가? 호방이 이방보다 일을 잘하리란 보장이 어디 있어?"

"질청 아전들이란 몇 대를 내려오며 바람 가는 데 범 가듯 얽힌 관계들이지. 모르긴 해도 호방과 이방 역시 서로 얽힌 부분이 많을 걸세. 질청이란 곳을 잘 들여다보면 이방과 호방이 서로 세를 나누어 다투는 경우가 꽤 있으이. 자네도 알겠지만, 개국 초엔 질청 아전들이 호방을 중심으로 움직였네. 하나 왜란과 호란을 거치며 점점 이방 쪽에 힘이 실리게 되었지. 적성 고을도 이방 중심으로 질청이 운영되고 있네."

"대부분 고을이 이방 중심일세."

"호방은 장세를 성실히 거두어 사또에게 인정받고 싶었을 테고, 이방은 객주가 향청과 맺었던 묵약을 새롭게 자신과 맺기를 바라지 않았을까?"

"그 때문에 자네가 이방을 걱정한 게로군. 누가 이방을 죽였다고 생각하는가?"

"지금 그 답을 내릴 때는 아니라고 보네."

"한 도주가 범인이라면 벌써 달아났겠지."

"정반대일 수도 있네. 달아나는 건 내가 이방을 죽였소 불림(자백)하는 것이니까. 평온하게 버텨 위험을 벗어나려 할 수도 있지."

"복잡하군. 혹시 놈들이 우릴 포박하여 납치하지는 않을까?"

"그런 일은 없을 걸세. 의금부 도사를 납치하면 후환이 어떠할지야 삼척동자도 아니까. 한 도주는 그렇게 어리석은 사람이 아닐세. 산전수전 다 겪은 대갈마치(온갖 어려운 일을 겪어 아주 야무치게 보이는 사람)일세. 오죽하면 별명이 적호(赤狐)일까. 자, 안심하고 가세. 자네 안색이 창백하군. 어디 아픈가?"

왼손바닥으로 뺨을 어루만지며 답했다.

"별것 아닐세. 어젯밤부터 어금니가 쿡쿡 쑤시는군."

김진이 내게 바짝 얼굴을 들이밀었다.

"턱을 들고 입을 벌려 보게."

"괜찮다니까."

다시 권하는 바람에 입을 벌렸다. 김진이 찬찬히 입 안을 살핀 후 갑자기 담뱃대를 꺼내 무엇인가를 넣고 불을 댕겼다.

"자, 한 모금 빨아 보게."

"내가 남령초 피우지 않는 걸 자네도 알지 않나?"

이덕무는 반드시 머리는 밤에 빗고 발은 남이 보지 않는 곳에서 씻으며, 남령초와 소설과 여자를 짐조(鴆鳥, 독성이 대단한 새, 그 털로 술을 담가 마시면 죽음) 보듯 멀리하라 했다. 적어도 담배만은 권고를 따르고 싶었다.

"이건 남령초가 아니라 약일세. 귤껍질을 섞었으니 서너 모금 빨면 아픈 게 가실 걸세."

김진이 담뱃대를 내 콧잔등 위로 들어올려 까닥거렸다. 나는 담뱃대를 받아들고 하얗게 피어오르다 흩어지는 연기를 바라보았다. 깊게 한 모금 빨아 당겼다.

"퀙, 퀙퀙!"

눈물과 함께 기침이 쏟아졌다.

"대체 자넨 이게 뭐가 맛있다고 매일 피워 대는가?"

김진이 빙긋 웃으며 대답 대신 물었다.

"어떤가? 아직도 어금니가 아픈가?"

탁탁 소리 나게 턱을 움직여 보았다. 신기하게도 한결 아픔이 덜했다.

"많이 좋아졌으이. 화광, 다시 충고하네만 형암 형님 말씀처럼 남령초는 심신을 해친다네. 철록어미(골초) 노릇은 그만두게."

김진은 내가 피우다 건넨 담배를 맛있게 빨며 혼잣말처럼 뇌까렸다. 두 눈에 피어오르는 연기가 정처 없이 떠도는 구름 같기도 하고 안개 같기도 했다.

"좋은 것, 아름다운 것, 멋진 것만 찾아 헤맬 때도 있었지. 가끔은, 아주 가끔은 내 안에 상처를 내는 것도 나쁘진 않아. 이 가슴속 비명을 혼자 듣는 거라네."

언덕을 넘자 문 가까이 이르기도 전에 식철이 우리를 보고 달려나왔다. 방망이를 든 장정 넷이 뒤따랐다.

"어서 오십시오. 도주님이 기다리고 계십니다요."

"한 도주가 기다리고 있다? 우리가 올 줄 어찌 알았는가?"

"덕진나루 객주에서 연통이 왔습죠. 이방 어른 시신이

떠올랐다고요. 어제 이방 어른이 우리 고를 다녀가셨으니 관아에서 확인차 누군가 올 것이 분명하다 하셨습죠."

객주끼리 연통은 관아보다도 빨랐다.

식철을 따라 염고로 갔다. 한 도주와 정 행수는 염고 문 앞까지 나와 기다리고 있었다. 한 도주는 왼 어깨에서 매듭을 짓는 붉은 호복(胡服)을 입고 비취 목걸이를 둘렀다. 정 행수가 읍을 한 후 말했다.

"도사께서 오신 걸 보니 덕진나루 객주가 보낸 연통이 사실인 모양이군요. 참으로 안타까운 일입니다. 누가 감히 적성 관아 질청 우두머리인 이방 어른을 죽인단 말입니까."

"다섯 나졸도 행방이 묘연합니다. 객주가 의심받고 있음은 알지요?"

한 도주가 김진을 보며 공손하게 답했다.

"이방을 마지막으로 본 사람이 저와 정 행수이니 조사를 받는 건 당연한 일이겠지요. 우리는 결코 이방과 다섯 나졸을 해치지 않았습니다. 관아 보살핌 없이는 이 장사를 제대로 할 수 없어요. 위험한 고비도 있었지만 알탕갈탕 버텨 임진강 나루 중에서는 손에 꼽는 장사꾼이 되었습죠. 고마운 손님 정성껏 모시며 좋은 시절 함께 보내려 하였을 따름이에요."

"사람 죽고 죽이는 일엔 지독한 연유가 있기 마련입니

다. 한 도주 말씀도 일리가 있습니다만, 혹시 우리가 모르는 연유가 있을지도 모르지요. 이방과 다섯 나졸이 돌아간 것은 언제쯤입니까?"

정 행수가 기억을 더듬었다.

"미시(낮 1시)에 와서 포시(晡時, 낮 3시)가 되기 직전에 떠났습니다."

"세를 냈습니까?"

"물론입니다. 장세뿐 아니라 생선이며 서책 그릇 등을 드렸죠. 다섯 나졸이 들고 지고 장글장글한 햇살 아래 어깻바람 날리며 고를 떠났습니다. 장세 든 돈주머니는 이방 어른이 챙기셨고요."

한 도주가 끼어들었다.

"도적 떼를 만난 게 아닐까 합니다. 요즘 들어 부쩍 자주 걱정봉에서 불꽃이 피어오르곤 했지요."

"그럴 수도 있겠죠. 다섯 나졸은 이방이 살해되는 동안 무얼 했을까요? 그들은 지금 죽었을까요, 살았을까요?"

정 행수가 새로운 추측을 꺼냈다.

"혹시 다섯 나졸이 작당하여 이방 어른을 해치고 달아난 건 아닙니까?"

김진이 답했다.

"어느 쪽도 속단하긴 이릅니다. 사또께서 덕진나루를 돌

아보고 오시면 조사하여 합당히 처결하실 겁니다. 한 도주
와 정 행수는 우리와 함께 갑시다."

한 도주가 답했다.

"살인범을 찾는 일인데 적극 도와야지요. 정 행수까지
갈 필요는 없다고 봅니다. 제가 없는 동안 객주 일을 총괄
할 사람이 필요합니다. 정 행수에게 그 일을 맡겼으면 합
니다만……."

"장세를 이방에게 내고 산물(産物)을 챙겨 선물 꾸러미
를 만드는 실무를 본 이는 정 행수 아닌가요?"

"그렇습니다. 소인이 맡아서 했습니다."

"그럼 함께 가야겠습니다. 오래 걸리지 않을 테니 객주
일은 다른 행수에게 맡기도록 해요."

두 사람은 이미 각오한 일인 듯 더 이상 토를 달지 않았다.

한 도주와 정 행수를 데리고 관아에 도착하니 이덕무는
벌써 돌아와 있었다. 이덕무는 질청에서 그들을 만나겠다
고 했다. 이방 진독주가 30년 가까이 머문 방에서 한 도주
와 정 행수를 심문하겠다는 것이다. 김진과 나까지 들어가
자 방이 꽉 찼다. 열린 털구멍마다 땀방울이 비처럼 흘렀

다. 비말(飛沫, 날아 튀는 물방울) 날리는 폭포에 온몸 던진 후 솔바람에 말리고 싶었다.

이덕무가 가운데 앉고 김진과 내가 뒤에 섰다. 한 도주와 정 행수는 그 앞에 무릎을 꿇었다.

"고개를 들라."

목소리가 잘 벼린 칼처럼 날카롭게 흔들렸다. 근심과 분노가 있더라도 얼굴 찡그리거나 고함지르지 말라고 늘 규간(規諫, 충고)하던 이덕무였지만, 휘하 아전의 변고에는 평정심을 유지하기 힘든 듯했다. 한 도주 눈을 노려보며 말했다.

"왼 발목에 시퍼렇게 멍이 들었더니라. 돌덩이를 매달아 영원히 강 밑에 가라앉힐 작정이었겠지. 하나 장대비 쏟아져 강물이 붙는 바람에 덕진나루까지 떠내려간 게야. 뱃길을 끼고 있는 객주에서 사람을 처치할 때 흔히 쓰는 수법이라더군……. 그대들 객주에서는 그런 적 없는가?"

한 도주가 목청 높여 아뢰었다.

"사또! 제가 객주를 맡은 지난 20년 동안 곡절 모를 변사는 없었습니다. 누군가 두지진 객주를 모함하려 합니다. 밝게 살펴 주십시오."

이덕무가 방바닥에 초지(草紙)를 폈다. 붓을 들어 뱀처럼 휘어드는 곡선을 하나 그렸다. 이포진에서 덕진진에 이르

94

는 강줄기였다.

"이방 시신은 강줄기가 왼편으로 굽어드는 이곳에서 발견되었다. 상류로부터 강을 따라 흘러 내려오다가 밀려 올라왔다 보아야겠지. 시신 변색 정도와 지난밤 급격하게 늘어난 물의 양을 따진다면 이방은 이포진 근방에서 살해되었을 터!"

이덕무가 말을 끊고 한 도주와 정 행수를 쳐다보았다. 한 도주가 굳은 표정으로 이의를 제기했다.

"강물은 그때그때 유속(流速)이 달라지는 법입니다. 또한 시체가 큰 강줄기를 따라 흘러왔다면 사또 말씀이 옳으나 그 사이 작은 내(川)도 또한 적지 않지요. 그중 한 곳에서 살해되어 큰 물줄기로 흘러들었을지도 모르는 일입니다."

김진이 끼어들었다.

"작은 내가 흘러나와 강을 이루고 그 강이 다시 모여 바다로 흘러드는 것은 당연한 이치입니다. 그렇다고 모든 내를 조사할 수는 없는 일, 이방이 스스로 이포진이 아닌 다른 내까지 갔을 리 만무합니다. 많은 선물을 받은 다섯 나졸까지 뒤따르고 있었으니까요. 장세를 거둔 이방이 괜히 강줄기를 따라 멀리 돌아올 까닭도 없습니다."

정 행수가 따지듯 물었다.

"고에서도 말씀드렸듯이, 다섯 나졸이 이방을 납치 살해했을 수도 있지 않습니까? 그 죄를 우리 객주에 뒤집어씌우려고 일부러 시신을 물에 넣었는지도 모릅니다."

김진이 정 행수 쪽으로 시선을 돌렸다.

"생김생김은 보살 같지만 속은 두억시니다, 이 말입니까? 나졸들은 이방이 오랫동안 수족처럼 부리던 사람들이에요. 게다가 모두 혼인을 해서 자식까지 두고 있소이다. 애옥살이(가난에 찌든 고생스러운 살림살이)에 지친 그들이 한몫 잡기 위해 이방을 죽였다면 그 식솔은 벌써 이 고을을 떠났어야 옳아요."

"견물생심! 미리 작당하진 않았으나 돈을 보는 순간 눈이 뒤집혔을지도 모르지요."

"다섯 나졸이 단번에 혹하여 흉측한 일을 저지를 만큼 장세가 많았을까요? 정말 그들이 흑심이 생겨 이방을 죽이고 장세를 빼앗았다면 벌써 관아로 돌아왔어야지요. 이방이 실종되면 당연히 그들부터 찾을 텐데요. 돌아와서 이런 저런 둔사(遁辭, 빠져나가려고 꾸며 대는 말)를 남발하다가 적당한 때를 보아 적성을 떠나는 것이 수순입니다. 의심받을 게 뻔한데 돌아오지 않는다는 것은……."

내가 말꼬리를 잡아챘다.

"그 말은, 나졸들도 위태롭단 겐가?"

"무사하기만을 빌어야겠지. 오늘 이방이 장세를 걷으러

올 일을 미리 알았던 건 누구누구입니까?"

한 도주가 답했다.

"장세와 관련된 일은 극비로 둡니다. 돈이 오가는 일이니 사고를 미리 막자는 뜻이지요. 저와 정 행수 두 사람만이 알고 있었습니다."

잠시 침묵이 흘렀다. 정 행수가 좌중을 살피며 입을 열었다.

"저희들은 이만 물러갔으면 합니다. 객주를 비워 둘 수없는 처지인지라……."

이덕무가 김진과 내게 눈으로 물었다. 김진이 선선히 답했다.

"일단 돌아가도록 해요. 관아에서 곧 기별이 갈 것이니그땐 지체하지 말고 다시 와야 합니다."

"곧 기별을 보낸다 하심은?"

"나졸들 행방을 찾으면 객주에 새로 따져 볼 일이 생기지 않겠습니까?"

한 도주가 여유 있게 미소를 머금었다.

"알겠습니다. 부르시면 언제라도 달려옵지요."

한 도주와 정 행수가 눈을 맞춘 후 자리에서 일어서기위해 무릎을 폈다.

그러나 기별을 보내고 말고 할 필요가 없어졌다. 갑자기 병방 신익철이 문밖에서 아뢴 것이다.

"사또! 벼, 변고입니다요."

"들라."

신익철은 방으로 들어서자 읍을 하고 떨리는 목소리로 아뢰었다.

"도개나루〔猪浦津〕에서 방금 연통이 왔습니다. 더그레 차림 나졸들 시신 다섯이 바, 발견되었답니다. 도개진 객주에서 행수로 일하는 강삼식(姜三植)은 이방과 함께 이포진으로 갔던 나졸 강봉식(姜奉植)의 형이온데, 시신 중 하나가 아우 강봉식이 분명하다고 말하였답니다요."

"무엇이라고? 모조리 죽었단 말인가?"

"그렇습니다."

김진이 끼어들었다.

"외상이 있다던가?"

"끔찍하답니다요. 온몸이 멍투성이인 데다가 팔다리가 부러지고 머리까지 깨졌다네요. 벼락 방망이를 당한 것이 분명한 것 같습니다요……. 게다가……."

신익철이 말을 끊고 한 도주와 정 행수를 힐끔 쳐다보았다.

"답답하군. 어서 말을 해 보게."

나는 눈을 크게 뜨고 다가앉으며 재촉했다.

"나졸 강봉식이 오른손에 방망이를 하나 쥐고 있었다 합니다요."

"방망이? 육모방망이를 놓지 않았단 말인가?"

"육모방망이라면 이상한 일이 아닙죠. 관아에서 쓰는 육모방망이보다 한 뼘은 더 크고 굵답니다요. 박달나무로 만든 팔모방망이랍니다."

나는 고개를 돌려 한 도주를 노려보았다. 한 도주 두 뺨이 벌겋게 달아올랐다.

"팔모라면…… 객주 장정들이 고를 지킬 때 들고 다니던 방망이 아니오?"

신익철이 쐐기를 박았다.

"팔모방망이 손잡이에는 두지진 객주 물건임을 뜻하는 한(韓) 자가 선명하게 박혀 있었습니다요."

정 행수가 양손으로 바닥을 탁 치며 울먹였다.

"사또! 이건 모함입니다. 객주를 음해하려는 자들이 꾸민 짓입니다. 저희들이 무엇이 아쉬워 이방과 나졸을 죽이겠습니까?"

이덕무가 언성을 높였다.

"물증이 확실한데도 발뺌을 하려 드느냐? 병방! 이자들을 당장 옥에 가두라. 객주에서 팔모방망이를 쓰는 놈들을 모조리 잡아들여야겠다."

병방과 나졸들이 한 도주와 정 행수를 끌어냈다. 정 행수는 계속 억울함을 호소했지만 한 도주는 눈을 지그시 감은 채 침묵했다.

이덕무는 급히 동헌으로 향했다. 김진과 내가 좌우에서 나란히 걸었다.

"힘들겠지만 다시 이포진으로 가 주게. 저항이 만만치 않을 테니 자네들이 맡아 줘."

나는 가슴을 쫙 펴며 답했다.

"알겠습니다. 걱정 마십시오."

김진이 즉답하지 않았으므로 이덕무와 내 시선이 그에게 향했다.

"이포진 일이야 듬쑥한 이 도사 혼자면 충분합니다. 소생은 도개나루로 갔으면 합니다만……."

나졸들 시신을 살피고 싶은 것이다. 이덕무가 내게 물었다.

"혼자서 할 수 있겠나?"

오른 주먹을 들어 보였다.

"걱정 마십시오. 덤비는 놈이 있으면 호된 맛을 보여 주겠습니다."

김진이 갑자기 걸음을 멈추었다.

"한 도주를 데려가게 하시죠?"

"한 도주를? 그 이유가 무엇인가?"

나 역시 이덕무와 같은 질문을 던지고 싶었다.

"관아로 간 도주와 행수가 돌아오지도 않았는데, 나졸들이 들이닥치면 반발이 심할 겁니다. 바가지 뒤집어쓴다고 벼락 피할 수 없음을 알리고 한 도주가 그들을 다독거리면 큰 마찰 없이 장정들을 잡아 가둘 수 있지요."

이덕무가 고개 끄덕이며 내게 시선을 돌렸다.

"알겠습니다. 한 도주와 함께 다녀오겠습니다."

# 24

도주에 대한 객주 장정들의 충심은 놀라웠다. 얼굴엔 잉걸불 같은 분노가 가득했지만 한 도주가 명령을 내리자 식철을 비롯한 장정들 모두가 팔모방망이를 내려놓고 순순히 오라를 받았다.

그 맹종이 더욱 의심스러웠다. 무기를 버리고 순순히 오라를 받듯 또한 눈 하나 끔쩍 않고 사람을 해칠 수도 있지 않을까.

"지금까지 우리가 먼저 남을 공격한 적은 없어요. 어디까지나 객주를 지키기 위한 자구책이죠."

양손을 묶인 채 말에 오른 한 도주가 내 속을 들여다보듯 꼬집었다.

"더 큰 자구책으로 이방과 나졸을 해쳤을지도 모르오."

한 도주는 붉디붉은 입술을 삐죽 내밀며 답했다.

"아직도 모르시겠어요? 우리가 정말 흑심을 품었다면 시신을 강에 빠뜨리는 한심한 짓은 하지 않아요. 감악산 자락에 파묻어 버리면 누가 알겠어요?"

살기가 느껴졌다. 이문을 위해서라면 그런 짓도 마다하지 않을 여자다.

"정말 저희가 아니에요. 신임 사또를 자극해서 무슨 득을 본다고 사람을 여섯이나 죽이겠어요? 제발 저희에 대한 오해를 푸시고 이 억울한 누명 벗겨 주세요."

"팔모방망이가 나왔다지 않소?"

"그 방망이는 저희들 게 맞을 겁니다. 누명을 씌우려면 그 정도 준비는 했겠지요."

"한 도주에게 충심을 보이기 위해 몇몇 놈들이 허락도 받지 않고 일을 벌였을지도 모르지 않소? 장정들이 한둘도 아니고."

한 도주가 턱짓으로 터벅터벅 앞서 걷는 장정들을 가리켰다.

"달만이 정을 주니 따르는 제자 같고, 산만이 속되지 않으니 내 뜻 알던 자하(子夏) 같다 했던가요? 달과 산 같은 저 애들, 다 내 자식 삼았어요. 돈 몇 푼 더 벌기 위함이라면 벌써 송상이나 만상으로 갔겠죠. 저 애들이 적성을 떠나지 않는 건 여기가 집이고 또 우리 객주가 가족이라고 믿기 때문이죠. 그런 믿음 심어 주기 위해 참 많이 노력했답니다. 어미가 제 자식을 모르면 누가 알겠어요? 저 애들, 팔모방망이를 들고 어슬렁대지만 착하고 여려요. 사람 죽일 그릇들이 못 된답니다.”

“관아에 가서 차차 따져 보도록 합시다. 누구 의심 가는 이라도 있소? 한 도주에게 누명 씌울 사람 말이오.”

한 도주가 엉덩이를 안장에서 가볍게 떼었다가 앉으며 답했다.

“모름지기 장사꾼은 남 험담 않는답니다. 또 지금은 소녀가 지닌 패를 전부 보여 드릴 순간도 아닌 듯하네요. 살옥이야말로 의금부 도사 나리께서 전담하여 밝히실 일이 아닌가요?”

말문이 막혔다.

그 밤부터 새벽까지 문초가 이어졌다. 장정 한 사람 한 사람마다 어제 이방과 나졸들이 다녀간 전후 행적을 묻고 또 물었다. 그들은 구관조처럼 같은 주장만 뒤삶고 곱삶았다. 이방과 나졸들에게 팔모방망이를 휘두른 적이 없다는 것이다.

아침을 먹고 잠시 눈을 붙였다.

김진은 잠을 자는 대신 두류산에서 좋은 차가 왔다며 윗목에 종이를 펴고 꼼꼼히 살피다 내가 깨어날 때까지 머리를 맑게 하는 향료를 금동 향로에 넣어 피웠다. 나는 부지런한 벗이 끓인 녹차 한 잔에 힘을 얻어 다시 동헌으로 달려갔다.

점심 건너뛰고 다저녁때까지 문초하였으나 소득이 없기는 마찬가지였다. 선물까지 듬뿍 안겨 배웅했는데 남이 눈똥에 주저앉히며 살인범 취급하니 억울하다면서 눈물이 듣거니 맺거니 떨어졌다.

질청 아전들은 한 도주와 정 행수를 주리라도 틀자고 건의했다. 몽둥이찜질을 당하면 토설할 것이라고도 했다. 피붙이처럼 지내던 이방이 죽었으니 그럴 만도 하였다. 그러나 이덕무는 주리를 트는 것은 물론이고 주먹으로 가슴을 때리거나 어깨를 내리치는 것조차 엄히 금했다.

"형님! 말만 가지곤 아무것도 밝히지 못합니다. 어떤 살인범도 곱게곱게 죄를 자복하진 않아요. 소장에게 맡겨 주십시오. 해가 지기 전에 확실히 자복을 받겠습니다."

이덕무가 목소리 높여 꾸짖었다.

"백성들이 왜 의금부를 두려워하는지 아는가? 죄 없이 살던 사람조차 하루 만에 사람 죽이는 거골장(去骨匠, 소나 돼지 등을 죽여 뼈를 골라내는 사람)으로 둔갑시키기 때문이야. 갖은 고문을 다 하여 반병신 만든 게 어디 한둘인가. 내 고을에서는 그런 일 용납할 수 없네. 말로 따져 죄를 밝힐 수 없다면 뼈를 부수고 살갗을 찢어 드러낸 죄 역시 받아들이지 않겠다, 이 말일세. 다시 한 번 그딴 소릴 하려거든 당장 관아에서 나가게."

워낙 강경하게 호통을 치는 바람에 다시 청하지도 못하고 물러났다. 해가 서산마루를 벌겋게 물들일 즈음, 김진이 아닌 밤중에 홍두깨 내밀듯 감악산 꺽정봉에 올라가자고 했다.

"지금 유산이나 다닐 땐가? 더구나 산에 오르려면 아침 일찍 나서야지, 곧 해가 지는데 어딜 가자는 게야?"

김진이 양손을 깍지 낀 채 답했다.

"앞이 막막하면 뒤로 물러나 원경(遠景)을 살피는 법이라네. 가세. 더위도 식히고 선들선들 산바람 쐬고 내려오면, 혹 아는가, 얽힌 실타래가 단숨에 풀릴지."

"실타래를 푼다?"

저녁상도 받지 않고 길을 나섰다. 점심부터 굶었지만 두 다리엔 오히려 힘이 넘쳤다.

나는 안다, 화광이 이렇듯 뜻하지 않은 시간에 낯선 장소로 가자고 제안할 땐 그만한 이유가 있음을. 다른 이들은 전혀 눈치채지 못하겠지만, 화광은 어떤 깨달음을 얻은 후 종종 두 손을 깍지 낀 채 미세하게 떤다. 그 떨림은 내

심장을 쿵쿵 밟으며 울린다.

　흑마에 오른 김진은 아현을 넘어 설마령 쪽으로 길을 잡았다. 감악산에 오르는 지름길은 곧바로 자작현(自作峴)을 타는 것인데, 김진은 또 길을 돌아들었다.
　"왜 하필 이쪽 길인가? 곧 해가 질 텐데."
　"부도골로 올라가 볼까 하네."
　부도골은 감악산 앞자락이 아니라 관아에서는 보이지도 않는 능선 너머에 있었다. 김진이 말고삐를 더욱 힘껏 흔들며 앞서 나아갔다.
　부도골 아래에 닿았을 땐 해가 완전히 기운 후였다. 김진은 휘이휘이 가파른 길로 접어들었다. 부엉이 고기라도 삶아 먹은 듯 경쾌하게 길을 잡아 나갔지만, 나는 된비알에서 발을 헛디뎌 자꾸 휘청댔다. 돌부리에 채인 엄지발톱이 시큰거렸다.
　"화광! 같이 가세."
　김진이 걸음을 멈추고 뒤돌아섰다.
　"횃불이라도 하나 들고 올라가는 게 어떻겠는가? 암흑 천지가 따로 없군."

김진이 내 팔을 잡아끌며 답했다.

"암흑천지에서 목이라도 달아나고 싶은 겐가?"

"그건 또 무슨 소린가? 횃불 켜는 것과 목이 달아나는 게 무슨 상관이야?"

"저 봉우리 이름이 뭔가?"

"꺽정봉이라 들었네만⋯⋯."

"맞아. 양주 의적 임꺽정이 오르내린 곳이 바로 이 감악산이다, 이 말일세. 임꺽정이 할 일 없이 용 서리고 범 걸터앉은 이 산을 찾았겠는가? 관군 쪽에서 보자면 산이 깊고 가팔라서 도적을 잡기 힘들고, 꺽정이 쪽에서 보자면 도성과 송악 양편으로 뻗은 산줄기를 쉽게 탈 수 있지. 꺽정이 때만 그랬겠는가. 지금도 이 길은 도적들이 즐겨 오가고 있으이. 깜부기불이라도 들었다간 바로 그들 표적이 될 걸세."

배가 꼬르륵 소리를 냈다.

"위험을 무릅쓰고 감악산을 오르는 이유가 대체 뭔가?"

"이방과 나졸 다섯을 죽인 자들이 누군지 알고 싶어서라네."

"그건 또 무슨 소리인가? 팔모방망이까지 나왔으이. 지금은 발명들을 하고 있지만 객주 장정들이 벌인 짓이 분명하다네."

김진이 정색을 하고 물었다.

"자네 정말 객주를 의심하는 건 아니지?"

나는 내 친구 화광을 무척 좋아하지만 이런 순간은 정말 덧정 없다. 그의 입장에서는 흘러가는 생각 한 자락을 툭 털어 낸 질문일 수도 있다. 그처럼 예민하지도 총명하지도 않은 나는 답을 몰라 한참을 허둥댄다. 이런 수수께끼는 피하고 싶다.

김진은 이번에도 즉답을 주지 않고 돌아서서 산길을 올랐다. 나는 헉헉 거친 숨을 내뱉으며 뒤처지지 않으려고 안간힘을 썼다.

"팔, 팔모방망이가 아니었나?"

"팔모방망이였네."

"나라 한(韓) 자도 새겨져 있고?"

"그렇다네. 그 방망인 틀림없이 두지진 객주 거였어."

"그렇다면 그들이 범인인 건 당연하지 않은가?"

김진이 걸음을 더욱 빨리하며 답했다.

"강봉식이란 나졸은 팔모방망이를 오른손에 움켜쥐었더군."

"그게 왜?"

"도개진 행수 강삼식이 동생인 강봉식 시신을 확인해 주었다고 한 말 기억하지?"

"응."

"강삼식을 만나 이것저것 물어보았지. 부모 이름을 적어 달라 하였더니 오른손으로 녹침관(綠沈管, 붓의 별칭)을 들 고 간략히 적더군. 아우 손등에 조선 팔도를 닮은 큰 점이 있다기에 그것도 마저 그려 달라 했지. 그랬더니 강삼식이 갑자기 붓을 오른손에서 왼손으로 옮겨 쥐는 걸세. 왼손잡 이였던 거지. 글씨는 오른손으로 쓰도록 어려서부터 가르 침을 받아 고쳤으나 그림은 아직도 왼손으로 그리는 거야. 물론 형이 왼손잡이라고 하여 아우도 왼손잡이인 건 아니 지. 혹시나 싶어 물어보았더니 아우 강봉식도 자신과 같은 왼손잡이라 했네. 아우 역시 글은 오른손으로 쓰지만, 힘을 실어야 하는 방망이나 창은 왼손으로 쥔다더군."

"그 말은……."

"그래. 강봉식이 왼손잡이인 줄 모르고 누군가 오른손에 팔모방망이를 쥐어 놓은 게지."

"믿을 수 없군. 혹시 난투를 벌이느라 왼손엔 육모방망 이, 오른손엔 객주 장정들로부터 빼앗은 팔모방망이를 들 고 휘둘렀던 게 아닐까?"

"팔모방망이 쥔 손을 살피고 확신을 얻었다네. 손가락들 이 너무 쉽게 펴지더라고."

"콸콸 흐르는 강물에 휩쓸려 내려오는 동안에도 놓치지 않을 정도였다면……."

"아주 꽉 쥐었어야지."

"자네 설명엔 한 가지 약점이 있군."

김진이 걸음을 늦추며 고개를 돌렸다.

"그게 무엇인가?"

"지금까지 한 이야기를 합쳐 보면, 누군가 도개나루에 떠내려 온 나졸들 시신을 건져 그중 강봉식의 오른손에 팔모방망이를 들려줬다, 이 말 아닌가? 한 도주에게 살인죄를 뒤집어씌우기 위해 벌인 짓이고? 범인들은 나졸들 시신이 도개나루에서 강가로 밀려날 줄 어찌 알고 기다렸단 말인가? 신선이라도 모를 일을."

김진이 즉답을 주었다.

"이방 시신은 강을 따라 떠내려 왔지만 나졸들 시신은 아닌 것 같아."

"아니라니? 시신이 머리끝에서 발끝까지 물에 불어 있지 않았는가?"

"그 시신들은 이방 시신에 비해 무척 가벼웠으이. 임진강을 따라 떠내려온 것으로 위장하기 위해 강물에 넣어 두긴 했지만 옮기는 육로로 은밀히 옮겼을 게야."

'떠내려온 것이 아니라 육로로 옮겼다?'

침착하게 발끝을 내려다보았다.

"자네 말이 사실이라면 우린 완벽하게 당한 셈이군."

"정확히 말하자면 당한 척한 걸세. 형암 형님께는 어젯밤 말씀을 드렸다네."

"나쁜 사람 같으니! 형암 형님께는 귀띔하고 왜 내겐 비밀로 한 겐가? 이러고도 자네가 정녕 내 벗인가?"

"미안하이. 청전 자넨 너무 심성이 착해. 범인도 아닌 자들을 밤새 윽박지를 자신이 있나?"

"그, 그건……."

"우리가 객주 사람들을 정말 범인으로 확신하고 있음을 알릴 필요가 있었네. 그래야 우릴 속이려는 자들도 안심할 게 아닌가."

"대체 누가 이런 대담한 짓을 벌였는가?"

"아직은 나도 확답을 얻지 못했다네. 군데군데 검은 구멍투성이거든. 곧 만날 사람이 징검다리를 놓아 주리라 믿네."

"그 사람이 누군데?"

김진이 허리를 펴며 걸음을 멈추었다. 잘 자란 소나무 가지 사이로 아담한 난야(蘭若, 절) 하나가 숨어 있었다.

"휴우, 이제 다 왔군. 신암사라네."

"신암사라고?"

김아영이 밤새워 남편의 극락왕생을 빌던 절이다.

고개를 들어 주변을 살폈다.

옛사람의 마음처럼 밤기운이 그윽하게 스며들었다. 까

마귀 조는 덤부렁듬쑥한 숲, 별빛도 가려 울울창창한 나무 밖에 보이지 않았다. 우수수 떨어지는 나뭇잎과 푸른 아지랑이에 휘감겨 노을도 비껴갈 것 같았다. 속세 시름 다 잊고 화두 붙잡아 빠져들기에 딱 좋은 풍광이었다.

"갑자기 삼귀의(三歸依, 부처에 귀의하고, 불법에 귀의하고, 스님에게 귀의함)라도 하려는가? 도적 떼가 오간다면서, 이 절은 안전해?"

김진이 등 뒤에서 답했다.

"보정(普丁) 스님이란 분이 계셨네. 꺽정 무리가 날뛸 때 이곳 주지셨지. 꺽정이가 감암사를 오르다 절벽에서 굴러 크게 다친 적이 있는데, 스님께서 놀라운 침술과 생약으로 낫게 하였다더군. 그 후론 아무리 흉측한 도적 떼라도 신암사를 침탈하진 않는다네. 맑은 인연이 세월과 함께 깊어진다고나 할까."

"도적에게도 미생(尾生, 여자와 한 약속을 지키려다 죽은 노나라 사내)과 같은 의리가 있단 말인가? 웃기는 일이로세."

사천문 뒤에서 희미한 그림자 하나가 쓰윽 나왔다. 그 사람이 곧장 우리에게 나아와 두 손을 모은 채 읍했다.

"밤길에 다치신 덴 없으십니까?"

"자, 자네는……."

눈 부릅뜨고 입 벌린 채 큰 뱀을 쥐고 비파와 검당(劍幢,

깃발 달린 칼)으로 요물들을 조종하는 사천왕 모시고 우리를
기다린 사내는 바로 호방 황종석이었다.

"따르시지요."

황종석은 성큼 앞서 걸었다. 대웅전을 지나 편편한 돌을
밟으며 나아갔다. 호롱불 밝힌 산신각 앞에 불제자 한 사
람이 합장하며 우리를 맞이했다. 쉰 살은 훨씬 넘긴 듯 반
백의 수염이 명치까지 흘러내렸다.

"어서 오십시오. 신암사 주지 평해(平海)라 합니다."

"김진이라 합니다."

"이명방입니다."

평해가 황종석 쪽으로 몸을 돌렸다.

"그럼 말씀 나누십시오."

황종석을 따라 산신각으로 들어섰다. 파파노인(皤皤老人,
머리카락이 하얗게 센 늙은이)과 그 아래 웅크린 백호(白虎)의
두 눈이 불빛에 일렁거렸다. 평해가 준비한 매실차가 찻상
에 놓였다. 김진과 나는 우선 차를 한 모금 마시며 땀을 식
혔다.

"관아에는 눈과 귀가 너무 많아 이곳까지 오십사 했습
니다. 용서하십시오."

나는 단숨에 황종석을 몰아세웠다.

"이방과 나졸들을 죽인 자들을 알고 있는 겐가?"

호방은 튀어나온 턱과 여우 수염을 쓸며 미소를 보였다.

"살인범 잡는 건 도사 나리 소임이라 알고 있습니다요. 소인은 그저 소인 욕심을 조금 채우고 싶을 따름입죠. 물빛은 물총새를 미혹시키고 풀빛은 잠자리를 취하게 한다지 않습니까요?"

"욕심을 채운다? 탐천(貪泉, 마시면 욕심쟁이가 되는 샘물)이라도 마신 겐가?"

"거래라 하여도 무방합니다."

"응하지 않겠다면? 자네를 당장 붙잡아 치도곤을 낼 수도 있네."

"치도곤을 내셔도 소인은 죄가 없습니다."

"범인을 알고도 말하지 않았다면 큰 죄라네."

"소인은 범인을 모릅니다."

"왜 그러면 우릴 이곳으로 부른 것인가?"

말이 자꾸 헛도는 느낌이었다. 황종석이 김진을 쳐다보며 이야기를 시작했다.

"사또께 말씀 올려 주십시오. 향청과 질청은 겉으로 보기엔 미워하며 맞서지요. 그 때문에 사또께서도 향청 공무와 질청 공무를 바꾸어 둘을 떠보셨겠지만, 다투기만 한다면 결코 살아남을 수 없습니다. 향청과 질청이 이호경식(二虎競食, 두 마리 호랑이가 먹이를 놓고 다툼)처럼 보여도 실은 상

115

대를 충분히 배려하는 관계입죠."

"배려한다?"

황종석이 마른침을 삼킨 후 답했다.

"향청에서 거둔 장세와 질청에서 거둔 다양한 잡세는 미리 뜻을 맞추어 서로 얼마큼씩 건네주게 되어 있습니다요. 금당(琴堂, 동헌)에 바칠 세를 제외하고 뒷손으로 들어온 열 중 셋은 향청에서 질청으로, 질청에서 향청으로 옮긴다이 말씀입니다. 두 곳에서 하는 일을 바꾼다 하여 달라질건 없습니다. 다만……."

"다만?"

"이번만은 일이 좀 틀어졌던 모양입니다. 그 때문에 이방과 나졸들이 변을 당한 것이겠지만……."

가슴이 답답했다.

"알아듣게 설명을 하게. 틀어지다니? 무엇이 틀어졌단말인가?"

"좌수께서 이런 청을 넣으시더군요. 이번만은 장세로 받는 금전 중 일곱을 향청에 달라고 말입니다. 그럼 곧 거둘잡세에서 일곱을 질청 몫으로 돌리겠다 했습니다."

김진이 물었다.

"급히 쓸 돈이 필요했던 것인가?"

"그렇습니다. 대작(大作)을 한 점 사기로 했다고, 값을 치르려면 장세가 있어야 한다 했습니다. 이방은 원칙을 강조 했습죠. 이제 장세는 질청에서 거두게 되었으니 일곱은 못 주고 셋만 주겠다고 했지요."

"일곱이 필요한데 셋만 주겠다? 뺨 맞고 하소연하다가 볼기 맞은 셈이로군. 그래서 향청에서 이방과 나졸들을 죽였다, 이 말인가?"

황종석이 고개를 저었다.

"좌수든 별감이든 잡아다 족치는 일은 하지 마십시오. 아직도 좌수를 모르시는군요. 이방이 죽으면 객주가 어려움을 겪고, 그다음엔 향청으로 의심이 몰리리란 건 좌수가 누구보다도 잘 알고 있습죠. 미리 댈 핑계를 준비해 뒀을 겁니다. 죄를 밝히지 못하면 민심만 흉흉할 뿐입지요."

"복잡하군. 향청이 계획한 짓이긴 한데 그들이 직접 벌인 일은 아니다, 이건가? 그럼 향청 사주를 받은 자가 따로 있는가? 그게 누군가?"

"거기까진 소인도 모릅니다. 앞서도 말씀드렸듯이, 그놈을 찾는 게 도사 나리 소임이겠지요."

이야기가 다시 헛돌았다. 황종석도 믿을 수 없었다.

"질청과 향청이 오랫동안 맺어 온 비밀스러운 약조를 왜 우리에게 알려 주는 겐가?"

"말씀드렸지 않습니까? 소인에겐 욕심이 하나 있습니다."

"욕심이라! 의리를 버리고 미친 척 떡시루에 엎드리겠다?"

황종석이 김진과 내 눈을 차례차례 쳐다본 후 답했다.

"이방이 죽었으니 이제 질청을 이끌 아전을 새로 택해야 합니다. 소인이 그 일을 맡고 싶습니다."

"이방 다음엔 호방인 자네가 상석을 차지하는 게 당연한 수순 아닌가?"

"그게 그렇지 않습니다. 그동안 두름성 좋은 이방이 워낙 세를 과시해서 질청 아전 중 열에 여덟은 이방 쪽 사람들입죠. 그들은 소인이 상석을 차지하는 걸 분명 방해하려 들겠지요. 소인은 질청을 제대로 바꿔 보고 싶습니다. 그러기 위해서는 이방과 짜고 사또를 속인 아전들을 먼저 엄히 벌해야 합니다. 두 분께서 도와주십시오."

김진이 목소리를 낮게 깔며 질문을 몰아쳤다.

"남의 말 하긴 식은 죽 먹기지. 호방 자넨 깨끗하다, 이 말인가? 이방이 그동안 벌인 짓을 자네도 알고 있지 않은가? 자네도 이방으로부터 이런저런 이득을 보았을 게 아닌가?"

당황한 황종석이 눈을 들지도 못한 채 답했다.

"그, 그렇습니다. 소인도 죄를 지었습죠. 벌을 내리면 달게 받겠습니다만, 질청에 속한 아전 중에선 소인이 제일 더러움을 타지 않았다고 자부합니다. 다른 고을에서 아전을 데려올 뜻이 없으시다면 소인에게 맡겨 주십시오."

"자네 욕심이 무엇인지는 알겠네. 그 일을 이제야 고변하는 건 이방이 죽어서이기도 하지만 청렴한 신임 현감이 자넬 어여삐 보아 주리라 믿기 때문이겠지?"

"꼭 그렇지만은 않습니다. 눈치채고 계시겠지만 이건 적성현에 부임하는 현감들이 얼마나 강직한가로 해결될 문제가 아니니까요. 그보다는…… 소인 앞에 계신 두 분 나리 때문입니다."

내가 끼어들었다.

"우리들 때문이다?"

황종석이 여우수염을 다시 쓸며 답했다.

"그렇습죠. 의금부 도사가 어명을 직접 받고 적성에 온 적은 없었으니까요. 전하의 총애를 받는 석거(石渠, 규장각의 별칭) 외우(畏友)를 대동하고 말입죠."

## 25

유산은 신암사에서 끝나지 않았다.

김진이 이왕 여기까지 올라왔는데 감악산 삐뚤대왕비〔紺岳山神碑〕는 보고 가야 하지 않겠느냐고 권했던 것이다. 부도골 아래 매어 둔 말들은 호방 황종석이 끌고 가기로 하고 우리는 꺽정봉을 향해 걸었다.

감악산 제단은 삼국시대부터 지금까지 철마다 현민들이 모두 모여 음감(陰鑑, 달빛 아래 생긴 이슬을 받는 그릇)에서 취한 명수(明水)와 현주(玄酒)를 뇌준(罍樽, 산천 제사 때 상에 올리는 술잔 가운데 가장 높은 위치에 놓이는 잔. 산과 구름 무늬를 새김)에 따르고 제의를 올리는 곳이다. 허리까지 자란 잡풀들이 앞을 막았지만 꾹꾹 잘 다져진 길을 따라 오르기는 어렵지 않았다. 미끄럽고 가파른 곳에는 손때 묻은 무명줄이

손잡이처럼 달려 있었다.

이마가 시원한가 싶더니 오래된 비석이 모습을 드러냈다. 세월의 부침을 온몸에 아로새긴 듯 군데군데 홈이 많고 이끼까지 끼었다.

삐뚤대왕비를 손바닥으로 쓸었다. 무슨 글이 새겨져 있는지 궁금했던 것이다.

"밤에 왔다 하여 너무 아쉬워 말게. 비명(碑銘)은 물론 음기(陰記, 비석 뒷면에 새긴 글)마저 단 한 글자도 남아 있지 않아 몰자비(沒字碑)라고도 한다네. 적성 현민이 감악산 산신으로 누굴 모시는 줄 아는가?"

"따로 모시는 산신이 있단 말인가?"

"삼령(三靈, 천신(天神), 지기(地祇), 인귀(人鬼))을 깊이 경외하지만 특히 설인귀(薛仁貴)를 산신으로 모신다네."

"설인귀라면 고구려를 침입한 당나라 장수 아닌가? 적장을 어찌 산신으로 받든단 말인가?"

"설인귀 고향이 바로 이곳 적성이라는군. 감악산에서 무예를 닦아 당나라 장수에 올랐다고 하네. 고구려를 공격한 죄책감에 시달리다가 죽은 후 감악산 산신이 되었다고 해. 고려 현종 원년(1010년) 십일월 거란족이 쳐들어왔을 때 바로 이곳에 이르자 돌연 천병만마가 기치창검을 휘날리며 나타나 거란 군사들을 모조리 쫓아 버렸다지."

"살았을 때 이 강토를 침입한 죄를 죽어서 갚았다 이건 가? 그런 죗값은 죽기 전에 치렀어야지. 괴력난신(怪力亂神) 따윈 믿을 게 못 되네."

"꽤 영험하단 소문이 돌더군. 어떤가, 우리 예서 이번 일 을 잘 해결하게 해 달라 빌고 가는 것이?"

"화광 자네답지 않군. 맑은 소리를 되짚어 풍경(風磬)을 찾듯 인과(因果)로 일들을 살펴 온 자네가 아닌가? 산신에 게 빌기도 하는가?"

"인과를 따지기 위해 최선을 다하지만, 과연 세상 모든 일들이 인과로만 설명이 될까. 일찍이 연암 선생도 인과와 윤회에 대해 말씀하신 적이 있다네. 윤회는 결코 인과로 풀 수 없다 하셨지. 가끔 기이한 일을 살필 때는 이것이 인 과가 아니라 윤회는 아닌지 의심이 든다네. 내 힘으로 어 찌할 수 없이 거미줄같이 얽힌 관계를 볼 땐 더욱 그렇지."

"적성 일도 그런 느낌이 든다 이건가?"

"어쩌면."

김진은 두 손을 모으고 고개를 숙였다.

'무엇을 기원하는 것일까. 김아영과 조광정과 이방과 다 섯 나졸 목숨을 앗아 간 살인마를 가르쳐 달라 비는 것인 가. 죽은 설인귀는 산 강아지 한 마리 잡지 못한다. 어리석 은 짓이다.'

표창 하나를 꺼내 삐뚤대왕비를 겨누다가 다시 소매에 넣었다.

❖

자작현을 타고 내려와 관아에 닿으니 벌써 닭 울 녘이었다. 김진과 나는 객사에 들자마자 땀에 전 옷을 벗어던지고 곯아떨어졌다.

처음에는 바람 소리인 줄 알았다.

열린 창으로 선들선들 밀려오는 바람 한 줄기.

곧 엉덩이가 위아래로 흔들리더니 허벅지 안쪽이 따뜻했다. 눈을 떴다.

히잉, 히이잉.

말 울음소리였다. 도화마(桃花馬, 흰 털에 붉은 점이 있는 말)를 타고 언덕을 내달리는 중이었다. 밤인데도 길은 훤했다. 계수나무 향기 어린 둥근 달빛에 설광(雪光)이 천하를 뒤덮었다.

한겨울이었다. 아무것도 걸치지 않은 알몸인데도 전혀 춥지 않았다.

'어디로 가고 있는가.'

황금 갑옷을 입고 장창을 높이 든 사내가 언덕 위에 서 있었다.

"천리마를 돌려다오."

아직 100보는 더 떨어진 거리였지만 사내 목소리가 내 귀를 쩌렁쩌렁 울렸다. 더욱 빨리 달려 사내 앞에 다다랐다. 마상에서 물었다.

"너는 누구냐?"

가마무트름(얼굴이 가무스름하고 보기 좋게 토실토실함)한 사내가 갈퀴눈을 하고 노려보았다.

"무엄하구나. 대장군을 뵈었으면 무릎을 꿇고 예를 갖출 일이지, 감히 천리마를 훔쳐 달아나려 하다니."

"대장군? 누가 대장군이라는 게냐? 나는 네 말을 훔친 적 없어."

"바늘구멍으로 밤하늘을 살피니 뭇별들이 제대로 보일 리 없지. 이놈아! 네가 타고 있는 말은 누구 것이란 말이냐? 어서 썩 내려와서 순순히 오라를 받지 못하겠느냐?"

"너야말로 무엄하구나. 난 의금부 도사 이명방이다. 나와 함께 금부로 가자."

사내가 갑자기 가가대소(呵呵大笑, 껄껄거리며 한바탕 크게 웃음)를 했다.

"의금부 도사 따위가 감히 나를 조롱하는가? 좋게 타이르려 했다만 네놈 수급을 취하여 일벌백계로 삼아야겠구나."

"좋다. 어디 한번 겨뤄 보자."

마상 무예라면 누구에게도 지지 않을 자신이 있었다. 내가 누군가. 마상 무예의 달인 백동수로부터 비술(秘術)을 모두 전수받은 이명방이 아닌가. 더군다나 상대는 말도 타지 않고 맨땅에 서 있으니, 목을 베는 것쯤은 식은 죽 먹기다. 저 사내는 누구란 말인가? 저 희한하게 생긴 황금 갑옷은? 조선 갑옷이 아니다.

어깨나 허벅지에 표창을 꽂은 다음 생포하여 문초를 하자. 조선을 다시 넘보는 왜나 야인 간자(間者, 첩자)인지도 모른다. 아, 표창이 없다. 윗옷을 모두 벗었으니 소매에 넣어 둔 표창을 구할 길이 없는 것이다.

'저놈 장창을 빼앗는 수밖에 없겠군.'

도화마를 달려 사내 머리 위로 날았다. 그 순간 사내가 장창을 쭉 뻗었다. 나는 허리를 뒤로 젖히며 창날을 피한 후 오른손으로 장창을 틀어쥐었다. 힘껏 당겼으나 사내 팔힘도 만만치 않았다.

"나리!"

눈을 떴다.

방문을 여니 호방 황종석이 아침상 든 여종을 거느리고 마당에 서 있었다.

"무사히 내려오셨군요. 하산 길에 발이라도 헛디디지 않

으실까 걱정했습니다. 조반 드셔야지요. 벌써 오시(낮 11시)
가 코앞입니다."

"알겠네. 들이게."

황종석은 아침상을 윗목에 내려놓고 물러났다.

나는 고개 돌려 삐뚤대왕비까지 올라가자고 고집을 부
렸던 사내를 살폈다. 김진은 낮게 코를 골며 자고 있었다.
인기척을 느끼지 못할 만큼 곤곤한 모양이다.

배에서 꼬르륵 소리가 났다. 어제 점심과 저녁을 굶고
또 밤에 감악산까지 오르내렸으니 배가 고플 만도 했다.
김진이 너무 곤하게 자고 있어 깨우지 않고 먼저 한술 뜨
기로 했다. 간자숟가락(두껍고 곱게 만든 숟가락)을 들어 된장
국부터 떠먹으려는데 귓전이 울렸다.

'천리마를 빼앗더니 이제 몽니 궂게(음흉하게 욕심부림)
창까지 훔치려는 게야?'

꿈에서 겨룬 사내 목소리가 분명했다.

'덤벼. 어서 덤비라니까.'

"제길!"

숟가락을 놓고 베개에 이마를 댄 채 누웠다. 비록 꿈일
지라도 겨루기를 끝마치고 싶었고, 아침은 그다음에 먹어
도 늦지 않았다. 다행히 곧 졸음이 밀려들었다.

나는 마상이 아니라 땅바닥에 엎어져 있었다. 저만치에

서 도화마가 앞발을 들며 우는 것을 보니 장창을 쥔 채 부채꼴로 날아 떨어진 듯했다.

"이놈아! 마상에서 그렇게 딴생각을 하는 바보가 어디 있어? 그러고도 네가 이 나라 의금부 도사인가?"

어느새 사내는 도화마에 올라탄 채 장창으로 내 가슴을 노렸다. 두 눈에서 암하전(巖下電, 번갯불)이 번쩍거렸다.

"대체 넌 누구냐? 누구이기에……."

"갈고랑쇠 같은 놈! 어제 나를 향해 표창을 겨누고도 시치미를 떼다니!"

"어제라니? 어제 난 표창을 쓴 적이 없어."

삐뚤대왕비를 향해 표창을 꺼냈던 순간이 떠올랐다.

"그렇다면 너는……?"

"이제 기억이 났느냐. 나는 대장군 설인귀니라. 어서 예를 갖추어라."

"나는 도화마를 훔친 적이 없으니 사죄하는 예를 올리지 않겠소."

설인귀가 갑자기 껄껄껄 장창을 흔들며 웃었다.

"나는 진작부터 네가 육준(六駿, 당 태종이 전쟁에 썼던 여섯 마리 준마)에 버금가는 이 천리마를 훔쳐 가지 않았음을 알았느니라."

"어찌하여 내게 도적질을 하였다 꾸짖었소이까?"

"네 목숨을 구해 주었으니 예를 갖추라는 거다. 생명의 은인에게 그 정도는 해야 하지 않는가?"

"목숨을 구해 주다니요? 장창으로 찔러 죽일 목숨 살려 주겠다는 뜻이라면, 자, 덤비시오! 아직 겨루기는 끝나지 않았소이다."

"호오, 화광이란 네 벗이 아뢴 대로 제법 기개가 있구나. 목숨을 구해 주는 일이 터무니없는 짓은 아니 될 듯하니 다행이다. 부디 적성 고을을 위해 끝까지 노고를 아끼지 말았으면 한다."

설인귀가 말 머리를 획 돌려 언덕을 향해 달리기 시작했다.

"멈추시오. 아직 겨루기가 끝나지 않았다 하지 않았소? 멈춰, 멈추라니까."

"이보게. 청전! 정신 차리게. 악몽이라도 꾸었는가?"

눈을 떴다.

맑은 두 눈동자가 붙박이별처럼 내려다보고 있었다. 김진이 건넨 수건을 받아 이마와 목, 가슴과 등을 닦아 냈다.

"자자, 벌써 미시(낮 1시)일세. 밥 한술 뜨고 나가 보세나."

김진이 윗목에 둔 단각반(單脚盤)을 들고 왔다.

"벌써 그리 되었는가? 몸은 좀 어떤가? 야행이라 무척 힘이 들었을 텐데."

김진이 젓가락을 들며 답했다.

"무척 피곤했지만 옥퉁소 어울리는 어젯밤이 아니고야 감악산 꺽정봉을 디딜 기회가 있겠는가? 발목이 시큰거리긴 해도 걷지 못할 정도는 아닐세."

간자숟가락을 들다 말고 물었다.

"설 장군에게 내 칭찬은 왜 했나?"

"설 장군이라니? 자네 지금 무슨 소릴 하는 게야?"

김진이 두 눈을 동그랗게 뜨고 되물었다.

"아, 아닐세. 자 어서 밥이나 먹지."

식은 된장국에 숟가락을 넣는 순간 문이 벌컥 열렸다. 호방 황종석과 병방 신익철이 동시에 들어왔다.

"나리! 그 음식 드시면 아니 됩니다. 한 도주와 정 행수가 도, 독살당했습니다요."

"무엇이라고?"

숟가락을 놓고 물러나 앉았다. 황종석이 신익철을 향해 눈짓을 했다. 마침 마당에는 털이 눈을 가린 청삽살개 한 마리가 꼬리를 흔들고 있었다. 신익철이 불고기 한 점을 집어 마당에 던지자 삽살개가 달려들어 쩌금거리며(입맛을 쩍쩍 다시며 맛있게) 먹었다. 다시 꼬리를 치며 댓돌 위로 뛰더니 문득 온몸을 파르르 떨며 절명했다.

"이놈!"

호방 황종석 멱살을 잡고 마당으로 패대기쳤다. 이덕무가 객사로 들어선 것은 바로 그때였다. 노둣돌에 이맛전을 찧은 황종석은 철철철 흘러내리는 피를 양손으로 감싸며 일어나 허리를 숙였다.

"이 무슨 짓인가?"

이덕무가 나를 향해 호통을 쳤다.

"호방이 아침상을 객사까지 가져왔습니다. 화광과 소장을 독살하려 했다, 이 말입니다."

황종석이 무릎을 꿇고 아뢰었다.

"오해십니다. 소인은 한 도주와 정 행수가 독살당했다는 연통을 듣고 혹시나 싶어 급히 객사로 왔을 따름입니다. 정녕 소인이 두 분을 독살하려 했다면 이렇듯 급히 올 까닭이 어디 있겠습니까?"

"죽었는지 확인하러 온 것이겠지. 의심을 면하려고 객사까지 달려오는 일을 자청했을 테고."

"나리! 소인 짓이 아닙니다. 사또! 소인은 정말 억울합니다."

이덕무가 잠자코 내 뒤에 선 김진에게 물었다.

"화광! 자네 생각은 어떠한가?"

"옥에 갇힌 이들이 독살당했다니 관아 사정에 밝은 이

가 내통하였음이 분명합니다. 오늘 아침 음식을 만든 하인들과 또 구메밥을 옥에 넣은 이들을 모두 잡아들이십시오. 객사로 음식을 가져왔던 호방과 여종 또한 옥에 가두는 것이 옳다 여겨집니다. 범인은 분명 그 안에 있을 겁니다."

이덕무가 고개를 끄덕였다.

"그리하겠네. 지혈부터 시킨 후 호방을 당장 옥에 가두라. 오늘 음식을 만든 자와 구메밥을 옥에 넣은 이들도 모두 잡아들여라."

아전과 나졸들이 공손히 답한 후 물러났다. 객사에는 이덕무와 김진, 나만 남았다. 이덕무는 피 묻은 노둣돌을 바라보며 혀를 차 댔다.

"동정(動靜)과 완급(緩急), 경중(輕重)과 심천(深淺)에 대해 내 그리 일렀거늘……. 명매기걸음(맵시 있게 걷는 걸음)을 걸어도 시원찮은 판에 둥글소(황소)처럼 날뛰기만 하니……."

발명을 하려는데 김진이 먼저 나섰다.

"하실 말씀이 더 있으신지요?"

이덕무가 고개를 들었다.

"한 도주와 정 행수가 죽은 직후 식철이란 놈이 자네 둘을 만나게 해 달라 청했으이. 자네들한테만 밝힐 일이 있다 했어. 어떤가? 식철이란 놈을 만나 볼 텐가?"

김진이 나와 눈을 맞춘 후 답했다.

"한 도주와 정 행수가 죽은 건 애석한 일이지만 이 일이 새옹지마가 될 수도 있겠습니다. 이방을 잃은 질청에 한 도주를 잃은 객주니 더욱 크게 흔들리겠지요. 식철이란 놈을 불러 주십시오."

"알겠네. 당분간 한 도주와 정 행수가 독살된 건 비밀에 부치겠네. 이 일이 알려지면 객주에 남은 자들이 무슨 짓을 벌일지 모르니까."

김진보다 먼저 답했다.

"꼭 잡겠습니다."

옥에서 나온 식철은 전혀 딴사람이었다. 경경쾌쾌한 모습은 온데간데없고 고개를 숙인 채 한숨만 쉬었다. 충격에서 헤어나지 못한 것이다. 바로 옆 옥에서 한 도주와 정 행수가 사지를 파르르 떨며 코와 눈과 입과 귀로 피를 쏟고 죽어 가는 광경을 목도하였다 하니, 그 아픔이 극심하리라. 식철은 옥에서 나오자마자 촌각을 다투어 이포진으로 가자고 했다.

"도망칠 생각은 행여 마라. 한 도주와 정 행수의 죽음을 발설해서도 아니 되느니라.”

“도사 나리 표창 솜씨가 조선 제일임을 압니다요.”

식철이 앞서 말을 달리고 김진과 내가 뒤따랐다.

이포진 고에 도착하니 사람들이 웅성웅성 모여들었다. 장정들은 대부분 옥에 갇힌 터라 거의 아이들과 노인들이었다. 임시로 객주 일을 맡은 행수 송찬범(宋贊凡)이 납작코를 쿵쿵대며 나섰다.

“어서 오십시오. 도주 어르신은 언제쯤 풀려나십니까?”

식철 표정이 더욱 어두워졌다. 나는 송찬범의 작고 찢어진 눈을 힘주어 쏘아보았다.

“문초하여 죄가 없으면 곧 방면될 것이다. 기다려라.”

식철이 소매에서 비취 목걸이를 꺼내 양손으로 높이 받들었다. 한 도주를 옥에 가둘 때 압수한 것인데 식철이 꼭 필요하다 하여 다시 내어준 패물이었다.

“도주 어르신 명입니다. 염고에서 일하는 사람들 모두 나오라 하십시오. 잡인들 접근을 막아 주시고요.”

식철이 염고 문을 열었다. 김진과 내가 그 문으로 들어가자 식철은 빗장을 걸어 잠갔다.

“염고엔 왜 온 겐가?”

높이 쌓여 있는 소금 먹서리들을 올려다보며 물었다.

“이런 불행이 닥칠 줄 아셨던지, 도주 어르신께서 어제 소인에게 명을 내리셨습니다.”

“명이라니?”

대답 대신 식철은 소금 먹서리 사이로 성큼 걸어 들어갔다. 입으로는 숫자를 외웠다.

“천불대(天不大), 인불인(仁不人), 왕불주(王不柱), 죄불비(罪不非), 오불구(吾不口), 곤불의(袞不衣), 조불백(皂不白)!”

멈춰 섰다. 고개를 돌려 나를 불렀다.

“도와주십시오.”

“무얼 말인가?”

식철은 대답 대신 먹서리 옆에 세워 둔 사다리를 가져와서 비스듬히 걸치고 올라갔다.

“요놈들을 옮겨야 합니다. 아래에서 받으세요.”

“먹서리를 옮긴다고?”

식철이 벌써 맨 위에 놓인 소금 먹서리를 당겨 떨어뜨렸다.

“어이쿠!”

겨우 먹서리를 품에 안아 내려놓았다. 객주 짐꾼 노릇을 할 줄은 꿈에도 몰랐지만, 식철이 하는 짓이 워낙 잽싸고 깔끔해서 투덜대며 간섭할 틈이 없었다. 내가 먹서리를 받아 내려놓을 때마다 옆에 선 김진은 빙긋 웃기만 했다. 먹서리 열 개를 덜어 내니 바닥에 깔아 둔 목판이 나왔다. 올라오는 습기를 막기 위해 멱서리 아래에 두꺼운 목판을 덧댄 것이다. 사다리를 제자리에 두고 온 식철의 손엔 날이 시퍼런 도끼가 들려 있었다.

"비키세요!"

목판 가장자리를 요령껏 내리쩍었다. 목판을 뜯어내니 몸 하나 겨우 빠져나갈 정도로 작고 검은 구멍이 뱀굴처럼 드러났다. 밀실이었다.

"잠시만 기다리세요."

식철이 도끼를 든 채 구멍으로 내려가려고 했다.

"멈춰. 혼자는 못 보낸다. 같이 가자."

식철이 두 눈을 크게 뜨고 침착하게 물었다. 이럴 땐 전혀 딴사람 같았다.

"아직도 소인을 못 믿으십니까요? 내려가셨다가 큰 낭패를 보셔도 소인은 모릅니다요."

"시끄럽다. 저리 비켜."

"발밑을 조심하십시오."

나는 팔 힘에 의지하여 어둠으로 몸을 밀어 넣었다. 아무것도 발끝에 닿지 않았다. 고개를 들어 식철을 쳐다보았다.

"얼마나 깊은가?"

"소인도 모릅니다요. 도주 어르신도 별말씀 없으셨고요."

양손으로 구멍 가장자리를 잡고 머리까지 어둠 아래로

쑥 내렸다. 무엇인가가 발등에 매달렸다. 힘껏 양발을 휘저으니 겨우 떨어져 나갔다. 식철의 설명이 가랑비처럼 떨어졌다.

"간혹 쥐가 고 아래를 돌아다니곤 하지요. 객주 쥐답게 덩치가 고양이만 한 놈도 있습니다요."

쥐가 뛰어오를 높이라면 바닥이 그리 깊지는 않다. 나는 숨을 깊게 들이마셨다가 내뱉으며 두 팔을 거둬들였다.

왼 무릎을 바닥에 대고 표창 하나를 꺼내 든 채 주위를 살폈다. 식철도 곧 아래로 내려왔다. 김진이 구멍을 통해 식철에게 횃불을 건넸다.

사방에서 찍찍 하는 소리가 크게 울렸다. 어둠을 뚫고 고양이만 한 쥐들이 달려들 것 같았다.

"어서 찾아봐."

"들어 주십시오, 나리!"

횃불을 받아 쥐니 식철이 고개를 들었다. 천장에 사람 인(人) 자가 나란히 늘어서서 노란 빛을 내며 반짝였다. 식철은 그 빛을 따라 성큼 걸음을 옮기며 숫자를 외웠다.

"천불대, 인불인, 왕불주, 죄불비! 여깁니다요."

목판을 찍으려고 도끼를 머리 위로 쳐들던 식철이 갑자기 온몸을 떨었다.

"저, 저……."

횃불을 비췄지만 흙벽뿐이다.

"왜 그래?"

"저기 뭐가 있습니다요. 뭐가…… 아악!"

식철이 비명을 지르며 엉덩방아를 찧었다. 나는 어둠을 향해 표창을 던진 다음 횃불을 비췄다. 고양이만 한 쥐가 가슴에 표창을 맞고 쓰러져 있었다. 가까이 다가가서 툭툭 건드려 보았으나 숨이 끊어진 뒤였다. 횃불을 들어 주위를 한 바퀴 돈 후 식철을 다그쳤다.

"서둘러. 기분 나쁜 곳에서 빨리 나가자고."

"알겠습니다."

식철이 다시 도끼를 들어 나무 판을 내리찍었다.

"흡!"

식철이 또 질겁하더니 어둠을 쳐다보며 두 다리를 벌벌 떨었다. 가랑이를 타고 흘러내린 것은 오줌이었다.

"병신 같은 놈! 아무리 커도 쥐새끼야."

그 순간 좌우에서 시커먼 짐승 두 마리가 날아들었다. 나는 식철을 밀어내며 바닥을 굴렀다.

자세를 잡고 일어서기도 전에 왼 팔뚝이 끊어질 듯 아팠다. 횃불로 힘껏 내리쳤지만 짐승은 머리를 맞고도 떨어지지 않았다. 표창을 꺼내 힘껏 목을 찔렀다. 피가 뿜어 나오자 그제야 팔뚝을 물어뜯은 놈이 물러섰다. 횃불을 들어 비췄다. 흑구였다.

"이런!"

한 도주가 소 다리를 먹여 가며 키운 놈이다. 눈알이 없이 눈이 움푹 파였다. 횃불을 들어 좌우를 휘저었다. 두 놈이 더 으르렁거렸는데 마찬가지로 앞을 보지 못했다. 오직 냄새와 소리로 적을 찾아 공격하는 것이다.

"무서워. 오, 올라가요."

식철이 겁먹은 목소리로 애원했다.

"닥쳐! 내 말 잘 들어. 이리 와서 횃불 받아."

"나리 혼자선 못 당해요. 세 마리나 된다고요."

"내 말 듣지 않으면 네놈부터 혼낼 테다."

식철이 천천히 내게 다가왔다. 흑구 한 마리가 천장에 머리를 부딪칠 정도로 다시 날아오르자 식철은 아예 주저앉아 바들바들 떨었다.

"일어나, 어서!"

"못 해. 난 못 해."

양손으로 완전히 머리를 감쌌다.

왼손에 횃불을 든 채 오른팔 하나만으로 흑구 세 마리를 상대하기란 힘에 겨웠다. 더군다나 어두운 지하 밀실 아닌가. 놈들도 그것을 아는지 식철과 나를 포위한 채 빙글빙글 맴을 돌았다. 횃불을 휘저으면 멀어졌다가 어둠에 잠기면 다가오기를 반복했다. 빛을 느낀다기보다는 휘휘 젓는 소리에 반응하고 있었다. 왼 팔뚝에서는 쉴 새 없이 피가 뚝뚝 떨어졌다. 결단을 내려야만 했다.

'움직임을 확인하고 표창을 뿌리면 늦는다. 두 놈은 막을 수 있겠지만, 남은 한 놈에게 목덜미를 물리면 끝이야.'

나는 천천히 횃불을 머리 위로 들어 올렸다. 빙글빙글 도는 흑구들을 노려보았다. 놈들은 점점 포위망을 좁혀 왔다. 횃불 빛에 흰 엄니가 번득였다.

휙.

횃불을 셋 중 가장 큰 놈에게 던졌다. 내 팔뚝을 물어뜯은 놈이다. 놈이 한걸음 물러서는 순간 공중으로 날아오르며 턱을 후려 차고, 두 발이 땅에 떨어지기 전 좌우로 표창을 뿌렸다. 흑구 두 마리는 각각 어깨와 가슴에 표창을 맞고서도 나가떨어지기는커녕 곧장 내 머리를 덮쳐 왔다. 허리를 최대한 숙이며 명치를 손칼로 내질렀다. 한 마리는 컥 소리와 함께 왼쪽으로 떨어졌지만 남은 녀석이 기어이 뒷덜미를 물었다. 매달린 놈의 무게를 견디지 못하고 턱이 확 젖혀졌다. 놈의 침이 피와 함께 등줄기를 타고 내렸다. 정신이 가물거렸다. 양손에 힘이 들어가지 않았다.

"아악!"

난데없는 비명과 함께 컹 소리가 오르고 갑자기 어깨가

가벼워졌다. 왼 무릎을 꿇고 겨우 고개를 돌리니 식철이 부들부들 떨며 피묻은 도끼를 들고 서 있었다. 비명을 지르면서 흑구 목을 도끼로 내리찍었던 것이다.

나는 오른손으로 뒷덜미를 감싸며 일어섰다. 식철은 목이 반쯤 잘려 너덜거리는 흑구를 보면서 움직일 줄 몰랐다.

"잘했어."

그제야 식철은 도끼를 떨어뜨린 후 한걸음 물러섰다. 나는 그 도끼를 주워들었다.

"피, 피가 너무 많이 흘러요. 나가요."

식철은 피가 잔뜩 묻은 도끼를 받으려고 하지 않았다.

"닥쳐. 빨리 받지 않으면 이걸로 네놈부터 찍겠다."

식철이 벌벌벌 떨며 겨우 도끼를 받았다. 나는 너덜너덜해진 왼 팔뚝 상처도 아랑곳없이 횃불을 높이 들고 식철을 다그쳤다. 식철이 둥글게 목판을 찍은 후 떼어 내니 그 아래 비단 보자기가 있었다.

"이건가?"

식철이 조심스럽게 보자기로 싼 것을 들어 올려 내밀었다.

"도, 도주 어르신께서…… 이걸……."

"일단 올라가서 살펴보자."

구멍으로 늘어뜨린 새끼줄을 타고 겨우 지상으로 올라왔다.

"이 피는……."

놀라는 김진을 보며 한마디 했다.

"보물 얻기가 어디 쉽나?"

김진이 두루마기 소매를 찢어 목덜미와 팔뚝에 흐르는 피를 닦고 상처를 동여맸다. 보물부터 확인하자고 아픔을 꾹 눌러 참으며 웃어 보였지만 김진은 눈물까지 글썽이며 내 상처부터 보살폈다.

피를 막고 경련이 잦아든 후에야 김진은 보자기를 풀었다. 금빛 테를 두른 서책이 나왔다. 날짜와 금액, 이름들이 모기 다리만 한 글자로 빼곡히 적혀 있었다. 김진이 그 서책을 꼼꼼히 검토한 후 말했다.

"그림을 사고판 기록이군."

"매매첩이란 말인가? 이런 게 뭐 그리 중하다고 땅속에 은밀히 보관했담."

김진이 서책을 펼쳐 보이며 답했다.

"엄청나게 비싼 그림들이 간 곳은 대부분 조정 대신들 댁이야. 하나 제 돈 내고 산 기록은 거의 없군. 여길 잘 보게. 이쪽은 객주에 그림 값을 치른 사람 명단이고 또 이쪽은 그림을 선물 받는 사람들 명단일세. 확인해 보면 알겠지만 이쪽에 있는 이름들은 양주, 파주, 적성 등 여러 고을 향청에 속한 이들일 게야. 한 도주가 왜 이것을 꼼꼼히 기록하여 몰래 지녔을 것 같은가?"

"아주 비싼 그림이라면, 사사로운 선물이 아니라……! 누가 누구에게 뇌물을 주었는가가 소상히 적힌 매매첩을 가진 것만으로도 든든한 뒷배가 되겠구먼!"

"그렇다네. 객주가 최악의 상황에 처하면 마지막으로 쓰기 위해 아껴 두었던 것이지. 이 정도 기록이면 살인죄를 범하였다손 쳐도 벌 받지 않고 빠져나오겠군."

"한 도주는 매매첩을 써 보지도 못한 채 죽었지 않은가?"

"한발 늦은 게지. 그리 빨리 죽을 줄 몰랐을 수도 있고."

김진이 오줌 싼 바지를 갈아입을 생각도 않고 멍하니 소금 멱서리에 기대 앉은 식철에게 다가가 좋은 말로 달랬다.

"죽을 고비를 운 좋게 넘겼어. 여기 이 도사가 자네 목숨을 살렸네. 은인을 위해 할 일이 남았으이. 자자, 우선 한 도주가 머물던 방으로 가세."

식철은 부축을 받고도 제대로 일어서지 못했다. 한 도주 방으로 든 후에도 예전처럼 검은 동자를 빙글빙글 돌리며 입 안의 혀처럼 듣기 좋은 말을 뱉기까지는 한참이 더 필요했다. 식철이 김진에게 대침도 맞고 냉수를 열 사발이나 마시도록 나는 급한 마음을 진정시키느라 이덕무의 가르침을 주문처럼 되뇌었다.

'경솔하고 조급한 사람은 총민(聰敏)하다 자부하고, 느리고 아둔한 사람은 후중(厚重)하다 자부한다. 둘 다 참된 총민과 후중이 아니다. 참된 총민과 후중이 아니다. 아니다. 아니다.'

한 도주가 진가(眞假)를 살필 그림 두 점을 펼쳐 놓았던 둥근 탁자에 김진과 나, 식철이 둘러앉았다. 식철이 앉은 자리는 바로 죽은 한 도주가 넉넉한 웃음으로 우리를 맞아 주던 곳이다.

"객주에서 그림 거래는 누가 맡아 했는가?"

식철이 조금 느리고 힘이 빠졌지만 또렷한 음성으로 답했다.

"화인을 물색하여 청탁하는 일부터 그림을 사고팔며 마지막 주인에게 운반하는 일까지 정 행수 어른이 다 하셨습니다. 소인은 행수 어른 명에 따라 이것저것 심부름만 했지요."

"부탁한 사람 마음에 흡족하지 않을 수도 있지 않으냐?"

"그런 일이 있기도 합지요. 완성된 그림을 보러 갈 때는 그림을 청탁한 분과 행수 어른이 동행하는 경우가 대부분이었습죠. 마음에 들지 않으면 그 자리에서 곧 다시 청하는 게 여러모로 편하니까요."

"알겠다. 이 매매첩은 우리가 가져도 좋겠지?"

식철이 두 눈에서 굵은 눈물이 뚝뚝 떨어졌다.

"도주 어르신을 죽인 놈들을 꼭 잡아 주십시오. 객주에 덧씌워진 누명도 벗겨 주십시오."

"살인범은 반드시 잡겠다. 우릴 믿어라."

김진이 식철의 어깨를 다독거리는 동안 나는 매매첩을 비단 보자기에 다시 쌌다.

그 밤 우리는 한양으로 떠났다.

# 26

상경을 서두른 것은 김진이었다.

식철을 옥에 넣자마자 말을 타고 떠났던 것이다. 내아에 들러 이덕무에게 자초지종을 고한 후 출발하자고 권했지만 한양에 다녀오는 것이 더욱 급하다 했다. 쇠 먹미레처럼 질긴 고집이었다.

설마령을 넘어 상수역에 닿아서도 말을 쉬지 않았다. 다음 날 새벽, 양주 지나 신문 밖에서 말을 내린 후에야 겨우 이야기를 붙일 수 있었다.

"자네답지 않게 왜 이리 술덤벙물덤벙 서둘러 대나?"

김진이 총총총총 신문을 지나며 답했다.

"최대한 빨리 가야 한다네. 그래야 상대도 긴장할 테니."

"긴장하다니? 대체 자네가 걱정하는 상대가 누군가? 밤

새워 상경하는 걸 누가 알기라도 한단 말인가?"

"우리가 아현을 넘어 설마령으로 말 달릴 때 벌써 저들도 움직이기 시작했을 걸세. 의금부 도사 이명방이 한양으로 가고 있다는 연통을 넣어야 하니까. 곧장 그 집 대문에 당도함으로써 우리가 확신하고 있음을 보여 줘야 해."

"확신이라고? 우리가 무슨 확신을 지녔다는 게야?"

김진은 여경방을 지나 운종가로 접어든 후 대묘동까지 단숨에 걸었다. 종묘를 등진 채 남행하여 성명방(誠明坊)에서 겨우 멈췄다. 대묘동에서 잠시 돈화문을 살피고 돌아설 때쯤엔 김진이 누굴 찾아왔는지가 또렷해졌다.

김진과 나는 이윽고 한성 판윤 임명보 집 솟을대문 앞에 멈춰 섰다. 대문 밖까지 아전과 가마꾼들이 웅기중기 개다리소반을 받아 놓고 갈비 살점을 뜯고 있었다. 양 볼에 먹을 것을 잔뜩 쑤셔 넣은 사팔뜨기 하인 하나를 불렀다. 적성으로 가기 전 임명보 서찰을 전하러 왔던 바로 그 하인이기에 낯이 익었다.

"판윤 대감 댁에 경사라도 났는가?"

하인이 눈을 비껴 뜨며 답했다.

"어디 먼 시골이라도 다녀오시는 길입니까요? 이제 판윤 대감이 아닙니다요. 오늘부터 정승 대감이십죠. 정일품 우의정으로 승차하셨습니다요. 아침부터 이렇듯 손님들이 몰려온 것은 하례를 드리기 위함입죠."

나는 고개 돌려 김진을 보았다. 김진은 부채로 왼 손바닥을 탁탁 치며 읊조렸다.

"늦진 않았군. 삼상(三相, 우의정)이라! 어여 가서 아뢰어라. 적성에서 의금부 도사 이명방이 왔노라고."

"알겠습니다요. 잠시만 기다리십시오."

나는 개다리소반을 슬쩍 훑어보며 낮은 목소리로 물었다.

"이제 임 참판, 아니 임 정승 집을 향해 밤을 새워 내달린 이유를 설명해 주게."

김진이 갑자기 부채를 들어 등 뒤쪽을 가리켰다. 황급히 돌아보니 머리 하나가 골목에서 나왔다가 급히 들어갔다.

김진이 달려가려는 내 팔을 붙잡으며 만류했다.

"다행일세. 저놈들보다 우리가 빨리 왔군. 잡을 필요까진 없으이. 저놈들도 아뢸 건 아뢰고 가야 할 터."

"저들이 대체 누군가?"

"지난밤을 우리처럼 내달려 아현을 넘고 설마령을 지나 상수역에서 잠시 숨을 돌리고 양주를 미친바람처럼 통과하여 새벽녘에 신문에 다다랐으며 아침도 먹지 못한 채 바로 저 골목까지 달려온 놈들이지."

대문 안으로 사라졌던 사팔뜨기가 뛰어나왔다.

"사랑채에서 잠시 기다리시면 대감마님께서 나오실 것

입니다요. 따르시지요."

　김진이 빙긋 웃어 보였다.

　"말석이라도 좋으니 안방에서 뵙고 싶다 다시 여쭈어
주게. 상직(上職, 정승)에 오르신 걸 진심으로 감축드리고 싶
고, 또 그림 구경하려면 안방이 제격 아니겠느냐고."

　"알겠습니다요."

　'그림 구경이라니?'

　김진은 부채를 펴 선선한 바람을 일으켰다. 나는 생인손
앓듯 이마를 잔뜩 찌푸린 채 그 앞을 왔다 갔다 했다. 새로
손님들이 도착하고 가마꾼들이 몰려드는 통에 질문을 던
질 수 없었다.

　잠시 후 하인이 다시 나왔다.

　"따르시지요."

　사팔뜨기는 우리를 곧장 안방으로 안내했다. 마당에 이
르니 그때까지 방에서 술과 음식을 즐기던 신료들이 드림
줄(마루를 오르내릴 때 붙잡는 줄)을 잡고 신을 신고 있었다.
기분이 몹시 상했으나 감히 입 밖으로 불만을 토로하지 못
하는 표정들이다. 김진과 나는 향나무 아래로 비켜서서 그
들이 모두 지나갈 때까지 기다렸다.

　"그댄 이 도사 아니오?"

　후미에서 걸음을 옮기던 주먹코 사내가 알은체를 했다.

남영채를 미행하라 지시했던 의금부 도사 민승구였다. 얽은 볼에 술기운이 올라 팬 자국이 더욱 깊었다. 나는 공손히 읍을 하여 예의를 갖추었다. 민승구가 거수(擧袖, 소매를 들어 인사에 답함)한 후 이해할 수 없다는 듯 도리머리를 쳤다.

"아무리 종친이라 하여도 그렇지, 종육품 참상을 만나려고 당상들을 사랑채로 내몰다니."

그 이유가 궁금하긴 나 역시 마찬가지다.

"오신 줄 몰랐습니다."

"가장 존경하는 어른이라오. 독망(獨望, 왕에게 관직 후보를 천거할 때 한 명만 적어 올림)으로 정승에 오르셨으니 이 나라도 이제야 비로소 제 모습을 갖출 것이오."

의금부에 속한 신료는 사사롭게 몸을 움직여서는 아니 된다. 문상도 가려서 하고, 축하연 참석은 특별한 지시가 없을 경우 피하는 것이 관례다. 조정 신료 감찰이 또한 의금부의 고유 업무이기 때문이다.

"우상을 뵙고 나선 의금부로 오오."

"아닙니다. 곧 적성으로 가 봐야 합니다."

"우상께 감축 인사 드릴 시간은 있고 의금부 도사 중 으뜸 참상인 나를 만날 여유는 없다 이거요?"

"아닙니다. 그게……."

나는 민승구의 뒤틀린 심사에 말문이 막혔다. 김진이 끼어들었다.

"오늘 하루 도성에서 묵어 갈까 합니다. 청전, 자넨 민 도사 모시고 회포나 풀게. 그동안 우리가 살핀 바도 알려 드리고 말이야."

김진이 보낸 눈짓에 고개 끄덕이며 답했다.

"알겠네, 그리 함세. 대감을 뵙고 의금부로 곧 찾아가겠 습니다."

"옆구리 찔러 절 받기로세!"

민승구가 헛기침하고 찬바람 일으키며 지나갔다. 수통 스러운 뒷모습이 마음에 걸렸다.


마루까지 나와 섰던 임명보가 웃으면서 두 팔을 들어 보 였다.

"어서 오르시오. 언제 적성에서 왔소이까?"

김진이 짐짓 너스레를 떨었다.

"어젯밤 천문을 살피니 귀댁에 경사가 있을 듯하였습니 다. 감축드리기 위해 서둘러 왔는데도 말 발이 늦었군요. 감축드립니다."

나도 큰 목소리로 축하 인사를 건넸다.

"감축하옵니다, 우상 대감!"

"늦다니? 이렇게 와 준 것만 해도 참으로 고맙소. 이제

더욱 독비(篤棐, 왕을 충성스럽게 돕는 일)의 정성으로 전하를
모실 생각이외다. 화광은 천문 지리에도 밝다더니 그 풍문
이 거짓이 아니었구려. 자, 어서 이리이리!"

안방으로 들어설 때 먼저 눈에 띈 것은 사방에 가득 걸
린 족자였다. 그림에 문외한인 내가 보기에도 멋진 산천
풍물과 아름다운 여인들이 가득했다.

멋들어지게 차린 상이 곧 들어왔다.

왕비탕(王妃湯, 자라찜)을 중심으로 송어알 젓과 죽순 절
임, 연두부와 어육 김치, 서여향병(薯蕷香餠, 마(薯)를 쪄 썰어
서 꿀에 담갔다가 잣을 가늘게 썰어 묻힌 떡)도 먹음직스러웠다.

군침이 돌았다.

"시장할 테니 어서들 드시오. 자, 여기 옥정추향(玉精秋
香, 이태백이 마셨다는 맛 좋은 술)부터 한잔 받으오. 이야기는
차차 합시다."

나는 잔을 받아 마신 후 급히 숟가락총(숟가락의 자루)을
쥐었다. 그러나 김진은 잔을 들지도 않고 거짓말부터 늘어
놓았다.

"육의전 지나면서 아침으로 벌써 한술 뜨고 왔습니
다. 이렇듯 잔치를 벌이신 줄 알았으면 그냥 굶고 올 것을
요……."

들었던 숟가락을 놓았다. 배에서 꼬륵 소리가 났지만 임

명보는 데면데면 못 들은 체했다.

"종부 삶을 심찰하던 일은 어찌 되었소?"

즉답을 못했다. 이방이 죽은 후론 살옥에 매달리느라 바빴던 것이다. 김진이 대신 답했다.

"마무리가 되어 갑니다."

임명보가 고개 끄덕이며 흰 수염을 쓸었다.

"다행이오. 이제 내가 우상이 되었으니 책무를 무사히 마치도록 힘써 돕겠소."

"감사합니다."

김진이 갑자기 자리에서 일어나 서안 왼편 벽에 걸린 족자를 면밀히 살폈다.

"이, 이건 사백(思白, 남종화의 대표 작가 동기창의 호)의 「고연근촌(孤烟近村)」 아닙니까? 「고연원촌(孤烟遠村)」과 함께 쌍벽을 이루는 명화가 지난 150여 년 행방이 묘연하였는데, 여기서 봄 숲 외로운 꽃 같고 가을 밭 선명한 백로 같은 걸작을 만나는군요."

임명보가 따라 일어서며 답했다.

"그렇소. 남화(南畵)를 좋아하오?"

나도 두 사람 표정을 살피며 엉덩이를 뗄 수밖에 없었다.

"좋아하다뿐입니까? 대국에 다녀올 때마다 유리창에 들러 사백 그림을 구하고 있습니다만, 진본은 물론 위작도 찾기 힘들지요.『용태집(容台集)』도 벌써 네 차례나 완독하였습니다. 대감께서 남화에 조예가 깊으시단 풍문은 익히 들었습니다만 이렇듯 귀한 그림을 지니고 계실 줄은 몰랐습니다. 진위 여부는 살피셨는지요?"

"다행히 남화 감정에 뛰어난 이가 있어 진본임을 확인받았다오."

김진이 서안 오른편 벽으로 걸음을 바삐 옮겼다.

"오, 저것은 운경(雲卿, 같은 남종화 작가 막시룡의 호) 솜씨로군요."

"꽃에 미친 서생[花狂]인 줄로만 알았더니 그림에 미친 서생[畵狂]이기도 하군. 한눈에 척 보고 그린 이를 맞히다니. 더구나 이 그림은 낙관도 없거늘……. 특별히 아끼는 그림이 있소?"

"도깨비 쓸개 같은 안목을 칭찬하시니 부끄럽습니다. 소생 어려서부터 칠칠(七七, 영조 때 화가 최북의 자)의 지두화(指頭畵, 손가락 끝이나 손톱에 먹을 칠하여 그리는 그림)를 좋아합니다. 칠칠이 그린 산수 중에도 저런 장관이 있었지요."

김진이 연수(煙樹, 연기나 안개에 싸여 멀리 보이는 나무) 출렁이는 솔숲을 돌아 떨어지는 폭포 자락을 가리켰다. 정교한 묘사는 피하고 수묵으로 숲과 물의 경계만을 대담하게 그렸다.

"만물과 감응하니 저 날카로운 폭포마저 제 몸처럼 부드럽게 감싸는군요. 여유로우며 분방한, 혀가 달린 듯한 붓놀림은 사의(寫意)에 능한 운경이나 사백에게서나 찾을 수 있는 특장(特長) 아니겠습니까? 이 걸작도 감정을 받으셨나요?"

"그렇소."

김진은 서안 뒤에 접어 둔 병풍 쪽으로 걸음을 옮겼다. 검지로 병풍 모서리를 만지며 물었다.

"지니고 계신 그림이 몇 점이나 되는지요?"

"세어 보진 않았소만 500점은 넘지 않을까 하오. 노래 한 가닥 부르려다 긴 밤 새운 꼴인데, 이렇듯 알아주는 눈이 있으니 허망하진 않구려."

김진이 두 손을 들며 크게 놀라는 시늉을 했다.

"대감은 정말 부자시군요. 갖고 계신 그림만 팔아도 자자손손 편히 지내실 수 있을 겁니다."

"나는 오직 그림을 살 뿐 팔 마음은 없소. 또 값나가는 것들이라곤 이 방 안에 걸린 그림들이 전부랴오."

김진이 고개 숙여 사죄했다.

"무례를 용서하십시오. 오랜만에 명화를 구경한 기쁨이 너무 커 실례를 범했습니다. 정승에 오르신 특별한 날이기에 축하객을 맞으려고 옥배상저(玉杯象箸, 옥 술잔과 상아 젓가락)와 더불어 귀한 그림들까지 내어놓으신 것이로군요."

"그렇소."

"정말 대감다운 배려이십니다. 맛깔스러운 음식과 옴파리(사기로 만든 작고 오목한 바리) 같은 계집이야 언제든 보고 즐길 수 있지만 이와 같은 명화는 생전 한 번 볼까 말까 하니까요. 대감! 우리나라 화인이 그린 그림은 없습니까? 이 방을 가득 메운 족자들은 모두 대국 화인의 솜씨인 듯합니다. 소생이 듣기로 대감께서는 특히 단원 그림을 즐기신다 더군요. 혹 이 병풍이……."

"아니오. 그 병풍엔 그림이 아니라 명필 매죽헌(梅竹軒, 안평대군의 호) 초서를 담았다오."

"열두 폭 병풍을 모두 뇌뢰(磊磊)하고 경건(勁健)한 매죽헌 글씨로 채우셨다, 이 말씀이십니까?"

"그렇소."

안평대군 초서는 현란하면서도 힘이 넘치기로 유명했다. 나는 그 솜씨가 몹시 보고 싶어졌다.

"대감, 희홍(戲鴻, 훌륭한 글씨) 감상할 기회를 주십시오."

임명보가 굳은 얼굴로 답했다.

"표구에 문제가 있어 아직 세상에 내놓을 때가 아니라오. 한 달 뒤에 다시 찾아오면 그땐 보여 주리다."

"대감, 그래도……."

내 말허리를 김진이 잘라먹었다.

"절품(絶品)을 선보이시겠다는 대감 말씀 참으로 지당하십니다. 걸작은 함부로 세상에 내놓는 법이 아니지요. 한 달 아니라 1년이라도, 다담(茶啖) 대접 바라다가 턱이 떨어지더라도 기다릴 수 있습니다. 글씨의 제재는 무엇인가요?"

"『시경』「주남편(周南篇)」에 실린「도요(桃夭)」라오."

"잘 알겠습니다. 그럼 축하객을 계속 맞으셔야 할 터이니 소생들은 이만 물러가겠습니다. 다음엔 상태(上台, 영의정)에 오르시길 멀리서나마 기원하겠습니다."

김진을 따라 솟을대문을 나왔다. 홍우점(鴻羽漸, 벼슬이 점점 올라감)을 거듭한 우정승을 뵈러 온 축하객이 그새 더 늘었다. 웅성거림이 들리지 않을 만큼 와서 김진을 돌려세웠다. 우리보다 뒤처져 적성에서부터 쫓아와 도성으로 들어왔다던 그 사내 머리가 사라진 골목이었다.

"그 병풍은 새것이었어. 지니고 있던 보배가 아니라 방금 선물 받은 것 아닌가? 왜 병풍을 펴지 않았는가? 그걸 보기 위해 밤새 달려온 게 아닌가?"

김진이 내 눈을 들여다보며 고개를 끄덕였다.

"그랬지. 우의정에 오른 늙고 빈틈없는 이가 그 병풍을 치울까 두려워 촌각을 다투어 달려온 거라네."

"자네가 검지로 병풍을 툭툭 칠 때 임 정승 표정은 정말 얼음장처럼 싸늘했으이. 병풍을 펼치는 순간 우릴 죽이려 들든가 자진이라도 할 기세더군. 정말 안평대군 글씨였을까?"

김진이 주변을 살핀 후 답을 주었다.

"임 정승이 둘러댄 「도요」가 뭔가? 새색시를 칭찬하고 혼사에 축하하는 뜻이 담긴 시 아닌가? '싱싱한 복숭아 무, 활짝 꽃이 피었네./ 이 아이가 시집가면 시댁에 복덩이 되리.(桃之夭夭 灼灼其華 之子于歸 宜其室家)' 신부를 칭찬하는 시를 정승 승차 축하로 보내는 사람은 없지."

"하면 더더욱 병풍을 펼쳤어야 하지 않나?"

"오늘 끝장을 볼 작정이면 그리 했을 테지. 임 정승이 거짓을 말했다 하여 포박하거나 옥에 가둘 수는 없는 노릇일세. 몰아세울수록 더더욱 방비를 튼튼히 할 게야. 병풍을 열지 않아도 그 안에 어떤 그림이 있는지 알았으니 덮어 두고 나와도 상관없는 일이라네."

"병풍을 펴지도 않았는데 그 안에 무엇이 있는지 어찌 안단 말인가?"

"여기서 시시콜콜 설명하긴 어렵겠네. 그저 추측한 것뿐이고. 어떤가, 자네도 병풍에 담긴 그림을 짐작해 맞춰 보는 것이?"

김진 역시 임명보만큼이나 완벽함을 추구했다.

"민 도사를 만나고 계목향에게 가 보게. 오늘 같은 자리에 풍류 가야금 소리가 빠지다니 이상한 일일세."

나 역시 솟을대문을 나올 때까지 내내 계목향을 떠올렸다. 이런 자리를 빛내기에 더없이 윤협(允叶, 잘 어울림)한 악기(樂妓, 악기를 연주하는 기생)가 아니던가.

"해어화 따윌 만날 까닭이 없네. 자넨 무얼 할 텐가?"

"그리운 벗에게 서찰이나 쓸까 싶으이. 세책방에 들러 새로 나온 작은 이야기(小說)들도 살필까 하네."

"좋은 이야기 있으면 혼자만 읽지 말고 남겨 두게. 우린 내일 아침 적성으로 돌아가는가?"

"아닐세. 며칠 더 도성에 머무르는 것이 좋겠네. 야뇌 형님이 탑전에서 물러나오면 뵙도록 하세. 그러니 오늘 밤은 옥로춘(玉露春, 이슬로 만든 맛난 술)이나 기울이며 편히 지내다가 오게나. 싱싱한 복숭아나무, 꽃이 탐스럽게 피어 무성할지도 모르지 않나?"

"그게 무슨 뜻인가?"

"자네가 더 잘 알지."

# 27

의금부 도사 민승구와 약조만 하지 않았다면 창선방으로 곧장 달려갔을 것이다. 의금부로 향하는 동안 내내 사위스러운 생각이 뒤통수를 눌렀다.

'중병이라도 앓는 걸까.'

의금부 정문에 서서 양손으로 뺨을 두 번 감싸듯 쳤다.

'우상 대감 애첩일 뿐이다. 소설을 즐기는 게 반가웠지만, 세상에 소설 좋아하는 여인이 어디 계목향뿐인가. 그녀에게 바칠 염사(艶詞, 사랑 노래)라도 지어 부르고 싶은 게야? 백금(百禽, 많은 새들. 여기서는 많은 사람들을 비유함)의 웃음거리로 나자빠지기 전에 정신 바짝 차릴 일이다.'

"나리. 도사 나리!"

등 뒤에서 여자 목소리가 들려왔다. 계목향 몸종 구월이였다.

"네가 여기에 웬일이냐?"

"아씨께서 이것을!"

구월이가 서찰을 건넨 후 황급히 종종걸음을 치며 되돌아갔다. 서찰에는 한 문장만 적혀 있었다.

오늘 꼭 뵙고 싶어요.

'임명보 집으로 오지는 못하더라도 그쪽 소식은 듣고 있었는가. 내가 왔다는 연통을 받고 급히 구월이를 보냈는가.'

민승구는 광통교로 가서 점심을 먹자고 앞장을 섰다. 하루를 꼬박 굶고 밤까지 지새웠으니 따뜻한 밥과 국이 몹시 그리웠다. 의금부 관원들이 식사도 하고 이런저런 이야기도 조용히 나누는 단골 식점이 소광통교 건너에 있었다. 남동소가 운영하는 지전과는 채 50보도 떨어지지 않았다. 부엌 뒤쪽에 붙은 쪽방에 앉자마자 탁주 방구리(동이보다 조금 작은 질그릇)와 보시기(작은 사발)에 가지런히 썬 묵은 김치부터 나왔다.

"한잔 쭈욱 들이키오. 우상 댁에서 순갱노회(蓴羹鱸膾, 중국 오중의 순채국과 송강의 농어회. 맛있는 음식을 비유함)를 받았을 터인데 왜 그리 걸신들린 사람처럼 쫄쫄 굶은 얼굴을 하고 있소?"

과연 의금부 관원다웠다. 안색만 살피고도 내가 몹시 허기졌음을 알아차린 것이다. 빈속에 탁주가 들어가니 뜨거운 기운이 돌며 온몸이 나른해졌다.

"그 댁에서 뵙게 될 줄은 몰랐습니다."

"내 할 말을 이 도사가 하는구려. 축하 인사를 하러 적성에서 상경할 만큼 임 정승과 가까운 사이인 줄 몰랐소. 여기저기 인사를 다니거나 사람 만나는 걸 즐기지 않는 줄 알았는데, 내가 사람을 잘못 보았던가 싶소."

"소장이 그 댁에 간 것은……."

김진은 민승구를 통해 도성 분위기를 알아 달라고 부탁했다. 적성 일은 임명보가 알고 있음직한 소식 외에는 발설하지 말라고도 했다.

"아, 출세를 위해 정승 댁 드나드는 건 벼슬아치라면 누구나 하는 일이라오. 이 도사, 지금까지 그대가 너무 깐깐하게 군 게 문제라면 문제일 테요. 이렇게 상경한 걸 보니 적성 일은 대충 마무리가 되어 가나 보오?"

"아직 탑전에 올릴 글을 완성하지 못했습니다."

"임 참판이 임 정승과 가까운 인척임은 이 도사도 알 게요. 종종 만나 나랏일을 논담사려(論談思慮)하셨다오. 이번 일만 잘 처리하면 이 도사는 날개를 달게 되오. 속히 의금부로 돌아오시오. 처결할 일이 산더미처럼 밀려 있는데 이 도사처럼 유능한 이가 의금부를 비우고 있으니 나 혼자 힘들어 죽겠소이다."

"최대한 빨리 복귀하도록 노력하겠습니다. 남영채는…… 붙잡으셨습니까?"

민승구가 탁주를 한 사발 더 마신 후 답했다.

"아직이라오. 분명 도성 내외를 오가는 듯한데 도통 잡을 수가 없소. 며칠 전 교도 한 놈을 포박하였는데 놈들이 도성에서 은밀히 모임을 갖는다는 말이 사실인 듯싶소. 도성 밖 우명지(牛鳴地, 큰 소 울음이 들리는 사방 5리) 안에서 이상한 노래도 부르고 밤을 새워 기도도 한다는구려. 모임을 이끄는 사내는 키가 크고 눈이 부리부리하며 목소리가 쩌렁쩌렁 울린다는데, 그 사내 곁에서 모임 진행을 돕는 여인이 하나 있다더군. 생김생김을 들으니 남영채가 분명하오. 내 꼭 이자들을 골골샅샅이 뒤져 모조리 잡아들이고 말 게요. 두고 보오."

동굴에서 들려온 노랫소리가 귓가를 맴돌았다.

"모조리…… 말입니까?"

"양반과 천민이 마주 앉아 기도하고 남자와 여자가 함께 서서 노래한다는 괴악한 것들이오."

"야소교도들이 도성에서 회합한다는 소식을 탑전에 아

뢰셨습니까?"

"판의금부사 대감이 말씀 올렸다 들었소."

"비답이 계셨는지요?"

"내리지 않으셨소."

"야소교도 전부를 잡아들이는 일은 의금부 독단으로 하기에 어려움이 많을 듯합니다."

"그 이유가 무엇이오?"

"조선에 야소교도가 몇 명쯤 있다고 보십니까?"

"많아야 쉰 명 정도 잡아들이면 그만 아니겠소?"

나는 고개를 저었다.

"그럼 100명쯤 될까?"

나는 다시 고개를 저으며 답했다.

"그보다 다섯 배는 더 많을 듯합니다."

"뭣, 500명? 그렇게나 많단 말이오?"

"임진왜란을 치르고 나서니까, 200년 전부터 야소교에 관한 서책들이 들어왔습니다. 적지 않은 서생들이『야소경』을 읽었지요. 도성을 중심으로 경기도 일대에 야소교도들이 잡초처럼 생겨났습니다. 북삼도 특히 평안도와 황해도에도 적지 않은 교도들이 있는 것 같습니다. 야소교도는 양반에서 천민에 이르기까지 남녀노소를 불문하고 퍼져 있습니다. 꿀단지에 개미 떼 꼬이듯 지금도 계속 늘고 있

지요. 의금부가 나서도 그들을 모조리 잡아들이기는 힘에
부칠 듯합니다."

적성에서 남영채를 만난 사실을 덧붙일까 잠시 망설였다.

"500이든 5000이든 그 수는 중요하지 않소. 공맹지도를
따르지 않는 자들은 모조리 잡아들여야 하오. 사악한 믿음
이 민심을 어둡게 만드는 걸 보고만 있을 순 없소."

"공맹지도를 어지럽히는 것은 야소교뿐만은 아닙니다.
정반왕자(淨飯王子, 석가모니)의 적멸지도(寂滅之道)나 장주의
가르침도 공맹지도와는 확연히 다르지요. 이 나라를 세울
때 상교(象敎, 불교)를 엄히 다스리기는 하였으나 분멸하지
는 않았습니다. 들리는 풍문으론 대국에는 이미 많은 야소
교도들이 와 있는데, 대국 조정도 그들을 드러내 놓고 잡
아들이지는 않는다고 합니다."

민승구가 혀를 찼다.

"대명(大明)이었다면 벌써 그놈들을 쫓아냈을 게요. 중
원을 차지한 이들이 저렇듯 공맹지도를 세우지 못하니 우
리라도 소중화를 자처할밖에. 이 도사! 윤상(倫常)이 흔들
리는 시절일수록 귀감이 될 인물과 사건을 널리 알려야 하
는 법이오. 열녀문을 세우는 일도 그중 하나요. 야소교도를
잡는 일과 열녀문을 세우는 일은 결국 다르면서도 같다오.
둘이면서도 하나다, 이 말이오."

'둘이면서 하나!'

의금부를 나와서 창선방으로 향하는 동안 나는 계속 둘이면서 하나인 일들을 생각했다.

김아영이 친동생처럼 아꼈던 계목향은 밝은 얼굴로 나를 맞았다.

"임 정승 댁에서, 보이지 않기에…… 아픈 줄, 알았소."

서안 앞에 앉아 방을 둘러보았다. 벽에 걸려 있던 풍류 가야금도, 창문 옆에 쌓아 둔 서책도 보이지 않았다. 이부자리까지 완전히 사라진 텅 빈 방이다.

"아프긴요. 소첩이 어디 아플 틈이 있나요?"

"방을, 씻은 듯 부신 듯, 비웠구려. 어디, 이사라도 가오?"

"소첩, 멀리 떠난답니다."

"어디로, 말이오? 임 정승, 귀염을 한 몸에, 받는 줄 알았소만."

계목향이 쓸쓸하게 웃었다. 그 웃음이 깃털처럼 가벼웠다.

구월이가 개다리소반에 술상을 내왔다. 술잔이 하나뿐이다. 계목향이 호리병을 들어 한 잔 가득 따랐다.

"더 이상 배움이 없으니 떠나야지요."

"배움이 없으니, 떠난다?"

"음률도 시문도 뒷걸음질만 치네요. 이렇게 1년만 더 있으면 손이 굳어 갱장(鏗鏘, 악기 소리의 웅장함)한 연주를 못할 듯싶어요. 거류(去留, 떠남과 머무름)를 고민하다 결심을 굳혔답니다."

"복숭아 같은 뺨, 옥 같은 팔, 다시 못 보니, 임 정승이 많이, 아쉬워, 하시겠소."

계목향이 내 눈을 빤히 들여다보며 물었다.

"나리는 아쉽지 않으시고요?"

고개를 조금 숙이고 뜨거운 눈길을 피했다. 계목향이 더운 말들을 계속 쏟아냈다.

"어차피 한 사내에게 정착 못할 부운(浮雲) 같은 팔자니 아쉬울 것도 없지만, 나리를 너무 늦게 만난 게 조금 섭섭하긴 해요."

'섭섭하다? 나 때문에 섭섭할 것이 무엇인가? 소설 이야기를 더 많이 나누지 못해서?'

"취허(吹嘘, 샘이 마를 때 물고기들이 서로 습기를 뿜어 주는 일)하기에 부족함이 없으니까요. 나리처럼 소설을 탐독하신 분을 일찍이 뵙지 못했답니다."

한 사람 있긴 하다. 김진은 이 나라 소설뿐 아니라 대국 소설들까지 두루 섭렵했으리라.

"아영 언니까지 셋이서 석 달 열흘 소설 이야기로 밤낮을 보냈으면 얼마나 좋았을까요?"

눈을 꼭 감고 시 한 수 흥얼거렸다.

"천지 사이 맑은 기운/ 시인 비장(脾臟)에 스미누나/ 천 사람 만 사람 중/ 내 마음 아는 이는 겨우 한둘뿐."

"김 씨가, 죽지 않았다면, 그대를 만나는 일도, 없었을 게요."

"그렇네요. 언니가 돌아가시는 바람에, 칼춤 추듯 기개 넘치고 떨어지는 꽃잎처럼 섬세한 나리를 만났군요."

'그뿐이오? 소설에 대하여 많은 이야기를 나누지 못해 아쉽다는 것뿐이오?'

"신장(贐章, 이별할 때 주는 글) 대신 이별주 한잔 주시겠어요?"

술잔을 넘겼다. 계목향이 말끔히 잔을 비운 후 이야기를 이어 갔다.

"술잔 머금으니 봄풀 돋고 칼 두드리니 구름 조각난다 했던가요? 섭섭한 마음이 어찌 소설에 대한 것뿐이겠는지요? 소첩은 나리와 더 깊은 사귐을 나누고 싶었습니다."

'더 깊은 사귐?'

계목향 양 볼이 부끄러움 때문인지 술기운 때문인지 불

그스레했다.

"나리는 소첩을 모르시지만 소첩은 나리를 조금 안답니다. 임정승께서도 늘 나리를 칭찬하셨습니다. 가을 불길처럼 내달리며 호랑이 수염도 기꺼이 뽑는 용기를 지녔다 하셨어요. 백탑 아래 노닐다 규장각 검서관으로 들어간 서생들과도 형제처럼 지내신다 들었습니다. 독락정에서 나리를 처음 뵈었을 때 얼마나 가슴이 뛰었는지 몰라요. 풍류 가야금을 탄 이후 처음으로 장단을 놓쳤답니다. 나리는 모르시는 듯했습니다만."

'그랬는가? 나 혼자만 품은 호감이 아니었던가?'

"잠시만, 떠나는 날을, 미루는 것이, 어떠하오? 나도 그대를, 이대로, 보내고 싶진 않다오."

계목향 두 눈에 눈물이 그렁그렁 맺혔다.

"그 말씀 가슴에 품고 잊지 않겠어요. 아, 세상에서 정말 얻기 어려운 것이 지기(知己)이고 가장 슬픈 것이 이별이로군요."

"섭섭함은, 풀고 가오."

계목향이 미소 지으며 술을 따랐다.

"잊을까 두려워서 그래요."

"잊을까, 두렵다니? 무엇이, 말이오?"

"『별투색전』 말입니다. 하루가 다르게 희미해져요."

"초조해 마오."

"하루에 일만 삼천오백이십 번 숨을 쉬는 매 순간 순간마다 점점 빛을 잃는답니다."

'줄거리가 점점 잊힌다는 것인가.'

"『별투색전』을, 또 읽으면, 되지 않소?"

"읽으면 줄거리는 다시 정리할 수 있겠으나 언니와 더불어 소설을 짓던 분위기는 엷어져요. 이미 사라진 부분도 있고요. 하루라도 늦출수록 점점 그 분위기를 살려 소설을 완성하기 힘들 듯해요. 두꺼비씨름 힘껏 달려들어 끝을 볼까 해요."

결국 다시 소설로 돌아왔다.

'소설을 완성시키는 것이 나와 사귀는 것보다 더 소중한가.'

"소설이, 완성된 후엔, 도성으로, 다시 올 게요?"

"아마도……. 그건 소설을 마친 후에 상고(詳考)해야겠어요. 지금은 『별투색전』 하나 붙들고 있기도 벅차니까요. 소설이 완성되면 꼭 연통 드릴게요. 소설 완본도 함께 보내겠어요."

"완본을 들고, 그대가 왔으면, 하오."

"후후후. 완본을 들고 나리가 소첩에게 오실 수도 있지 않을까요?"

"그건, 또, 무슨 소리요?"

계목향이 서안 아래에서 『별투색전』을 꺼내 올려놓았다.

"『별투색전』은 아영 언니와 함께 쓰던 것과 제가 따로 필사해 두었던 것, 이렇게 둘이에요. 언니와 쓴 건 나리께서 가져가셨고 제 건 바로 여기에 있지요. 각자 소설을 완성한 후 바꿔 보는 건 어떨까요?"

"나는 그대가, 어디 있는 줄 모르오."

"소광통교에 있는 쥐 영감 세책방 아시죠?"

툭 튀어나온 입에 쥐 수염이 조잡스러운 늙은이가 운영하는, 도성에서 가장 큰 세책방을 내 어찌 모르리.

"소설이 완성되면 쥐 영감한테 귀띔해 두세요. 그럼 소첩도 곧 알 수 있답니다."

"그대가 지은, 소설과, 내가 지은, 소설이, 다르면 어찌하오?"

계목향이 검은 눈동자를 위로 올렸다 빙글 돌렸다.

"쟁론을 해야겠지요. 소첩은 왠지 나리와 제가 같은 결말을 만들 것 같아요. 그리 되면 『별투색전』은 둘이었다가 하나로 완성되는 셈이네요."

"둘이었다가, 하나로?"

민승구 얼굴이 얼핏 스치고 지나갔다.

"이런, 술이 다 떨어졌네."

계목향이 호리병을 들었다가 내리며 배시시 웃었다.

"왜 적성 일은, 하나도, 묻지 않소? 아직도, 김 씨가 살해되었다고, 믿소?"

계목향이 술상을 옆으로 밀고 무릎걸음으로 다가앉았다. 숨소리가 들릴 만큼 가까운 거리였다.

"나리는 아영 언니가 자살했다고 지금도 믿으세요?"

"……."

적성에 머무는 동안 많은 것이 달라졌다. 그중에서 가장 달라진 것이 바로 김아영이었다. 집안을 일으키고 남편을 따라 죽은 열부에서, 객주와 거래하며 재산을 불린 야소교도일뿐만 아니라 외간 남자와 정을 통해 임신까지 한 추악한 여자로 바뀐 것이다.

"아, 덥다. 정말 덥다. 그죠?"

계목향이 팔을 뻗어 내 이마에 흘러내리는 땀을 손등으로 닦았다. 나는 흠칫 허리를 젖혔다. 계목향 겨드랑이에서 흘러나온 꽃향기가 내 코를 어지럽혔다. 그녀 눈동자가 점점 더 커졌다.

"둘이었다가 하나인 게 소설만은 아니에요. 멋진 소설 마무리 지을 수 있도록 전별시(餞別詩, 이별시) 대신……."

힘껏 끌어안고 입을 맞추었다. 계목향 손이 어느새 내 옷고름을 풀었다. 베개도 없고 이불도 없었지만 충분히 따뜻하고 포근했다. 때로는 파도처럼 때로는 바람처럼, 깃털 하나도 놓치지 않는 약수(弱水)처럼 나를 흔들며 품었다.

나는 파고들고 파고들며 하나가 되는 순간까지 치달았다.

## 28

국화 피고 난초 시들기 시작한다는 팔월 상일(上日) 유시(저녁 5시), 이덕무와 백동수가 유하주(流霞酒)에 거나하게 취하여 백연재로 찾아왔다. 그 아침에 이덕무가 상경하여 상례 단자를 올린다는 소식을 듣고 백동수도 대궐로 들어갔던 것이다.

백동수는 연신 콧노래를 흥얼거리며 김진과 나를 끌어안으려고 했지만, 이덕무는 얼굴만 벌겋게 달아올랐을 뿐 결곡한 자세를 잃지 않았다.

"화광! 자네 말이 맞았네. 전하께서는 점 하나 찍혀 있지 않은 밀서를 보시고는 흔들림 없이 심찰을 마치라는 유음(諭音, 신하가 아뢴 것에 대한 왕의 답)을 내리셨다네. 상전개탁(上前開坼, 신하가 왕에게 올리는 글의 겉봉투에 쓰는 말)이라 적힌 겉봉을 여실 때는 얼마나 심장이 쿵쿵거리던지. 성노를 나타내시지도 않았고 내게 책임을 묻지도 않으셨어. 휴우!"

백동수가 긴 한숨을 내쉬었다. 술 냄새가 진동했다. 탑전에 백지를 올리는 짓은 참수형을 당하고도 남을 일이다. 침묵하던 이덕무가 입을 열었다.

"처남에게 초솔(草率, 거칠고 간략함)하게나마 비례(非禮)에 대한 설명을 들었네. 조사할 시일을 벌기 위해서라고 하지만 어찌 탑전에 백지를 올릴 수 있단 말인가? 그런 짓을 하려거든 나와 먼저 상의를 했어야지?"

김진이 머리 숙여 사과했다.

"형님께 말씀드리면 반대하실 것이 확실한지라 잠시 숨겼습니다. 이 방법 외에는 성심을 그르치지 않으면서 탐문을 계속할 길이 없었습니다. 미리 의논 드리지 못한 점 용서하십시오. 형님께서 도성과 적성을 오가며 이것저것 너무 많은 일을 하시기에 이 일만큼은 신경 쓰시지 않게 해 드리려고 그랬던 겁니다."

이덕무는 매일 서너 차례 회의를 열고 열 건이 넘는 송사를 처결했다. 규장각에 작은 행사라도 있으면 밤을 새워 상경해서 마지막 잔손질을 했다. 몸이 열 개라도 모자랄 정도로 바쁜 나날이었다.

"김 씨 일은 우리가 함께 살피기로 정한 일 아닌가? 내게까지 숨긴다면 섭섭하이."

김진이 더욱 예의를 갖추어 답했다.

"알겠습니다. 이제부턴 모든 일을 형님과 먼저 논의하겠습니다. 마침 부탁이 하나 있습니다."

"무엇이든 하게."

"질청 오방들을 내일 자시(밤 11시)까지 백악산 독락정으로 불러 주시겠습니까? 적당한 이유를 대서 말입니다."

"내가 자리를 비운 동안 공무를 보느라 바쁜 사람들일세. 다섯 명을 한꺼번에 불러올려야 하는가?"

"그렇습니다. 꼭 함께 불러 주십시오. 긴 시간이 필요치는 않습니다. 밤을 새워 돌아가면 모레 낮부터는 공무를 볼 수 있습니다."

"알겠네. 그리 하지. 내일 독락정에서 보세."

이덕무는 술상을 내오기도 전에 자리를 떴다. 이미 충분히 취했으니 돌아가 가솔들을 살피겠다고 덧붙였다.

"가쇼, 가. 우리 누이가 고운 건 사실이지만, 누이만 챙기다가 벗들 모두 떠나겠우."

호방하게 술잔을 권커니 잣거니 하던 백동수도 잔이 두 순배 돈 후 『태평광기』세 권을 꺼내 베곤 아기처럼 나비잠(갓난아기가 머리 위로 두 팔을 벌리고 자는 잠)이 들었다. 탑전에서 물러 나온 후 처남 매부끼리 어지간히 퍼마신 모양

이었다. 김진이 얇은 이불을 가져와 백동수 아랫배를 덮고
내게 말했다.

"가세. 꼭 들를 곳이 있으이."

"이 밤에 말인가? 벌써 초경(저녁 7시)이 가까웠으이."

"그럼 자넨 야뇌 형님 수발이나 들고 있게. 나 혼자 다녀
옴세."

"아니야. 가지, 가."

나는 서둘러 김진을 따라나섰다.

김진은 대광통교 쪽으로 방향을 잡았다. 드문드문 행인
들이 바쁜 걸음으로 어둠이 짙게 깔린 거리를 지났다.

"……눈을 뜨니 자네 혼자 덩그러니 방에 남아 있었다
이건가?"

김진이 불쑥 물었다. 이덕무와 백동수가 오기 전까지 어
제 일을 김진에게 들려주고 있었던 것이다. 처음에는 계목
향과 가볍게 만난 후 그 집을 나왔고 식점에서 주기성(酒
旗星, 술을 관장하는 별) 우러르며 밤새 술 마시다가 잠이 깜
빡 들었으며 겨우 정신을 차려 어슴새벽에 귀가했다고 둘
러댈 생각이었다. 김진은 계목향이 『별투색전』을 완성하기

위해 도성을 떠나기로 결심했다는 대목부터 질문을 퍼붓기 시작했다. 그 질문에 끌려다니다 보니 운우지락을 나눈 이야기까지 하고 말았다.

"그렇다네."

"서찰 한 장 없이?"

"없이!"

김진이 걸음을 멈춘 후 내 얼굴을 쳐다보았다.

"자네가 계목향 목숨을 구했군."

"내가 목숨을 구해? 무슨 소린가, 그게?"

함께 술 마시고 운우지락 나누었을 뿐인데 어찌 사람 목숨을 구했단 말인가.

"계목향은 『별투색전』을 쓰기 위해 한시라도 빨리 도성을 벗어나겠다고 했다면서? 그 말을 하고서도 하루나 더 자기 방에서 자네와 머물렀군. 이상하지 않은가?"

"그건, 그건, 연모하는 정이……."

"연연(戀戀, 미련이 남아서 잊지 못함)한 정이 깊어서였다면 애당초 자넬 붙들었을 걸세. 함께 멀리 떠나자고 곱디고운 미소로 개유(開諭, 설득)하려 들었겠지. 계목향은 자네를 만나기 전부터 떠날 생각이었네."

"그건 『별투색전』 때문에……."

"소설은 잊어. 자네가 소설에 미혹된 사람인 건 알지만,

대부분 사람들은 소설보다 자기 목숨을 더 귀히 여긴다네."

"『별투색전』에 대한 이야기를 전하기 위함이 아니라면 왜 떠나지 않고 날 기다렸단 말인가? 자네 말대로라면 목숨까지 위험한 상황에서?"

"어려운 대목이야. 아직 그 질문엔 답을 못하겠으이."

"누가 계목향 목숨을 노린단 말인가? 내가 목숨을 구했다는 건 또 무슨 소리고?"

"궁금하더라도 내일 자시까지만 기다려 주게. 자시가 되면 방금 던진 질문을 자네 스스로 풀 수 있을 테니까."

김진은 굳게 입을 닫고 성큼 앞서 걸었다. 이럴 땐 아무리 따져 물어도 입을 열지 않는다. 나는 답답한 심정을 꾹 누르고 바삐 걸음을 옮겼다.

의금부를 돌아 견평방을 지나 탑골로 올라갔다가 수표교로 내려왔다. 김진이 묻지도 않았는데 스스로 입을 열었다.

"자네가 어제 계목향과 술잔 기울이는 동안 서찰을 두 장 썼다네. 그중 한 군데서 오늘 새벽 답장이 왔으이. 자네가 돌아오기 직전에 말일세."

"답장을 보낸 이가 누군가?"

질문을 던지는 순간, 수표교 옆 버드나무 뒤로 옥색 명주 장의를 쓴 여인이 나타났다. 의금부 도사 조현이 당했던 바로 그 버드나무였다. 여인은 고개를 왼쪽으로 돌리는 듯하더니 종종걸음을 쳤다. 발가락이 안쪽으로 어긋나게 꺾이는 듯한 독특한 걸음걸이였다.

'남영채!'

나는 단숨에 내달렸다. 김진이 내 팔목을 잡으려 했지만 이내 뒤처졌다. 여인은 또 골목으로 사라졌다. 나는 오른손에 표창을 꺼내 들고 골목으로 몸을 돌렸다.

'흡.'

하마터면 표창을 뿌릴 뻔했다. 장의를 쓴 여인이 달아나지도 않고 벽에 붙어 선 채 나를 쳐다보고 있었다. 막다른 골목이었다.

"오랜만에 뵈어요."

"당신…… 남영채가 맞소?"

머리를 덮은 장의를 어깨까지 내렸다. 크고 맑은 눈과 넓은 이마. 광통교 최고 미녀 남영채가 분명했다.

"당신을…… 포박하여 금오로 데려가겠소."

남영채는 당황하지 않고 웃기만 했다. 그 소리 없는 웃음이 기분을 더욱 상하게 했다.

'죄인은 죄인다워야 하지 않나. 금오로 끌고 가겠다는 말을 듣는 순간에도 저렇듯 여유롭다니. 달아나지 않고 막다른 골목에서 기다린 건 순순히 잡혀가겠다는 뜻인가.'

"이보게, 이 도사! 잠시만, 잠시만……."

김진이 헉헉대며 골목으로 접어들었다. 남영채가 김진을 향해 읍하였다.

"반가워요. 아영 누이께 말씀 많이 들었는데 이제야 뵙는군요."

나는 두 사람을 번갈아 쳐다본 후 김진에게 따졌다.

"뭔가? 그럼 자네가 서찰을 보냈다는 사람이 바로?"

"그렇네. 소광통교 지전을 통해 서찰을 보내고 받았지."

김진이 남영채에게 친절하게 말했다.

"답신이 오리라 확신은 못 했습니다. 혹시 도성을 벗어난 건 아닐까 염려도 했고. 이렇게 직접 만나니 기쁘군요."

"기쁘기는 소녀도 마찬가지예요. 아영 누이에 대한 심찰이 어찌 진행되는지 무척 궁금했거든요. 오해라도 하실까 싶어 먼저 음신 올리지 못하고 있었네요."

나는 돈목(敦睦, 화목)한 둘 사이에 끼어들었다.

"잠깐, 화광! 아무리 자네가 내 절친한 벗이지만 이런 짓은 용서 못 해. 내가 바로 저 남영채란 야소교도를 잡아들이기 위해 사방팔방 뛰어다녔음을 자네도 알지?"

"알고말고. 자네 목숨을 구한 은인이기도 하지."

나는 남영채를 잡아먹을 듯 노려보았다.

"내가 이 자리에 올 걸 알고 있었소?"

"예."

"허락도 받지 않고 『야소경』을 몰래 대국에서 들여온 혐의가 있음도 아오?"

"예."

"목숨을 구해 준 은인이더라도, 내가 그대를 포박하여 의금옥에 가두리라는 것도 알고 있겠군. 사사로운 은혜보단 율문(律文, 형률의 법조문)이 우선하오이다."

"뜻대로 하세요."

"삼목(三木, 죄인에게 씌우는 세 가지 형구. 곧 칼, 수갑, 차꼬) 찰 줄 알고도 왜 여기서 기다린 게요?"

"소녀가 잡히는 건 대수로운 일이 아니죠. 두 분 모시는 일이 중하니까요. 이 일을 끝갈망한(뒤끝을 수습함) 후 소녀를 잡아 가두시겠다면 그리 하세요."

남영채는 조금도 두려움이 없었다. 김진이 내 어깨를 붙잡으며 말했다.

"자네에게 미리 말하지 않은 건 미안하이. 말했다면 자네가 여기까지 따라왔겠는가? 김 씨 일을 모두 풀기에 앞서 몇 가지만 확인하려고 서찰을 보냈다네."

"확인?"

"그렇다네. 나도 『야소경』을 탐독한 적이 있네만, 저들 교리를 완전히 알지 못하니 만나서 직접 물어볼 수밖에 없지. 자네가 야소교도와 만나지 않겠다면 나도 김 씨에 대한 생각들을 자네에게 들려줄 수 없으이."

"그건 또 무슨 망언인가? 어명을 받들어 하는 일일세. 사사로이 밝히고 아니 밝히고를 정할 게 아니지. 심찰하여 얻은 것이 있다면 모두 탑전에 아뢰어야 하네. 또 무슨 언턱거리를 만들지 모르니 당장 금오로 데려가겠네."

"멧돼지 잡으려다 집돼지 놓치려는가? 야소교도에게 확인 받기 전에는 틀릴 수도 있는 추측일세. 나 때문에 많은 이들이 불행에 빠지는 걸 원치 않아. 이 여인을 잡아 가두겠다면 나는 이 일에서 완전히 손을 떼겠네."

김진은 의외로 강경하게 나왔다.

'그만큼 야소교도들을 만나는 일이 중요하다? 내가 이 만남을 가볍게 여겨 저지를지도 모르는 실수를 미리 막겠다는 뜻일까? 김진이 도와주지 않는다면 김아영에 대한 조사는 다시 오리무중이다.'

"좋아. 그 확인이란 걸 우선 하세. 야소교도를 잡아가는 일은 그 후에 결정함세."

남영채가 미소를 머금은 채 한걸음 앞서 걸었다. 김진과 나는 천천히 뒤따랐다. 높은 좌우 벽을 흘끔흘끔 살폈다.

남영채가 내 눈치를 살피며 물었다.

"낯이 익으시죠? 그래요. 예전에 소녀를 따라 들어오셨던 그 골목이랍니다."

잊고 싶은 기억들이 또렷하게 떠올랐다.

"……또 완월 대감 댁으로 가는 게요?"

"아니에요. 이번엔 건너편이랍니다."

남영채는 완월 정병수 집과 비스듬히 마주선 솟을대문 옆 쪽문을 손등으로 세 번 두드렸다. 쪽문이 열리면서 조족등을 밝힌 댕기머리 동자가 나왔다.

"따르시지요."

남영채가 쪽문으로 들어갔고 김진과 나도 뒤따랐다. 댕기머리가 쪽문을 잠근 후 종종종 앞서 걸었다. 남영채가 걸음을 멈춘 채 손을 들어 댕기머리를 가리켰다.

"이제 저 동자를 따라가세요."

"동행하는 게 아니었소?"

남영채가 다시 장의를 머리까지 썼다.

"소녀는 여기로 두 분을 모셔 오라는 명만 받았답니다. 걱정 마세요. 도사 나리가 나오실 때까지 달아나지 않고 기다릴게요."

김진이 먼저 댕기머리 쪽으로 몸을 틀었다.

댕기머리를 따라 협문 둘을 지났다. 섬돌 아래에서 걸

음을 멈춘 댕기머리는 읍을 하고 왔던 길로 되돌아가 버렸다. 김진과 나는 신발을 벗고 방으로 들어섰다.

공손히 양손을 앞으로 모아 쥔 사내가 윗목에 서서 인사를 건넸다. 어림잡아도 8척 장신이다.

"반갑습니다. 불도 켜지 못하고 이렇듯 누추한 곳에 상빈을 모시니 부끄럽습니다."

괄괄한 음성 역시 서른 살 이쪽저쪽의 건장한 사내임을 드러냈다.

"뵙는 것만 해도 참으로 다행입니다. 만나는 곳이야 백악산 꼭대기면 어떻고 두지강 나루면 또 어떻습니까?"

나는 덕담을 나눌 만큼 편치 못했다.

"당신이 야소교 괴수요?"

사내가 내 물음에 답하지 않고 친절하게 권했다.

"자, 앉으시지요. 이야기가 길어질 듯도 합니다."

삼각형 세 꼭짓점에 사내와 김진, 내가 앉았다.

"괴수라 물으셨나요? 상제(上帝, 하나님)님 보시기엔 괴수도 없고 졸개도 없으며 귀한 이도 없고 천한 이도 없습니다. 다만 먼저 깨달은 까닭에 복된 말씀 전하는 일을 평생업으로 여기고 있기는 합니다. 아직 세례를 받지는 못하였으나 세례자 약한(約翰, 요한)을 늘 흠모하고 있지요."

"당신 이름이 뭐요?"

"세속에서 정한 이름이나 자호가 있지만, 방금 말씀드렸듯이 소생은 다만 약한과 같은 이가 되고플 뿐입니다."

부끄러운 고백이지만 그때까지 나는 약한이 야소에게 세례를 준 이인 것도, 또 약한을 흠모하는 이 사내가 다산(茶山, 정약용의 호)과 함께 야소교에 깊이 빠진 광암(曠菴) 이벽(李檗)이란 것도 몰랐다. 김진은 벌써부터 이벽에 대해 들어 아는 것이 있는 눈치였다. 『야소경』을 건성으로 넘겼던 나로서는 둘의 대화를 가늠할 수 없었다.

"천국이 가까웠으니 회개할 때가 바로 지금이라고 보십니까?"

김진이 던진 물음에 사내의 두 눈이 호기심으로 반짝거렸다.

"형제님도 유태 광야의 목소리를 들으셨습니까?"

"지금 해결하고자 하는 일과 상관은 없어도 커다란 파문을 불러일으킬 수 있는 문제이니 짚고 넘어가야겠습니다. 임문 종부 김씨 부인이 야소교도란 사실을 저희에게 알리신 까닭이 무엇입니까? 저희가 어찌하기를 원하십니까?"

사내가 잠시 김진과 내 눈을 들여다본 후 답했다.

"어차피 알아내셨을 것 아닌가요? 아영 자매 언행을 파고들수록 구주(救主)를 만나실 테니까요."

내가 끼어들었다.

"공맹지도를 따른 열녀로 추앙받을 수도 있었소."

사내가 헛기침을 네댓 번 뱉었다. 피곤이 뚝뚝 묻어났다.

"자매는 공맹지도를 따르지 않았습니다. 안리명(安利名, 안일, 부귀, 공명)을 위하여 그 삶을 변질시키려는 자들도 있지만, 두 분은 아영 자매가 어떻게 마시(魔試, 악마 시험)를 이기고 거듭남의 확신을 지니고 살다 갔는지 잘 아실 겁니다."

김진이 물었다.

"김아영이 야소교도란 사실이 만천하에 드러나기를 바라십니까? 이로 인해 야소교도 전체가 큰 곤경에 빠질 수도 있습니다."

"저희가 짊어질 몫이겠지요. 아영 자매가 배교하지 않았음을, 그 억울한 죽음을 두 분께서 밝혀 주시기를 바랄 뿐입니다. 의인을 분명히 하는 일로 저희에게 닥칠 불행은 염두에 두지 마세요."

김진 얼굴이 조금씩 상기되기 시작했다.

"약한처럼 목이 잘려도 상관없다 이 말씀이시군요. 여기 앉은 이 도사를 비롯한 의금부 관원들에게 지금도 쫓기고 있지 않습니까?"

사내가 나를 보며 입으로만 웃었다.

"옥에 갇혀 모진 고초를 당할 겁니다."

"주님 따르는 값이라면 달게 받겠습니다."

"당신들은 목숨을 잃을 만큼 중죄를 지었습니까?"

"우리는 모두 죄인입니다. 나도 죄인이고 두 분도 죄인이지요. 죄인임을 깨닫고 복된 말씀을 받아들일 날이 속히 오기를 기도드리겠습니다."

김진 목소리가 더욱 떨렸다.

"바라는 것이 대체 뭡니까? 사실을 드러내는 것만이 항상 옳은 길은 아닙니다. 지금이라도 부탁하시면 김아영과 야소교 간의 끈을 최선을 다해 지워 보겠습니다. 그리 하면……."

"그리 마십시오. 호탕(浩蕩)하신 상제님 뜻이 가감 없이 알려지기를 원합니다."

잠시 어색한 침묵이 흘렀다. 사내는 눈을 감고 김진의 다음 이야기를 기다렸다.

'김아영이 야소교도란 것이 천하에 알려지면 어떤 일이 벌어질까. 금상께서는 어떤 하명을 내리시고 또 조정 대신들은 어떤 주청을 드릴 것인가. 역률(曆律), 산복(算卜), 전진(戰陣) 등 학문을 두루 논할 때는 생각을 넓게 열어 두고 한없이 자애로우시지만, 상벌을 정하고 신료들을 살필 때는 날카롭기가 비수와도 같으시다. 사실과 다른 글을 올린 참판 임호와 그 가솔들은 중벌을 면하기 힘들 것이고, 내 앞에 앉은 이 거구와 남영채를 비롯한 야소교도들도 큰 화를 당하리라. 김진은 그 망극한 불행을 막고 싶은 것인데, 사내는 오히려 스스로 불구덩이에 뛰어들겠다 덤비는구나.'

"아직은 때가 이르지 않습니까?"

김진이 다시 첫 물음을 에둘러 반복했다.

"복된 말씀 전하는 때가 따로 있나요."

사내 역시 자세를 바꾸려 하지 않았다.

"그리 말씀하시니 저희 일이 훨씬 줄어들 듯합니다만, 마음은 더욱 무겁군요. 저희가 야소교에 배려할 부분은 이제 이 나라에서 가장 높으신 분께 옮겨 갈 겁니다. 어떤 하명을 하실지는 저희도 감히 예측하기 힘듭니다. 지금까지는 공맹지도가 아니더라도 널리 불쌍히 여겨 석씨지도든 장주지도든 크게 누르거나 찌르는 법이 없으셨지만, 이 일로 인한 성심의 행방은 모르는 일입니다."

"두 분 체혼(體魂)이 다치지 않기만을 바랍니다. 최악의 결정이 내려오더라도 원망 않고 따르겠습니다. 두 분을 위해 기도드리겠습니다."

김진이 자리에서 일어섰다. 나머지 두 꼭짓점도 따라 일어섰다.

"잘 알겠습니다. 마무리 지은 후 다시 서찰 올리지요."

어느새 섬돌 아래로 돌아온 댕기머리를 따라 다시 협문 둘을 지났다. 남영채는 우리와 헤어진 그 자리에 똑같은 자세로 서 있었다. 김진이 속삭이듯 물었다.

"저이를 잡아가서 민 도사에게 맡기려는가? 자넨 적성 일이 끝나지 않았으니, 저 가여운 여인을 문초하는 일은 민 도사가 맡겠지. 악패듯 다룰 테고, 심신이 많이 상하리라고 보네만."

나는 고개 돌려 짧게 물었다.

"자넨 야소교도를 믿나? 최악의 결정이 나더라도 원망 않고 따르겠다는 말을 믿어? 자네가 저들을 위한다고 무슨 보답이 있는가? 개 잡아다 호랑이에게 빌려주지 말라 했으이."

김진이 걸음을 멈추었다.

"미리 말해 두네만, 최악의 상황은 오지 않을 걸세. 우리가 이 일을 마무리 짓고 나면 전하께서도 차선책을 찾으실 게야. 저이를 오늘 잡아들이는 건 야소교도에게도 또 우리에게도 권할 일이 아닌 듯하이."

"그건 왜 그런가?"

"남영채를 포박한 경과를 자넨 어찌 설명할 텐가? 자네가 사실대로 밝히면 나도 무사하지 못하네. 자네 역시 적성 일을 계속하긴 힘들 테고."

김진이 길게 설명하지 않더라도 나는 남영채를 민 도사에게 넘길 뜻이 없었다. 야소교도로 시끄러우면 김아영과 조광정, 이방과 나졸들 죽음을 둘러싼 비밀을 밝힐 수 없다. 나중에 논죄를 당하더라도 덮어 두는 것이 상책이다.

남영채를 향해 곧장 걸어 나갔다. 큰 눈을 다짐 두듯 노려보았다.

"함부로 나다니지 마시오. 일이 마무리될 때까지 꼭꼭 숨어 지내라, 이 말이오."

남영채가 양 손바닥을 마주 붙여 가슴에 댄 채 허리 숙여 절했다.

# 29

백동수는 해가 중천에 뜬 후에야 겨우 일어났다.

김진은 『야소경』과 자미(子美, 두보의 자)의 오언율시(五言律詩)를 번갈아 읽으며 밤을 지새웠다. 겸상으로 늦은 아침을 먹은 다음 우리는 백동수를 따라 신창동(新倉洞)으로 갔다. 백동수와 형 아우 하며 지내는 조선 최고 도편수 이길대에게 향이를 잠시 맡겨 두었던 것이다. 김아영의 어머니 홍 씨는 대묘동 이덕무 서재에 잠시 기거하게 했다.

김진은 공방으로 들자마자 탑삭부리 이길대 곁을 떠날 줄 몰랐다. 이길대는 시원한 치격(絺綌, 갈포옷)을 입고 손바람 신나게 둥굴이(껍질을 벗긴 통나무)를 깎아 냈다. 박제가와 김진은 이길대를 도와 나라님이 타실 화려한 용무늬가 아름다운 연(輦) 만드는 일에 관여한 적이 있었다.

"향이는 아니 만날 텐가?"

"이 도사! 그건 자네가 살펴 주게. 난 바빠서 말이야."

나는 백동수와 함께 공방 구석에 붙은 쪽방으로 들어섰다. 향이가 겁에 질린 얼굴로 벌떡 일어섰다. 떨리는 오른손에는 오색실이 감긴 실패를 들었고 방바닥에는 가위, 골무 등이 담긴 반짇고리가 놓여 있었다.

"앉아라."

볼이 움푹 패고 두 눈이 퉁퉁 부어 병색이 완연했다. 의금옥에 가두거나 문초하는 것이 아니라고, 도성을 떠날 때 백동수가 몇 번이나 설명했지만 믿지 않았다. 이길대 집에 닿던 날은 가위로 목을 찔러 죽겠노라 한바탕 난리를 쳤다. 내가 향이라도 갑자기 도성으로 끌려 올라와 어딘지도 모르는 방에 갇혀 지내자면 무서우리라.

반짇고리 곁에 불룩 솟은 요를 치웠더니 각양각색 수놓은 주머니들이 나왔다. 목숨 수(壽) 자 새긴 주머니부터 시작하여 크고 작은 연꽃무늬가 아름다운 두루주머니, 잠자리매듭이 예쁜 귀주머니도 있었다.

"두릅손(솜씨)이 제법 좋구나."

"새, 새아씨께서 가르쳐 주셨어요."

향이는 여전히 굳은 얼굴로 긴장한 채 답했다.

"날 위해 두루주머니 하나 만들어 주겠느냐? 표창을 넣어 다닐 것이니라. 염주비둘기로 괴불을 매달면 더욱 좋겠다. '義(의)'와 '俠(협)'을 앞뒤로 수놓아 줄 수 있겠느냐?"

"저저정, 정성을 다하겠어요."

부드럽게 미소까지 띠며 물었지만 향이는 말을 더듬었다. 나는 목소리를 깔았다.

"내가 누구냐?"

"의, 의금부 도사십니다."

"향이 널 금오로 끌고 갈 요량이었다면 벌써 옥에 가두었을 게다."

"지, 집에 가고 싶어요."

"곧 돌아갈 게다."

향이 표정이 조금 밝아졌다.

"어, 언제요?"

그건 화광이 정할 일이다. 향이를 도성에 잠시 옮겨 두자고 제안한 건 화광이니까.

백동수가 수염을 쓸며 호랑이 눈으로 물었다.

"김 씨에 대해 새로 기억난 것이 있느냐?"

"없어요. 이미 전부 말씀드렸습니다."

나는 말머리를 돌렸다.

"계목향을 알지?"

"창선방 아씨 말씀이십니까?"

"그래, 창선방 아씨와 자주 만났느냐?"

"도성에 오면 꼭 창선방에 들르셨지요."

"만나서 무얼 했더냐?"

"창선방 아씨 댁에 닿으면, 새아씨는 소녀에게 돈을 몇 푼 집어 주셨습니다. 창선방을 떠나기 직전까지 도성 구경이나 실컷 하고 오라셨죠. 그 댁에서 묵으실 때 소녀는 구월이 방에서 지냈어요."

"도성 구경 다니느라 계목향과 새아씨가 무얼 하였는지는 아예 모른다?"

"그렇습니다."

질문을 비켜 나가는 솜씨가 보통이 아니었다.

"새아씨가 가까이 두고 읽은 서책이 무엇 무엇이냐?"

"소녀는 언문도 겨우 깨쳤답니다. 새아씨께서 보시는 그 어려운 서책들이 뭣인지야 어찌 알겠어요? 새아씨는 정말 엄청나게 많은 서책을 구해 읽으셨답니다. 한 달마다 서가 정리를 도우려고 새아씨 방에 들어가면 서책이 소녀 키보다 높게 쌓인 경우가 대부분이었으니까요. 소중히 다루며 거듭 읽으신 서책 중에 무슨 『사설(僿說, 이익이 지은 성호사설을 말함)』 뭐라는 것도 있었는데……."

'이 아이도 야소교도일까.'

"『야소경』이라고 들어 보았느냐?"

"처음 듣는 서책이에요. 야소가 뭔가요?"

'시치미를 떼는 걸까.'

"새아씨 방에서 십자 표식이 달린 목걸이나 반지를 본
적 없었느냐?"

"큰서방님이 돌아가신 후 새아씨는 목걸이든 반지든 금
붙이를 몸에 두르는 법이 없었답니다."

"낯선 노래를 부른 적은?"

"크게 말씀도 하지 않으시는 새아씨가 무슨 노래를 하
신단 말인지요? 더구나 삼년상도 마치지 않았는데요."

향이는 버텼고 말로는 흔들 수 없었다.

"잘 들어라. 높아서 속일 수 없는 게 하늘이고 존엄하여
속일 수 없는 게 군왕이며, 안으로 속일 수 없는 게 어버이
고 밖으로 속일 수 없는 게 사람이라고 했다. 난 네가 나를
속이고 있다는 걸 안다."

"속이다니요? 소녀는 절대로……."

"오늘은 속아 주지만, 또 한 번 속이려 들면 중벌을 면하
지 못할 게다. 깊이 새겨라."

으름장을 놓고 일어섰다. 향이는 백동수와 내가 방을 나
갈 때까지 양손으로 입을 가린 채 서 있었다.

김진은 격안(格眼, 선을 그을 때 쓰는 먹자)을 든 이길대와 마주 앉아 이야기를 나누고 있었다.

나는 김진 뒤에 서서 이길대에게 물었다.

"더러 비싼 값에 부잣집 대문도 만들어 주는가 보오?"

이길대가 쪽방을 흘끔 보고 미소 지으며 답했다.

"가끔 하지요. 야뇌 형님과 호형호제하는 어른 댁이라 거절하기 힘들었습니다. 똘이란 놈이 워낙 말솜씨가 좋기도 했고요."

백동수가 이길대 옆에 놓인 목판을 꺼내 들었다.

"거참 요상하게 생겼군. 사각형인데 윗부분만 반원으로 둥글게 깎았네."

이길대가 답했다.

"전하께서 서책을 읽으실 때 기대실 등판입니다."

내가 쥐대기(솜씨가 서투른 장인) 같은 표정으로 물었다.

"등판이라니? 서책을 읽는데 어찌해서 이런 판을 등에 댄단 말인가?"

"대국에서 들여온 안경을 쓰신 지도 오래되셨습니다. 옥체 상하실까 염려하여 내의원에서 여러 차례 진언을 올렸습니다만, 전하께서는 여전히 밤을 새워 경서(經書)와 사책

(史策)을 읽으신다 합니다. 목과 어깨가 결리고 가슴이 답답한 증상을 없애기 위하여 특별히 이걸 만들게 되었습니다. 서안과 연결하여 서책을 읽으실 때 항상 허리를 곧게 펴시도록 할 겁니다."

이길대가 이번에는 금방 완성한 서안에 대해 설명했다.

"그레질(그레는 재목을 딱 맞게 자르기 위해 위아래에 표시하는 도구, 그레질은 그 도구로 하는 일)을 정확하게 하여, 이 횡으로 뻗은 각목 끝 홈에 등판을 끼워 세웁니다. 전하께서 편히 등을 대고 서책을 읽을 수 있도록 폭과 길이를 쟀지요."

"왜 이 서안은 비스듬하게 깎은 건가? 이렇게 두면 책이 미끄러질 게 아닌가?"

"아무리 등판을 만들어도 서안이 평평하면 서책을 읽기 위해 목을 꺾고 시선을 내릴 수밖에 없습니다. 허리를 꼿꼿이 세운 채 서책을 읽으려면 서안을 이렇듯 비스듬히 세우는 것이 좋겠다고 초정께서 조언하셨지요. 서책이 미끄러지는 걸 막기 위해 네 모서리에 구멍을 뚫고 요 작은 사각판을 끼워 서책의 네 모서리를 판 아래 고정시킵니다. 유서진(鍮書鎭, 놋쇠로 만든 책 누르개)이 따로 필요 없지요. 서안 밑변에는 옥으로 만든 봉을 덧대어 서책을 놓기 쉽게끔 합니다."

백동수가 콧김을 내뿜으며 말했다.

"서너 달 서책을 멀리하고 편히 쉬면 될 일을 꼭 이런 것까지 만들어야 하나?"

김진이 웃으며 서안을 손바닥으로 쓸었다.

"형님은 무예를 연마하지 않고 서너 달 노실 수 있습니까?"

"하루이틀 건너뛰는 건 몰라도 사흘부턴 곤란하지."

"전하께서도 마찬가지십니다. 편안히 시문을 읽으실 수 있도록 가장 좋은 서안과 안경, 등잔을 준비하는 것이 신하된 도리이겠지요. 자, 이제 가시지요."

"언제 향이를 적성으로 데려갈 텐가? 저러다 제풀에 말라 죽겠네."

"오늘 일이 무사히 갈무리되면 바로 떠나지요."

이길대 공방을 나와서 김진은 백연재로 돌아갔다. 밀린 잠을 자고 나서 자시까지 독락정으로 나가겠다고 했다.

백동수와 나는 오랜만에 나란히 사장(射場)에서 활을 쏘았다. 쉰 발씩 네 번 겨루었는데, 백동수가 세 번 연이어 이기고 나는 겨우 마지막 판에 체면치레를 했다. 일부러 져준 것이 아니냐는 추궁에 백동수는 사람 좋게 웃어 댔다.

"자넨 공무를 보느라 바빠 사대에 설 여유가 없지 않는가? 나는 눈만 뜨면 말 타고 활 쏘며 소일하니 내가 이기는 게 당연하이. 마지막엔 자네도 잘 쏘았어. 꼭 이기고야 말겠다는 눈빛이 참 좋았네."

약조한 시각까지 기다리기가 지루했다. 백동수와 나는
미리 가서 밤 풍광이나 구경하자고 서둘러 길을 나섰다.
"화광은 독락정에서 뭔가 탁방(坼榜, 결말)을 내려는 듯합
니다만……."
힘들지 않겠느냐는 동의를 구하며 말끝을 흐렸다. 백동
수는 작은 바스락거림 하나도 신경을 곤두세우며 엉뚱하
게 받아쳤다.
"업은 아기 3년 찾는다고 했네. 자네 등을 잘 봐. 뭔가 업
혀 있지 않나?"
고개를 돌렸지만 어둠뿐이다.
"향이를 도성으로 데려온 것도 그렇고, 적성 아전들을
모두 독락정으로 부르는 것도 그렇고…… 너무 엉뚱해요."
백동수가 내 어깨를 감싸며 답했다.
"화광이 엉뚱한 짓 벌인 게 어제오늘 일은 아니지. 내가
보기에 화광은 여러 방식으로 나무를 찍는 듯해. 자네나
나는 한양 가는 길이 단 하난데 화광은 열 개, 아니 백 개
도 더 되는 다른 지름길을 찾는 걸세. 모로 가도 서울만 가
면 되는 것 아닌가? 다소 엉뚱하더라도 사실만 밝힌다면
무슨 일이든 못 할까."

나 역시 그런 기대 때문에 김진을 만류하지 않았다. 앞뒤를 따져 범인을 쉽게 추측할 수 있다면 내가 먼저 나섰을 것이다.

"낮결에 서둘러 적성으로 떠나는 편이 옳았다는 생각이 자꾸 드네요. 독락정에서 어찌 사건을 해결한단 건지 모르겠습니다."

"가랑잎 불붙듯 하는군. 자네 요즈음도 매형이 지은 서책들을 빌려 보는가?"

"예."

"이 구절을 기억하겠구먼. '마음이 조급하거나 망령되지 않기를 오래 하면 꽃이 필 것이요, 입이 비루하거나 상스러운 말 않기를 오래 하면 향기 날 것이다.' 청전, 꽃 피고 향기 나길 진심으로 바라네."

얼굴에 숯불을 끼얹은 듯 화끈거렸다.

김아영에 대한 조사도 점점 혼미한데 이방에 나졸들까지 죽었다. 5년 만에 마음을 주었던 여인 계목향은 멀리멀리 떠났다. 단순해지자. 맑아지자. 여유를 갖자. 매일 새벽 되뇌지만 생각처럼 쉽지 않았다. 이 모든 문제를 단칼에 베고 싶은데, 계목향을 찾아 영각(암소를 찾는 황소의 긴 울음소리)이라도 켜고 싶은데, 깜깜한 의혹의 그림자만도 메숲진(나무가 우거짐) 백악산을 가득 덮을 정도였다.

"왔는가?"

이덕무가 정자 아래에 벌써 도착해 있었다. 그 뒤로 다섯 아전이 허리를 숙인 채 이덕무를 호위하였다.

"급히 상경하느라 고생들 했소."

나는 아전 한 사람 한 사람과 눈을 맞추었다.

"화광은?"

"아뇨 형님과 소장만 따로 왔습니다. 아직 약조한 시간이 남았으니 독락정에 올라 잠시 기다리시지요."

"그렇게 하세."

독락정은 열 명도 족히 앉을 만큼 넓었고, 대나무 흩어지는 소리와 함께 소나기 같은 바람이 쏟아져 들어왔다 나갔다. 이덕무를 중심으로 왼편에 아전들이 앉고 오른편에 백동수와 내가 둥글게 원을 그리며 자리를 잡았다.

"저희를 모두 부르신 연유가…… 무엇인지요?"

호방 황종석이 침묵을 깼다. 다른 아전들도 흔들리는 등불 만큼 불안한 표정이었다.

"화광이 오면 이야기함세."

나는 말을 아꼈다. 황종석이 다시 물었다.

"금오에서 문초를 받고 있는 향이는 어떻습니까?"

황종석을 노려보며 짧게 답했다.

"아직 심문이 끝나지 않았네."

"몸이 많이 상하지나 않았는지……."

"자네!"

나는 말을 끊고 황종석을 노려보았다.

"죄가 없으면 방면될 걸세. 의금부가 멀쩡한 사람 병신으로 만드는 곳이라도 된다던가? 그딴 소리 함부로 지껄이지 말게. 질병은 입으로 들어오고 재앙은 혀로 나간다고 했어."

"그게 아니라……."

골골골골 흐르는 계곡물 소리를 밟고 정자 위로 김진이 쓰윽 올라왔다. 쥐걸음이라도 걸었는가. 인기척을 느낄 수 없었다.

"일찍 오셨군요. 소생이 제일 먼저 도착하지 않았을까 여겼습니다만."

이덕무가 반겨 맞았다.

"다 모였으니 이제 우릴 이곳에 불러 모은 연유를 말해 주게."

김진이 내 곁에 자리를 잡고 앉은 후 답했다.

"잠시만 더 기다려 주세요. 아직 한 사람이 안 왔습니다."

"올 사람이 또 있다는 말인가?"

"자시까지는 꼭 오겠노라는 답신을 받았습니다."

나는 떡 떼어 먹듯 물었다.

"내가 창선방에 놀러 간 사이 서찰을 두 장 띄웠다더니, 그중 남은 쪽이지?"

김진이 웃으며 고개 끄덕였다.

"화광, 벌써 왔는가?"

낯익은 목소리였다.

갓을 쓴 사내가 화장걸음으로 독락정을 오르다가 백동수와 눈이 마주쳤다.

"아니, 그대는 단원!"

놀라기는 김홍도도 마찬가지였다.

"백탑 아래 회합을 다시 잇기라도 하는 건가요? 예전에는 못 속에 모인 고기와 같더니 지금은 구름 속 흩어진 새를 닮은 처지라 아쉬웠는데, 정말 반갑습니다. 형암, 야뇌, 화광에 이 도사도 오셨구려. 이렇게 다 모일 예정이라고 미리 귀띔이라도 하시지. 중요한 일이라고만 하시니 내내 궁금하여 머리가 아팠습니다."

김진이 일어서서 앉았던 자리를 내주었다. 김홍도가 이덕무와 마주 앉자마자 김진이 이야기를 시작했다.

"먼저 알려드리자면 여기 계신 야뇌 형님은 무예의 달

인이십니다. 또 이 도사는 여러분도 아시겠지만 표창이라
면 조선에서 최고 솜씨지요. 소생 허락을 받지 않고 독락
정을 떠나는 사람은 두 분과 먼저 싸우셔야 할 겁니다. 두
분께서는 소생 뒤에 서 주십시오."

백동수와 나는 김진 좌우에 벌려 섰다. 김진이 김홍도를
쳐다보며 물었다.

"자 그럼 이제부터 험운(險韻, 시를 짓기 어려운 운자)을 넘
어서 볼까요? 우선 간단한 사실 하나만 확인하겠습니다.
지난 이십육일 저녁에 적성 근방에 계셨지요?"

김홍도가 퉁방울눈을 끔벅이며 답했다.

"어떻게 그걸……? 그렇소. 상수역 뒤 식점에 방을 하나
얻어 머물렀소이다."

"열두 폭 병풍을 가져오셨고요?"

김홍도 얼굴이 놀라움으로 가득 찼다.

"그, 그렇소."

그제야 나는 김홍도가 지난 칠월 초하룻날 도성에 들렀
을 때 적성 풍광을 담은 병풍을 시작할 계획이라고 밝힌
사실이 떠올랐다.

"그곳에서 누굴 만나셨습니까?"

"그건…… 병풍을 보았으면 알 게 아니오?"

김진이 다섯 아전을 차례차례 훑으며 말했다.

"나랏일 살피느라 바쁜 어른이 직접 병풍을 확인하러 상수역까지 오시진 않았을 듯합니다. 이런 일을 전담한 이가 혹시 여자입니까?"

"그렇소."

김진이 나를 보며 미소 지었다. 임 정승 주변에 그런 재주를 지닌 여인은 한 사람뿐이다. 계목향이 상수역까지 병풍을 받으러 왔던 것이다.

"단원이 그린 열두 폭 병풍이면 값을 정하기 힘들 정도겠지요. 그 정도 그림을 선물하려면 재력이 대단해야 할 겁니다. 그림을 단원께 의뢰하고 그림 값을 치르기 위해 누가 왔습니까? 제 생각엔 적성 향청에서……."

"좌별감이 왔소."

"그랬군요. 좌수도 설마령을 급히 넘기엔 연세가 많으시지요. 두 사람뿐입니까? 좌별감 조욱병이 그림 값을 치르고 도성에서 온 여인이 그림을 가져간 게 전부인가요?"

김홍도가 어둠을 노려보며 답했다.

"한 사람이 더 있었소. 평소엔 그렇게 셋만 모이면 끝이 날 거래지요. 이상하게도 그날은 두 사람이 도착하고서도 값을 치르지 않았어요. 돈을 가져오는 이가 조금 늦게 도착한다더군요. 석양이 진 후 과연 한 사내가 나타났소이다."

"그 사내가 이곳에 있습니까?"

"그렇소. 그 사내는 그림 값을 내면서 도성에서 온 여인에게 자기 이름을 똑똑하게 밝혔다오. 임 정승에게 그 이름을 꼭 전해 달라 신신당부를 했지요. 콩 본 당나귀처럼 무척 들떠 있었소이다."

"누굽니까, 그 사람이?"

그때 내 시선은 호방 황종석에게 향했다. 그가 엉덩이를 떼는 순간 날아올라 턱을 걷어찰 작정이었다. 황종석과 눈이 마주친 순간, 몸을 일으켜 내게 달려든 이는 키가 크고 가슴이 단단한 병방 신익철이었다. 신익철이 뻗은 주먹이 내 머리에 닿기 전 백동수가 그 주먹을 감싸 쥐고 빙글 돌리며 꺾었다. 바닥에 나뒹군 신익철이 오른손을 품에 안고 비명을 질러 댔다.

"이게 무슨 짓인가? 병방이 무슨 잘못을 하였어?"

이덕무가 김진을 노려보았다.

"병방 신익철, 이자가 이방 진독주와 다섯 나졸을 참살하였습니다."

"무엇이라고?"

신익철이 소리쳤다.

"사또! 억울합니다. 소인은 이방을 죽인 적 없습니다. 억울합니다."

김진이 신익철을 노려보았다.

206

"닥쳐라! 네놈이 무슨 죄를 지었는지 지금부터 소상히 가르쳐 주마. 저기 호방 옆자리로 돌아가 앉아라. 달아나려고 또다시 수작을 부리면 목숨이 위태로울 게다."

신익철이 고개를 숙인 채 이덕무를 지나 황종석 옆에 앉았다. 김진이 좌중을 둘러보며 설명을 시작했다.

"그동안 적성 향청은 조정 대신들에게 뇌물을 바쳐 왔습니다. 산 진 거북이요 돌 진 가재처럼 지내기 위함이겠지요. 인삼이나 패물 등도 쓰였으나 대국과 조선에 이름난 화인 그림이 애용되었지요. 그림 구입 및 조선 화인을 소개하는 일은 두지진 객주에서 맡았고, 향청에서는 장세의 일부를 모아 그 값을 내 왔습니다. 형암 형님이 부임하시기 전, 향청에서는 당시 한성 판윤 임명보 대감을 위해 여기 계신 단원께 열두 폭 병풍을 그려 달라 청했습니다. 임판윤이 정승으로 승차할지도 모른다는 풍문이 돌았기 때문입니다."

이덕무가 잠시 짚고 넘어갔다.

"단원 자네가 상경한 이유가 그거였군."

김홍도가 뒷머리를 긁적이며 멋쩍은 웃음을 흘렸다.

"처음엔 성명방 임 정승 댁에 갈 병풍인 줄 몰랐습니다. 워낙 값을 높이 쳐 준다기에……."

김진이 이야기를 이었다.

"형암 형님은 부임 후 장세 걷는 공무를 향청에서 질청으로 바꾸셨습니다. 기다렸다는 듯이 임 판윤이 정승으로 승차하였지요. 향청에서는 단원이 그린 병풍을 지난 칠월 삼십일 새벽까진 가져다 바쳐야만 했습니다. 승차 축하 잔치를 열 때 그 병풍이 처억 펼쳐져야 빛이 날 테니까요. 새로 장세를 걷게 된 이방은 장세를 향청에 주지 않겠노라 버텼습니다. 지금까지 장세 중 7할을 향청이 가져가고 3할만 질청이 받아 쓴 데 대한 불만이었지요. 향청에서는 다급할 수밖에 없었습니다. 장세가 아니고는 그림 값을 도저히 맞출 수 없었기 때문입니다. 이방이 장세를 걷기 위해 나선 칠월 이십육일까지 향청에서는 이방을 설득하려 애썼겠지요. 이방으로서는 답답할 것이 하나도 없었습니다. 장세를 걷은 후 여드레 팔십 리 가듯 도거리흥정(한꺼번에 모두 모아서 하는 흥정)을 벌여도 늦지 않으리라 여겼지요. 향청만 다급했습니다. 그림을 넘겨받고 맞돈을 내기로 한 날이 바로 장세를 걷는 이십육일 밤이었으니까요. 향청에서는 끝내 악수를 두고 말았습니다."

"병방을 설득하여 이방을 죽였다, 이 말인가?"

내 물음에 신익철이 먼저 답했다.

"억울합니다. 소인은 누구도 죽이지 않았습니다."

김진이 노려보자 신익철이 고개를 숙였다.

"향청과 질청은 은밀히 관아 재물을 노느매기하는 사이이긴 해도 누가 많이 차지하는가를 놓고 항상 겨루어 왔습니다. 질청에서 누군가 죽거나 다치면 향청이 의심받을 것은 적성 현민이면 다 압니다."

이덕무가 신익철에게 고개를 돌린 후 당조짐하듯 물었다.

"이놈! 바른대로 고하지 못하겠느냐?"

"사또! 소인은…… 소인은……."

신익철은 코 꿴 송아지 모양 말을 잇지 못하고 바들바들 떨었다. 김진이 말을 이었다.

"질청 상석에 올려 주겠다는 확약을 받았겠지요. 이방과 나졸들을 죽인 후 곧바로 장세를 들고 상수역으로 향했을 겁니다. 병방은 직접 돈을 건넴으로써 향청이 입을 씻지 못하게 다짐을 두고 또 임 정승께 자기 이름을 전하려 한 것이겠지요."

내가 끼어들었다.

"한 도주와 정 행수를 독살하고 또 자네와 나까지 죽이려 한 것도 병방 저놈인가? 병방이라면 옥을 나고 드는 일이 쉬웠겠군. 음식에 독을 타서 내오게 한 후 우리가 죽었는지 살았는지 확인하려고 달려왔던 건가? 지독한 놈이로군."

"병방이 두지진 객주에게 죄를 뒤집어씌운 것부터가 실수였지. 적성 향청이 도성에 바칠 뇌물을 두지진 객주를 통해 은밀히 구해 왔음을 병방은 잘 몰랐던 것 같으이. 좌수도 그 소식을 듣고 후회했겠지만, 벌써 이방과 나졸들 시신은 발견된 후였네. 한 도주와 정 행수가 감옥에 갇힌 다음 좌수에게 강력히 항의했던 것 같네. 이대로 객주만 살인죄를 뒤집어쓸 수는 없다 했겠지. 넌지시 이 매매첩의 존재를 알렸을 수도 있어."

김진이 품에서 염고 밑에서 꺼내 온 매매첩을 꺼냈다.

"좌수가 택할 수 있는 길은 두 가질세. 하나는 현감과 의금부 도사를 설득해서 한 도주와 정 행수를 석방하게 하는 것. 평소 현감의 공명정대함과 도사의 의기를 살핀다면 될 일이 아니지. 나머지 하나는 병방에게 독약을 주어 한 도주와 정 행수 입을 영원히 막는 게지. 또한 이 사건을 주도 면밀하게 살피고 있는 객사 손님들까지 함께 죽이려고 했어. 열녀 정려는 조금 늦어지겠지만, 향청을 살리는 것이 급선무였으니까. 어떤가, 병방? 내 설명에 혹 틀린 부분이라도 있는가?"

이덕무가 자리에서 일어섰다.

"사또!"

신익철은 무릎을 꿇고 머리를 방바닥에 댄 채 울음을 터뜨렸다. 이덕무가 황소숨을 몰아쉬며 명했다.

"이 천둥벌거숭이를 묶어라. 내가 관아에 개호주(범의 새끼)를 기르고 있었구나. 이놈을 도와 살인에 가담한 장정들도 적성에 돌아가는 대로 모조리 색출하여 옥에 가두어야 한다. 호방!"

"예, 사또!"

호방 황종석이 한걸음 나서며 답했다.

"호방이 책임지고 살인범들을 색출하여 하옥시킬 수 있겠는가?"

"믿고 맡겨 주십시오."

"나는 하명하신 일을 마무리 짓기 위해 며칠 더 규장각에 머물러야 한다. 내가 돌아갈 때까지 죄인들을 모두 옥에 가두고 문초할 준비를 끝내 놓으라."

"알겠습니다. 확실히 처결하겠습니다."

"그럼 값을 치르는 자리에 나왔던 좌별감 조욱병, 병방 신익철에게 이방을 죽이도록 사주한 좌수 최벽문도 잡아들여라. 할 수 있겠느냐? 힘에 부친다면 여기 이 도사 도움을 받을 수도 있으니 솔직히 말해 보아라."

"도움 필요 없습니다. 맡겨 주십시오."

신익철을 포박한 아전들은 서둘러 적성으로 떠났다. 백동수가 적성까지 동행하겠다고 나섰지만 이덕무가 막아섰다. 질청을 믿고 맡겨 보겠다는 것이다. 김진도 이덕무를 지지하고 나섰다.

"형암 형님이 계속 적성현을 다스리셔야 한다면, 이 일을 저들에게 맡겨 다시는 질청과 향청에서 월권하는 일이 없도록 하는 것이 좋겠습니다. 사또께서 직접 향청을 치시면 아무래도 상처가 남겠지요. 질청에서 좌수와 좌별감을 잡아들인 후 때를 살펴 적성으로 내려가셔서 엄히 문초하는 것이 여러모로 좋겠습니다."

"이이제이(以夷制夷)인가? 만에 하나 호방이 그들을 놓치기라도 하면 어찌하는가?"

"어차피 좌수와 좌별감은 적성에서 예전 지위를 누릴 수 없게 되었습니다. 조금 늦게 간다고 크게 달라질 건 없겠지요."

김진의 명쾌한 설명을 처음부터 끝까지 들은 김홍도가 머쓱해하며 물었다.

"나는 어찌해야 하오리까?"

김진이 답했다.

"이제 연기로 돌아가셔도 무방할 듯합니다. 정당하게 값을 받고 그림을 그려 주었으니 벌을 받지는 않을 겁니다. 다음부턴 지나치게 값을 높이 쳐 주겠다거나 객주에서 그림을 사겠다고 나서면 일단 거절부터 하고 소생에게 연통을 주십시오. 한 꿰미 돈 때문에 앞뒤가 막혀서야 쓰겠습니까. 추악한 살옥에 단원 그림이 연루되었다는 사실만으로도 불행한 일입니다. 부디 전재(錢財)를 탐내는 속태(俗態)를 버리시고 육결(六結, 사람을 미혹하는 여섯 가지 근원. 안(眼), 이(耳), 비(鼻), 설(舌), 심(心), 의(意))을 항상 살피세요. 천하에서 가장 먹음직스러운 푸른 봉우리와 흰 구름을 그려주세요. 그 앞에서 군침 흘릴 날만 기다리겠습니다."

"명심하리다."

백동수를 선두로 김홍도와 이덕무가 먼저 내려가고 김진과 내가 조금 뒤처져 따랐다. 가파른 골짜기를 지나 완만한 언덕길로 접어들었을 때 김진에게 물었다.

"내가 계목향 목숨을 구했다고 했지? 그 말은 임 정승이 나서서 그이를 해칠 수도 있었다는 거였나? 지극히 은애하던 예기가 아닌가?"

"그림을 소개한 한 도주와 정 행수가 독살되고 이방까지 죽었다는 연통을 받고 보면 임 정승은 틀림없이 그 병풍이 자신에게 넘어오기까지 과정을 아는 자들 입을 모조리 막으려 들 걸세. 뇌물을 바친 적성 향청 좌수와 좌별감, 질청 병방은 더 큰 미끼를 던져 제 편으로 끌어들일 여유가 있지만 계목향 그이는 다르지."

"다르다니? 계목향이야말로 적성 향청과는 비교할 수 없을 만큼 믿던 사람 아닌가? 그림을 받아 오는 일을 아무에게나 맡겼겠는가?"

김진이 고개를 돌려 내 얼굴을 쳐다보며 짧게 되물었다.

"그건 자네가 더 잘 알지 않나?"

"나 때문이다…… 이건가?"

"계목향은 처음부터 자네 편이었네. 김아영에 대해 세세한 이야기를 해 준 이가 누군가? 임 정승 편을 들었다면 그런 소릴 할 까닭이 없으이. 처음에 나는 임 정승이 계목향을 시켜 자넬 떠보는 게 아닌가 의심도 했다네. 아니었어. 그녀는 자네에게 정말 특별한 마음을 품었던 걸세. 임 정승도 그걸 알아차렸겠지. 임 정승처럼 여자와 그림에 밝은 이는 감정이 바뀌는 순간을 귀신처럼 읽어 낸다네."

"계목향은 내게 단원과 관련된 말은 한마디도 안 했으이."

"그랬겠지. 그걸 밝히는 건 임 정승이 그동안 저지른 잘못을 폭로하는 일이니까. 그동안 모셔 온 이를 궁지로 내몰고 싶지 않았을 수도 있네. 어쨌든 자네가 단원 일을 알게 되면 계목향은 증인으로 발이 묶일 테고, 한적한 산하로 물러나 소설을 마무리 짓겠다는 바람도 이룰 수 없지. 조용히 떠나고 싶었던 게야. 표창의 달인인 자네를 붙들어 놓고 자객이 들지 못하게 시간을 끌다가…… 떠난 것일세."

'그랬는가. 정녕 그랬단 말인가.'

마른 땅이 푹푹 꺼지고 곰솔들이 나를 향해 쓰러지는 착각이 일었다. 그 어둠에서 낯익은 향기가 흘러나왔다. 계목향 내음이 그리웠다.

## 30

엿새가 지나갔다.

나는 백동수를 따라 도성 안팎을 방일하며 유협들과 어울렸다. 심심파적으로 술도 마시고 박색(博塞, 장기)에 쌍륙을 즐기며 유전(遊畋, 사냥)도 가고 격구도 겨룰 뿐 아니라, 사이사이 잡범 넷을 잡아 좌포도청에 넘겼다. 아직 세상에는 법보다도 주먹으로 해결할 일이 많았다. 기린을 영수(潁水, 요 임금 때 허유와 소보가 은거한 곳) 삼아 몸을 숨긴 지 오래였으나 정의로운 주먹이 필요한 사람들은 백동수를 잊지 않았다. 의금부 도사인 나까지 합세하자 할 일이 더욱 늘었다.

김진은 소광통교 백연재에 틀어박혔다. 풍광 구경 가자고 슬쩍 말을 넣어 보았으나 고개 저을 따름이었다.

"자네나 실컷 놀다 오게. 난 생각할 게 좀 있으이."

김진 곁에 머물고 싶은 마음을 누르고 백동수를 따라나섰다. 이럴 때는 홀로 지내는 편이 사건 해결에 도움이 된다는 것을 그도 나도 안다. 전생에 김진은 꽃이나 나무가 아니었을까. 그렇지 않고서야 이렇듯 한자리에서 오랫동안 즐겁게 머무르지는 못하리라. 도성에 살면서도 은둔하는 서생을 꼽으라면 나는 기꺼이 화광을 천(薦)하겠다.

어려운 일을 당하거나 고민이 생기면 범인(凡人)은 가족이나 벗을 만나 위로받으려 들지만, 김진은 더욱더 움츠려 텅 빈 방 소병(素屛, 서화를 붙이지 않고 흰 종이만 바른 병풍) 아래에서 고독을 즐긴다. 번데기처럼 적게 먹고 적게 말하고 적게 움직이며 온통 지금 닥친 문제에만 집중한다. 해결하기 벅찬 문제일 땐 아예 열흘씩 굶거나 밤을 지새우며 스스로를 괴롭힌다. 자욱한 담배 연기 속에서 가래침 뱉으며 며칠을 지내고 나면 나로서는 전혀 상상할 수도 없는 기막힌 깨달음을 얻는 것이다. 이번에도 그 순간을 기대하며 기꺼이 자리를 피해 주었다.

일찍이 이덕무는 공부를 농사에 비겨 이런 흥미로운 글을 지은 적이 있다. 종이와 벼루는 농토이고, 붓과 먹은 쟁기와 호미며, 문자는 씨앗이고, 생각(意思)은 농사일에 익숙한 늙은 농부이고, 팔과 손가락은 농우(農牛)며, 책이나 권축(卷軸)은 창고나 상자며, 연적은 관개(灌漑)다. 농토, 쟁기, 호미, 종자, 창고, 상자, 관개는 근심할 것이 못 되지만 힘겨운 일은 오직 농사일에 익숙한 늙은 농부를 얻는 것이다. 농부가 없으면 아무리 뛰어난 농토와 농기구와 씨앗이 있어도 소용없기 때문이다. 김진은 바로 그 늙은 농부를 얻기 위해 삼고(三顧), 사고(四顧), 오고(五顧)를 거듭했다.

팔월 칠일 아침 도성을 출발한 우리는 팔월 팔일 새벽 설마령에 이르러 잠시 쉬었다. 층층구름이 짙어 달도 별도 보이지 않았다. 이덕무가 냉수를 건네며 김진에게 물었다.

"어떻게 도와주면 되지?"

백동수와 나도 신문을 나설 때부터 던지고 싶은 물음이었다. 이방과 다섯 나졸, 한 도주와 정 행수를 죽인 범인은 잡았지만, 김아영을 열녀로 정려하는 문제와 조광정 살옥은 해결되지 않았다. 김진이 노란 물레나무 꽃을 바라보며 답했다.

"지금 곧 사람들을 모았으면 합니다. 참방 임태명, 참판 임호, 참판 부인 남 씨, 작은아들 임거선, 하인 똘이가 반드시 참석해야 합니다. 그들을 관아로 부르는 것보다 우리가 임 참판 집으로 가죠. 이 도사, 자네가 미리 가서 그들을 모아 놓는 게 좋겠네."

"내가 말인가?"

이덕무가 끼어들었다.

"의금부 도사가 잔심부름까지 할 필요가 있는가? 나졸을 보내세."

김진이 고집을 꺾지 않았다.

"청전이 했으면 합니다. 오늘 불참하는 사람은 조광정을 죽인 범인으로 간주하겠다고 하고 그들을 한자리에 모아 주게. 의금부 도사가 위협을 해야 권위가 서겠지."

"범인으로 간주한다고? 그런 얼토당토않는 말을 전하란 겐가?"

김진은 빙긋 웃으며 소매에서 담뱃대를 꺼내 왼 손바닥을 두드렸다. 곁에 있던 백동수가 말했다.

"나도 함께 가겠네."

김진이 고개 저었다.

"아닙니다. 야뇌 형님은 따로 하실 일이 있습니다."

떠나기에 앞서 가슴에 품었던 질문을 마저 던졌다.

"향이는 어찌할 작정인가?"

대열 후미 가마에는 향이가 타고 있었다. 이번에도 김진은 명쾌한 답을 주지 않았다.

"내가 알아서 하겠네. 아무래도 비가 꽤 많이 내릴 것 같으이. 주(澍, 단비)로다! 더위가 가시려나. 서두르세."

김진은 산모롱이까지 배웅을 나왔다. 나는 고삐를 잡아

끌며 오른손을 들어 보였다.

"들어가게."

김진이 머뭇거리며 가까이 다가왔다. 두 마리 말이 나란히 섰다.

"초일구(初一驅, 사냥에서 첫 번째 짐승몰이)로 끝을 보려면 자네가 꼭 도와줄 일이 있으이."

대답 대신 고개 돌려 눈 맞추었다.

"사람들이 모두 모였을 때 내가 무슨 말을 하든 잠자코 있게. 질문을 해서도 안 되고 화를 내서도 아니 되네. 어떤 일이 있더라도 표창을 먼저 뽑는 일은 없어야 해. 최악의 상황에서도 표창 하나만은 꼭 남겨 두게. 자네와 내 목숨이 달린 일이야. 약조할 수 있겠나?"

김진 얼굴을 뚫어지게 노려보았다.

'자네 또 무슨 일을 꾸미는 겐가?'

두 눈이 빛났다.

'날 믿고 그냥 따라 줬으면 하네. 그리 할 수 없겠나?'

"표창을 쓸 만큼 위험한 상황이 온단 말인가?"

"유비무환. 만약을 대비하자는 걸세. 또 하나 미래의 도패(都牌, 매를 부리는 응군(鷹軍)의 우두머리)에게 부탁이 있으이. 참판 댁 마당에 줄줄이 선 감나무들 기억하지? 그 감나무 위에 달마를 앉혀 놓게."

"달마를?"

김진이 고개 끄덕였다.

"그럼 오시(낮 11시)쯤 보세."

더 묻고 싶었으나 김진은 벌써 말머리를 돌렸다.

"알겠네. 쉬엄쉬엄 오게나."

나는 먼저 용두산으로 총마(驄馬, 옥색 말)를 달려 임거선을 만났다. 임 참봉 서당에 들른 후 마지막으로 객현을 넘었다. 참판 임호를 비롯하여 참판 부인과 하인 똘이는 모두 집에 있었다. 우선 서재에서 차 한 잔을 얻어 마시는데 이덕무와 김진이 대문 앞에 도착했다. 하인들이 우루루 몰려나갔고 나는 제일 늦게 그 대열에 끼었다. 임호는 빗방울이 뚝뚝 떨어지는데도 친히 나와 맞으며 우리에게 인사를 건넸다.

"어서 오시오. 전하를 알현하고 돌아오는 길이라고 들었소."

"그렇습니다. 누의(螻蟻, 벌레)처럼 미천한 신하가 융준용안(隆準龍顔, 왕의 얼굴)을 뵈었습니다. 임 참판은 어찌 지내느냐 하문하셨습니다."

"참으로 성은이 하해와 같소이다."

김진에게도 반갑게 웃어 보였다.

"역시 적성보단 도성 바람이 좋던가 보오. 도성에 갔던

일은 어찌 되었소? 명주바람 같은 소식만 닿기를 기대하고
있었소만……."

김진이 읍을 했다.

"그간 별고 없으셨습니까? 들어가서 말씀드리지요."

"알겠소. 따르오."

임호와 이덕무가 나란히 들어가고 임거선과 나, 김진이
뒤따랐다. 대문을 완전히 지나는 순간 뒤에서 작은 소란이
생겼다. 관아에서 이덕무를 호위해 온 스무 명 남짓한 나
졸을 하인들이 막아선 것이다. 임호가 먼저 양해를 구했다.

"조광정이 살해된 후부터 함부로 사람을 들이지 않는다
오. 올바르고 좋은 일은 언제나 부족하고 악하고 흉한 일
은 언제나 넘쳐나니 참으로 걱정이오."

이덕무가 고개를 끄덕였다.

"나졸 중 다섯만 들이겠습니다. 그 다섯도 장창은 모두
밖에 두고 말입니다."

"그리 하오."

이덕무가 오른손을 들자 다섯 나졸이 장창을 뒷 나졸들
에게 맡기고 대문으로 뛰어 들어왔다. 앞선 자는 수염이
길고 희끗희끗한 것이 적어도 20년은 넘게 나졸 노릇을 한
것처럼 보였다. 신중한 이덕무가 만약을 대비하여 노련한
이들만 불러들인 것이다. 한데 꼭 있어야 할 한 사람이 보

이지 않았다.

'야뇌 형님은? 뒤에 남아 향이를 지키고 계신가?'

참판 임호 처소는 사람들로 가득 찼다. 먼저 임호가 서
안을 차지하고 앉고 그 왼편에 남 씨가 앉았다. 남 씨 아래
에는 임거선이 허리를 펴고 헛웃음을 흘렸으며 방문 바로
옆 자리엔 똘이가 이마를 바닥에 대고 엎드렸다. 임호 오
른편에는 이덕무가 앉았고 그 아래에 김진과 내가 차례차
례 자리를 잡았다. 다섯 나졸은 동서남북 문과 남창(南窓)
바로 아래에 섰다. 창을 등진 나졸은 유독 키가 작았다.

앉은 이들의 면면을 살피면서 김진이 그렸던 제 꼬리를
문 구렁이를 떠올렸다.

임호는 술이나 밥 얘기는 꺼내지도 않았다. 차를 마시겠
느냐고 권했지만 김진이 사양했다.

"일단 며느님 일부터 완결 지은 후 그때 주시면 마시
죠."

완결이라는 단어가 귀에 쏙 들어왔다. 머리카락이 삐죽
섰다.

김진은 사건 전모를 파악하기 전에는 완결이란 단어를
입 밖에 내지 않는다. 그가 하는 말을 한마디도 흘리지 않
기 위해 몸을 왼쪽으로 바싹 기울였다. 좌중도 모두 김진
의 입술만을 쳐다보고 있었다. 이윽고 김진이 엎드린 똘이

의 뒤통수에 시선을 고정시킨 채 침묵을 깼다.

"먼저 안타까운 소식부터 전하고자 합니다. 금오에서 문초를 받던 향이가 사흘 전 의금옥에서 죽었습니다."

똘이가 고개를 드는 것과 동시에 임호가 긴 탄식을 쏟았다.

"저런!"

김진을 노려보았다.

'무슨 소릴 하는 겐가? 설마령을 넘은 향이가 의금옥에서 죽었다고 거짓말을 하다니? 무슨 짓을 꾸미는 게야?'

어떤 경우에도 질문하거나 놀라지 않기로 약조했기에 고개를 숙이며 표정을 감추었다. 똘이가 눈물을 뚝뚝 흘렸다.

"나리! 으흑."

긴장하지 않을 수 없었다. 똘이가 차돌주먹을 의금부 도사인 나를 향해 날릴 것만 같았다. 임호가 혀를 끌끌 차며 물었다.

"너무 심하게 다룬 게 아니오? 향이는 맞아 죽을 만큼 무거운 죄를 짓지 않았소."

김진이 맞장구를 쳤다.

"의금부 일은 제 소관이 아니니 어찌할 도리가 없었습니다. 저도 비보를 접하고 참으로 난감했어요. 하나 의금부에서 비명에 가는 이가 어디 한두 명입니까. 의금부에서 따로 연통이 갈 테지만 대감께서 널리 헤아려 문제가 확대되는 일이 없도록 도와주십시오."

이덕무가 김진을 거들었다. 내가 임거선과 임태명을 찾아다니는 동안 미리 입을 맞춘 듯했다.

"대감께서 이 일을 문제 삼으시면 저는 더 이상 적성 고을을 맡을 수 없습니다. 선처하여 주십시오."

평소 이덕무답지 않은 비굴한 태도였다. 임호는 손사래를 친 후 울고 있는 똘이부터 꾸짖었다.

"이노옴! 뚝 그치지 못하겠느냐. 어느 안전이라고 눈물 바람이냐?"

김진이 똘이를 두둔했다.

"그냥 두십시오. 향이에게 마음이 각별했으니 눈물 쏟는 건 당연합니다."

똘이가 겨우겨우 울음을 삼켰다. 김진이 향이의 거짓 죽음을 어떻게 이용할까 자못 궁금했다. 말머리를 조광정 일로 돌렸다.

"조 의원 때문에 많이 놀라셨죠?"

남 씨가 먼저 답했다.

"깜짝 놀랐답니다. 진맥도 잘 보고 침도 능숙하게 놓아 오랫동안 내왕했던 터입니다. 구메구메 번 돈을 가난한 이들에게 희사할 만큼 인정도 넘쳤습니다. 단 한 번도 원성

살 일을 하지 않았어요."

'자린고비로 소문난 조 의원이 빈자(貧者)를 위해 돈을 풀었다고?'

금시초문이 아닐 수 없었다. 김진은 옅은 미소로 동감을 표시할 따름이었다. 참봉 임태명도 맞장구를 쳤다.

"조 의원은 의술뿐 아니라 두자미 시문도 또한 좋아했답니다. 가끔 밝은 달 아래에서 권커니 잣거니 하며 지냈는데, 정말 안타까운 일입니다."

임거선도 거들었다.

"어렸을 때 심한 감환을 앓은 적이 있습니다. 조 의원이 사흘 꼬박 밤을 새워 간병한 덕분에 겨우 숨이 돌아오고 고열이 내려 살아났지요. 제 생명의 은인입니다."

망자를 위한 덕담임을 감안해도 지나친 느낌이 들었다. 이덕무도 같은 생각인지 슬쩍 조광정 약점을 짚었다.

"함께 죽은 동자 말입니다. 듣기론 그 어미가 약값을 치르지 못하자 아이를 약값 대신 빼앗아 왔다고 합니다만……."

임호가 강력히 부인했다.

"아닙니다. 그게 다 조 의원 험담하는 헛소리지요. 친척 중에 아들 하나만 둔 가난한 과부가 있었는데, 약을 거저 지어 주었답니다. 그 어미가 목숨을 잃는 바람에 조 의원이 아이를 거둔 게지요."

"그렇습니까? 호오, 참으로 자애로운 사람이었습니다그려."

김진이 슬쩍 말머리를 돌렸다.

"며느님은 조 의원이 지은 용한 약을 먹고도 몸이 계속 아팠나 봅니다. 약을 잘못 짓지는 않았을 테고……."

남 씨가 조금 어름거린 후 답했다.

"그, 그건…… 향이 탓입니다."

"향이 탓이라뇨?"

"향이는 아침잠이 많았습니다. 약을 제때 달여 갖다 바치지 못할 때가 많았죠. 정성이 부족하고 때를 맞추지 못하였으니 약효가 줄어들 수밖에 없지요."

질문이 빠르게 이어졌다.

"향이를 그 일로 꾸짖은 적이 있으신가요?"

"있다마다요. 여러 차례 나무라고 종아리를 쳤답니다."

"종아리까지요? 하긴 향이가 잠이 많긴 많았던가 봅니다. 며느님이 자진한 날도 문안 인사 여쭙기도 전에 잠부터 잤으니 말입니다. 똘이야! 그렇지 않으냐?"

갑자기 질문을 받은 똘이는 벌겋게 달아오른 얼굴을 양 손바닥으로 쓸었다. 그 입술을 노려보는 임호의 두 눈이 더욱 튀어나와 보였다.

"……그렇습죠."

똘이는 짧게 답하고 다시 고개를 푹 숙였다.

"그때 향이가 밀린 잠을 자는 대신 새아씨 처소로 갔다면 목숨을 구할 수도 있었을 것이다. 아니 그러냐?"

똘이는 고개를 들지 않고 답했다. 목소리가 훨씬 작고 끝이 갈라지며 떨렸다.

"……그렇습죠."

김진이 다시 질문을 던지려 하자 임거선이 끼어들었다.

"향이는 재미를 좇아 만사 제쳐 놓고 놀던 아이랍니다. 좋은 게 좋다는 식이었죠. 그런 아이니까 도성에서 돌아온 새벽에도 형수님께 인사 여쭙는 대신 잠부터 잤지요."

"아침잠 많은 것 외에도 실수한 적이 꽤 있나 보죠?"

"작년 십이월 이십육일에도 형수님이 향이를 크게 꾸짖으셨지요. 조 의원에게서 약을 찾아 오라 했는데도 객현에서 마을 처녀들과 경치 구경하느라 한나절을 그냥 보냈다는군요. 게다가 어디서 탁주라도 한 사발 얻어 마셨는지 술 냄새까지 풍겼습니다."

"술까지?"

참봉 임태명도 한마디 거들었다.

"종부가 특별히 부탁한 서책을 대국에서 어렵게 구하여 향이 편에 보낸 적이 있습니다. 장중(帳中) 비보로 삼을 만큼 귀한 서책을 글쎄 웅덩이에 빠뜨렸다는군요. 부룩송아지가 따로 없었죠. 실수는 누구나 한다며 종부가 향이를 감쌌습니다. 학동이 그런 잘못을 했다면 회초리 열 대는 부러질 만큼 엄히 초벌(楚罰, 회초리로 종아리를 침)했을 겁니다."

내가 슬쩍 말을 보탰다.

"집안의 골칫덩이였군요. 왜 그런 아이를 며느님 곁에 2년씩이나 두셨습니까? 좀 더 착하고 똑똑한 몸종도 얼마든지 있을 텐데 말입니다."

남 씨가 내 말을 받았다.

"굿판 접은 뒤 날장구겠지만 대감과 제가 후회하는 부분이 바로 그겁니다. 잘못을 하기는 쉽지만 알기는 어렵고, 잘못을 알기는 쉽지만 없애기는 어렵다고 했던가요. 향이는 놓아 먹인 망아지 모양 촐랑댈 뿐 아니라 아무 이야기나 함부로 주워섬겼지요. 뻘때추니(제멋대로 쏘다니는 계집)가 따로 없었어요. 이미 죽은 큰애를 자주 언급해서 며느리 가슴에 못을 박곤 했습니다. 향이가 말조심만 했어도 며느리가 그렇듯 빨리 스스로 목숨을 끊는 일은 없었을 겁니다."

김진이 다시 물었다.

"쇠뿔도 각각이요 염주도 몫몫이라 했습니다. 며느님 자살을 향이 책임으로 돌리는 건 지나치지 않습니까?"

임호가 답했다.

"향이가 새아기를 등에 업고 집안일을 전횡한 건 확실하오. 마음 약한 새아기가 조금이라도 제 말을 듣지 않으려고 하면 향이는 큰애 이름을 들먹이며 울먹거렸다오. 옛날부터 그렇게 상전을 업신여긴 몸종 이야기를 읽었소만, 그런 아이가 우리 집에 있었다니 참으로 부끄럽소."

"방금 전에는 의금옥에서 죽을 만큼 무거운 죄를 지은 것은 아니라고 하지 않았습니까?"

처음에 했던 말을 상기시키자 임호가 쉬지 않고 답했다.

"법으로야 향이에게 죄를 물을 수 없겠지요. 의금옥에서 죽지 않았다면 문중에서라도 따끔하게 벌할 작정이었소. 늦잡도리(잡도리는 엄중한 단속, 늦잡도리는 뒤늦은 잡도리)겠지만 이미 이 집에서 내쫓기로 결정한 차였다오. 의금옥까지 갔다 온 아이를 어찌 몸종으로 두고 쓸 수 있겠소."

김진이 순순히 그 주장을 받아들였다.

"그랬군요. 과연 향이에게 큰 잘못이 있었던 것 같습니다. 이 부분까지 소상히 적어 올리도록 하겠습니다."

잠시 좌중을 둘러본 후 이야기를 이었다.

"향이에 대한 일은 그쯤 해 두고, 이제 며느님과 조 의원을 죽인 범인을 밝혀 보려 합니다."

갑자기 마른하늘에 벼락이 치면서 빗줄기가 쏟아지기 시작했다. 시원한 소낙비였다. 김진은 창밖으로 시선을 옮겼다가 천천히 좌중을 훑었다. 시선이 닿을 때마다 그들은 움찔움찔 몸을 떨거나 고개 숙였다. 이윽고 똘이에게까지 눈길을 준 김진이 천천히 자리에서 일어섰다. 사람들 시선이 일제히 쏠렸다. 나는 마른침을 삼키며 오른손을 왼 소매에 밀어 넣었다. 차가운 표창 하나를 쥐었다.

"허어, 며느리가 자진한 게 아니라 살해당했다는 겁니까?"

임호가 침묵을 깼다. 남 씨가 거들었다.

"잘못 아신 것 아닙니까? 새아기는 분명 큰애 뒤를 따르고자 스스로 목숨을 끊은 겁니다……."

김진이 노려보자 그들은 말을 잇지 못했다.

"그 범인은 바로……."

김진 시선이 다시 똘이에게 향했다.

"모도리(아주 야무지고 빈틈없는 사람을 얕잡아 이르는 말) 똘입니다."

똘이가 갑자기 방바닥에 이마를 두드려 대기 시작했다. 내가 팔을 뒤로 꺾어 제지했을 때는 이미 시뻘건 피가 흘러내렸다. 때맞춰 들어온 나졸에게 똘이를 넘겨주며 좌중을 살폈다. 놀라는 듯하면서도 안도의 한숨을 쉬었다. 김진의 호명은 끝나지 않았다.

"임거선, 당신도 이 끔찍한 일에 동참했습니다."

김진 시선이 서당 훈장에게로 옮겨 갔다.

"참봉 임태명, 당신은 김 씨가 살해된 줄 알면서도 망령된 글을 지어 나라를 속인 죄가 하늘에 닿고도 남음이 있습니다."

임거선이 자리에서 일어서며 강력하게 반발했다.

"말도 안 되는 소리 함부로 지껄이지 마라. 내가 형수를 죽이고 조 의원을 죽였다고? 물증을 대. 물증이 있어?"

김진은 임거선을 무시하고 임호 부부까지 살인자 대열에 끼워 넣었다.

"두 분도 며느님과 조 의원을 죽이고 은폐하는 일에 처음부터 끝까지 뜻을 같이하였습니다."

남 씨는 양손으로 치마를 휘이 치며 일어섰지만 임호는 서안에 시선을 고정시킨 채 물었다.

"나는 이 나라 병조 참판까지 지낸 몸이다. 대신을 우롱한 죄가 얼마나 큰지 알고는 있겠지? 여기 모인 사람들 모두가 새아기와 조 의원을 죽이는 데 합심한 물증을 대지 못할 경우엔 먼저 내 장검이 용서치 않을 게다."

"이놈들! 어찌 우리를 살인자로 모느냐?"

임거선이 김진에게 달려들려 하자, 임호가 차갑게 노려보며 만류했다.

"앉아라! 이 소설 같은 이야기를 끝까지 들어 봐야 하지 않겠느냐? 맏며느리를 살해하고 자진한 것처럼 꾸며 나라에 열녀문을 세워 달라 청을 넣었다는 기막힌 얘기 말이다. 자자, 부인도 앉으세요. 임 참봉, 자네도 얌전히 듣게. 현감! 저 방바닥 피부터 닦고 다시 시작합시다.”

임호 위세에 눌려 다시 분위기는 가라앉았다. 나졸 하나가 들어와 대충 방을 훔쳤다. 정신을 잃은 똘이는 제 방에 눕혔다고 했다. 김진이 소매에서 작은 환약 두 알을 꺼내 똘이에게 갖다 주도록 했다.

“곧 깨어날 겁니다. 방바닥에 머리를 부딪친 충격보다 향이를 죽게 했다는 죄책감이 더욱 정신을 혼미하게 만든 겁니다. 구생환(求生丸)을 먹였으니 큰 문제 없을 겁니다.”

“자, 이제 설명하십시오. 어찌하여 우리가 형수님을 죽였단 겁니까?”

김진이 단정하게 자세를 고쳐 앉으며 답했다.

“방금 거명한 사람 외에도 김 씨 살해에 가담한 이는 더 있습니다.”

“그게 누구요?”

“의원 조광정입니다. 이방 진독주와 좌수 최벽문도 처음부터 음계(陰計, 나쁜 일을 꾸밈)하고 방조했습니다.”

임호가 껄껄껄껄 웃음을 터뜨렸다.

“정말 재미나군. 그따위 유의(遊議, 근거 없는 논의)는 인제 그만두게. 조 의원 죽인 살인범 잡기 힘겨우니까 모든 잘 못을 우리에게 뒤집어씌우려는 얕은꾀로군."

낮고 맑은 김진 목소리가 날카롭게 말허리를 잘랐다.

"꾀를 부린 쪽은 오히려 대감이시죠. 그럼 이제부터 하나하나 설명을 하겠습니다. 혹시 제 이야기에 부족한 부분이나 의심나는 대목이 있으면 지체 없이 질문해 주시기 바랍니다."

자신감은 물론이고 느긋한 여유까지 풍겨 났다.

"우선 똘이와 향이를 포함하여 그동안 저희가 만난, 이 자리에 모인 사람들은 모두 김 씨가 죽던 날 김 씨 처소에 들어가지 않았다고 주장하였습니다. 자기는 비록 들어가지 않았지만 그 방에 들어간 사람을 하나씩 지목하였지요. 공교롭게도 한 사람만 말을 바꾸었군요. 참판 대감! 대감께서는 지난번엔 며느님 시신을 처음 본 사람이 향이라고 하지 않았습니까? 오늘은 향이가 잠이 많고 게을러 며느님 죽음을 미리 막지 못했다는 주장에 동조하시더군요."

임호는 눈을 질끈 감았다 떴다. 목소리가 조금 떨렸지만 차분함을 잃지 않았다.

"착각했던가 보오."

"착각이라……. 그럴 수도 있습니다. 사람은 누구나 착각하고 실수하는 법이지요. 간단히 정리하겠습니다. 여러

분은 아무도 김 씨가 죽던 날 그 처소에 들어간 적이 없다
했습니다. 한데 여러분이 지적한 사람들을 모두 처소에 집
어넣으면 여기 모인 사람 전부가 그 방에 있었던 게 됩니
다. 참으로 기기묘묘 대단한 일 아닙니까?"

임태명이 물었다.

"무슨 소릴 하는 게요? 모두 없었으면서도 있었다니? 그
게 말이 되는 소리요?"

김진이 임태명을 향해 미소를 보냈다.

"그렇지요. 말이 되지 않죠. 제가 주목하는 부분이 바로
그겁니다. 모두 갔다는 것과 아무도 가지 않았다는 주장의
공통점은 양쪽 다 '모두'라는 테두리에 갇혀 있다는 것이
죠. 누군 가고 누군 아니 간 것이 아니라, 모두 가지 않았고
또 모두 갔다는 겁니다. 몸통은 열 개인데 머리는 하나인
하라어(何羅魚)와 같다고나 할까요. 정말 흥미롭습니다."

긴 혀로 윗입술을 핥으며 입맛을 다셨다.

"그게 뭐 어쨌다는 거요?"

"처음엔 저도 이 모순을 어찌 풀까 고심했습니다. 마음
만 급해 홍두깨생갈이(쟁기질이 서툰 사람이 갈리지 않는 거웃
사이를 억지로 가는 일)를 하다 지친 적이 여러 번이었지요.
오늘 새벽 설마령에 서서 적성 고을을 내려다보는 순간 작
은 깨달음 하나를 얻었습니다."

"……."

침묵이 이어졌다. 김진은 슬쩍 내 왼 소매를 내려다보았다. 표창을 쥔 오른손을 확인한 것이다.

"어릴 적 떠넘기기 놀이란 걸 한 적이 있습니다. 한 아이가 돈을 잃어버렸다고 서당 훈장에게 말합니다. 다른 아이하나를 지목하지요. 그 아이는 결코 돈을 가져간 적이 없다며 또 다른 아이를 지적합니다. 이렇게 몇 사람 건너뛰고 나면 맨 처음 돈을 잃은 아이가 지목당하는 일까지 생깁니다. 열심히 범인을 찾던 훈장은 범인 잡는 걸 포기해 버리지요."

"그게 무슨 놀이가 되는가?"

이덕무가 모처럼 물었다. 김진이 답했다.

"처음부터 그 아이는 돈을 잃은 적이 없었습니다. 이렇게 몇 사람만 건너면 돈이 없어진 건 확실해지고 돈을 훔친 범인은 영원히 찾을 수 없죠. 훈장으로선 제자들을 의심한 것이 부끄럽겠죠. 큰돈이 아니라면 맨 처음 돈을 잃은 아이에게 가진 돈을 내줍니다. 공부가 끝난 후 아이들은 훈장에게 받은 돈을 가지고 달금한(감칠맛이 돌 정도로 단맛이 있음) 음식을 사 먹을 수 있지요. 이게 바로 떠넘기기놀입니다. 이번 경우도 마찬가지 아닐까요. 자꾸 내가 아닌다른 이에게 떠넘기다 보면 김 씨가 자살한 것은 명백해지고 그 죽음의 실상은 영원히 알 수 없습니다. 떠넘기기 놀이에 준하자면 이런 상황에서 돈을 훔친 도적 또는 사람을 죽인 살인범은 어느 한 사람이 아니라 이 일에 가담한 사람 전부가 되는 것이죠."

임거선이 소리 질렀다.

"당신 망상일 뿐이야."

김진이 그 말을 무시하고 더욱 낮고 차갑게 이야기를 이어 갔다.

"얼마 후 다시 똑같은 일이 벌어집니다. 훈장은 이상한 낌새를 채죠. 아이는 훨씬 더 많은 돈을 잃어버렸고 훔쳤다고 지목당한 아이들 숫자도 배로 늘어납니다. 훈장은 어렴풋이 어떤 부자연스러움을 느끼지만 내색하진 않습니다. 아이들을 쉽사리 꾸짖었다가는 더욱 해결하기 어려운 함정에 빠져드니까요. 한참을 기다린 후 훈장은 아이들 중 열쭝이(작고 겁많은 사람)로 놀림 받는 아이 하나를 지목합니다. 그 아이만 남기고 다들 나가게 하죠. 다음 날부터 그 아이만 서당에 나오지 않는 겁니다. 훈장은 그 아이가 다른 마을로 멀리 떠났다고 밝힌 후 아이들에게 묻죠. 누가 돈을 훔친 것 같으냐고 말입니다. 아이들은 하나같이 떠나 버린 아이를 지목합니다. 떠난 자는 말이 없으니까요. 어떻습니까. 오늘 여러분은 죽은 자는 말이 없다고 향이에게 모든 죄를 덮어씌웠습니다. 그 서당 아이들과 조금도 다를 바가 없지요. 서당 이야기를 조금 더 하자면, 아이들의 험담이 끝난 후 마을을 떠났다던 아이가 병풍 뒤에서 엉엉엉 울며 걸어 나왔답니다."

"헛소리!"

임거선이 엉거주춤 엉덩이를 드는 순간, 남창 아래 바짝 붙어 이야기를 훔쳐 듣던 나졸이 황급히 방으로 뛰어 들어 왔다. 김진이 그들에게 나졸을 소개했다.

"여러분! 더그레를 입었다고 귀염둥이 향이를 몰라보시는 건 아니죠?"

# 31

향이는 방바닥에 엎드려 엉엉 울음을 터뜨렸다. 임 참판 부부와 임거선, 임태명은 갑작스러운 향이의 출현에 당황하는 기색이 역력했다. 김진 부탁을 받고 향이를 나졸로 변신시켰던 이덕무는 입가에 웃음을 머금었다. 아무것도 모른 채 이런 일을 당한 나는 자리에서 벌떡 일어난 채 김진과 향이를 번갈아 쳐다볼 수밖에 없었다.

'어찌 된 일인가 이게?'

김진은 어깨를 으쓱 들었다 내렸다.

'보시다시피 향이를 완전히 우리 편으로 만들었다네. 안팎곱사등이 신세이니, 이제 똘이에 대한 사랑과 상전으로 모신 참판 부부에 대한 의리 때문에 숨겼던 사실들을 모두 털어놓을 걸세.'

"새아씨! 불쌍한 우리 아씨! 이 못난 년을 용서하세요. 아씨!"

임호는 눈을 지그시 감고 턱을 들어 천장을 바라보았다. 임거선은 엉덩이를 방바닥에 붙인 채 고개 돌렸고 임태명은 오른 손바닥으로 가슴을 쓸며 한숨 토했다. 남 씨가 김진에게 쏘아붙였다.

"왜 우릴 속인 거죠? 저 아이에게 더그레를 입혀 대체 무얼 한 건가요? 향이야! 말해 보아라. 네가 그동안 새아씨에게 얼마나 잘못을 했는지 털어놓으란 말이다."

이덕무가 남 씨 말을 잘랐다. 그런 위협은 향이 입을 다시 막을 수도 있다.

"그만두세요. 이제부터 향이 외에 입을 여는 사람은 엄벌에 처하겠습니다. 화광, 계속하게."

이덕무가 물러나 앉자, 김진은 그때까지도 엎드려 우는 향이 어깨를 뒤에서 붙잡아 일으켰다.

"아무도 널 지켜 주지 않는다는 걸, 이용만 당하고 버림받는다는 걸 확인했지? 이제 모든 걸 밝히겠다는 약조를 지키렴."

향이가 손바닥으로 번갈아 눈물을 닦으며 고개를 끄덕였다.

"새아씨가 살해당한 새벽으로 가 볼까? 그때 너는 아씨가 죽기 전에 이 집에 닿았지?"

"해 뜨기 전이었죠. 보통은 대문이 굳게 잠겨 문지기를 깨워야 하는데, 그날따라 이상하게 대문이 열려 있었어요. 아씨 처소로 이어진 협문들도 마찬가지였지요."

"계속해."

"똘이는 아직 새아씨 기침하시기 전이니 잠시 가서 눈을 붙이라고 했죠. 그 말도 일리가 있다 싶어 제 방으로 갔답니다. 잠이 들까 말까 하는 찰나 마당에서 인기척을 느꼈어요. 가만히 문틈으로 보니 똘이였어요. 이상한 일이었죠. 둘 사이가 소문이라도 날까 봐 여종들 숙소 출입은 낮에도 하지 않았으니까요. 똘이가 자는 방에서 새아씨 숙소까지 가려면 제 방 앞마당을 지나가는 게 지름길이죠. 다시 옷을 입고 고양이 걸음으로 바람만바람만 뒤쫓아 갔답니다. 똘이는 여기저기 주변을 살피며 새아씨 처소로 갔어요. 불 꺼진 방 안에 몇 사람이나 있는지는 몰랐지만 소곤대는 소리로 볼 때 적어도 두 명은 더 있었던 것 같아요. 도둑인가 싶어 고함을 지르려는데, 똘이가 방문 앞에 오른 무릎을 꿇고 '대감마님! 쇤네 똘입니다.' 하고 부르는 것이었어요. 방문이 열리고 대감마님이 나오셨습니다. 그 뒤에는 작은되련님과 안방마님도 계셨고요. 대감마님이 급히 손짓을 하자 똘이는 신을 벗어 옆구리에 끼고 방으로 들어

갔습니다."

"너는 어찌했느냐?"

"가까이 다가갔습죠. 겁이 났지만 새아씨 방에서 대체 무슨 일이 벌어지는지 궁금했습니다. 섬돌 아래 바싹 엎드려 귀를 기울이는데 '쿵' 하는 소리가 들렸죠. 참봉 어른과 의원 나리가 무엇이라고 탄식하는 목소리도 들렸습니다. 두 분 모두 새아씨와 자주 내왕하셨기에 쉽게 목소리를 알 수 있었습니다. 참판 대감이 똘이를 꾸짖는 소리도 들리더군요. '이놈아! 제대로 걸지 않고 뭘 하는 게야?' 그때 곧장 관아에 알렸어야 했어요. 점점 더 방 안을 들여다보고 싶어졌답니다. 살금살금 기어 방문 앞에 다다랐지요. 겨우 문틈으로 방을 살피는 순간, 그만 뒤로 벌렁 나자빠지고 말았답니다. 아씨가, 우리 새아씨 두 발이 허공에 뜬 채 흔들렸어요."

향이는 섬뜩한 광경이 다시 떠오르는 듯 양손으로 얼굴을 가렸다.

"들킨 게로군. 많이 놀랐겠어."

"방으로 끌려 들어갔지요. 작은되련님이 장검을 뽑아 들고 말씀하셨어요. '죽고 싶으냐, 살고 싶으냐?' 되련님이 시키시는 대로 따를 수밖에 없었어요……. 제가 새아씨를 죽인 게 결코 아니에요. 새아씨는 이미 치마를 덮어쓰고

대들보에 매달려 돌아가신 뒤였어요. 믿어 주세요.”

눈을 감은 채 향이 설명을 묵묵히 듣던 임호가 두 눈을 부릅뜨고 외쳤다.

“반지빠른(말이 얄밉게 반드러움) 입, 닥치지 못할까! 빚 주고 뺨 맞는다더니, 고얀 년!”

겁먹은 향이가 온몸을 부들부들 떨며 넙죽 엎드렸다. 임호 눈가에 옅은 미소가 피어올랐다.

“속았어, 완전히 속은 게야. 어린 놈이 제법이구나. 향이가 잡혀갔다는 소식을 들었을 때, 화광 네놈부터 잡아 죽였어야 했다. 순순히 도성으로 돌아간다기에 목숨만은 살려 주려 했건만 기어이 제 무덤을 파는구나.”

김진이 목소리를 높였다.

“임 참판! 당신은 살인자요. 정성껏 시부모를 봉양하던 착한 맏며느리를 살해하고도 부끄럽지 않소?”

“착한 며느리라고? 후후후! 살맛(성행위의 즐거움)을 즐겨 누구 씨인지도 모르는 아이를 밴 본데없는 계명워리(행실이 단정하지 못한 계집)가 착하다고? 하늘이 웃고 땅이 웃을 일이로군. 음란박명(淫亂薄命)한 계집은 어차피 죽일 수밖에 없어. 많은 사람들이 보는 앞에서 돌로 맞아 죽는 것보다는 조용히 끝내는 게 그 애에게도 낫지 않겠어? 게다가 난 열녀문까지 세워 주려 했지.”

"집안 영예가 욕심나 꾸민 일 아니오? 나라님을 속이는 게 얼마나 큰 죄인 줄 모르시오?"

임호가 천천히 자리에서 일어섰다.

"이보게, 젊은이! 세상은 말만으로 되는 게 아니라네. 자네가 오늘 들려준 이야기는 내 한뉘 기억하겠네. 자넨 큰 실수를 했군. 여긴 내 집일세. 지금까지 곰비임비 공들인 일을 망칠 순 없지."

이덕무가 끼어들었다.

"그 무슨 망발인가? 어서 죄를 인정하고 오라를 받으라."

임호가 내지른 주먹이 눈 깜짝할 사이에 이덕무 뺨을 강타했다. 내가 표창을 빼어 드는 것과 동시에 임거선 소매에서 단검이 튀어나왔다. 임호 손에도 어느새 서가 아래 숨겨 두었던 장검이 들려 있었다.

"얘들아!"

임거선이 고함을 지르는 것과 동시에 동서남북 문에서 쿠당탕 소리가 나고 지켜 섰던 나졸들이 하나씩 쓰러졌다. 충직한 하인들이 일제히 문을 열고 떼 지어 달려든 것이다. 임거선이 나를 노려보며 외쳤다.

"표창을 버려라. 어서!"

역부족이었다. 임호와 임거선을 제압하고 마당에 모여든 하인들까지 몰아내기란 아무리 용력이 빼어나도 불가능했다.

'이대로 항복할 수는 없다. 임거선과 임호 저 두 놈만은 구원(九原, 저승) 가는 길동무 삼으리.'

그때 김진이 표창을 든 내 오른 손목을 툭 건드리며 짧게 말했다.

"진정하게. 우선 마당으로 나가세."

김진과 나는 단숨에 문지방을 넘어 마당으로 내려섰다. 승리를 확신한 탓인지 임호와 임거선은 성급하게 달려들지 않았다. 소낙비는 그쳤고 뭉게구름 사이로 푸른 하늘이 비쳤다. 비 적신 나무는 바람까지 향기로웠다. 우리를 빙 둘러싼 하인들 손에 손에 들린 쇠방망이며 칼이며 낫 등이 햇빛을 반사했다.

"너무 원망 마라. 너희들이 자초한 일이다. 홧김에 바위를 차 보아야 제 발만 다치니, 순순히 무릎을 꿇어라."

임호가 마루 위에 서서 싸늘하게 웃었다. 임거선과 임참봉이 향이와 이덕무를 질질 끌고 나왔다.

"이제 표창을 써도 되나?"

등을 맞댄 채 김진에게 물었다.

"저기 줄먹줄먹 선 감나무 보이지?"

김진이 담을 따라 늘어선 감나무를 턱으로 가리켰다.

"저 왼쪽 협문으로 늘어진 가지에 달마가 있군. 달마가 앉은 가지를 표창으로 맞힐 수 있겠지?"

"표창으로 임호를 죽이는 게 아니라 가지를 맞히라고?"

김진이 재촉했다.

"시간 없네. 어서 던지게. 오랜만에 자네 솜씨를 구경하고 싶으이."

임호가 송곳눈을 뜨고 마지막 명령을 내렸다.

"죽여랏. 먼저 숨통을 끊는 자에게 큰 상을 내리겠다."

그 순간 공중제비를 돌며 내 손을 떠난 표창이 정확하게 가지를 맞혔다. 가지가 꺾어지고 달마가 하늘 높이 날아오르는 순간 남은 표창 하나를 뽑아 방망이를 휘두르며 달려드는 하인의 허벅지를 향해 던졌다. 그가 나가동그라지자 하인들 기세가 주춤했다. 내 미룩 네 미룩 서로 눈치만 살폈다.

갑자기 사방 문 밖이 시끄러웠다. 장검을 든 백동수가 북문 곁 담을 넘어 마당으로 뛰어내렸다. 뒤따라 문이 깨지고 장창 든 나졸들이 우르르 몰려들어 왔다.

"야뇌 형님!"

백동수가 가볍게 장검을 휘돌려 하인들을 멀리 물리친 후 심각한 척 따졌다.

"대체 뭘 한 게야? 덕석잠이라도 잤어? 편연(翩然)히 날아오를 염주비둘기 기다리다 애간장 다 녹았구먼."

내 어깨를 툭 치며 말했다.

"표창 솜씬 녹슬지 않았군. 하기야 말을 탄 채 30보 밖 감꼭지를 따는 연습을 1년 넘게 했으니, 저 정도 가지 꺾기야 쉬운 일이지."

임호를 향해 썩 나서며 소리쳤다.

"형님! 이제 그만 포기하슈. 계속 저항하면 이 검이 목을 먼저 벨 게요. 무기를 버리시오."

백동수의 기세와 나졸 수에 눌린 하인들은 벌써 손에 든 무기를 놓고 하나둘 꿇어 엎드렸다. 임태명도 무릎을 휘청거리며 그 자리에 주저앉았다. 안방에서 바깥 동정을 살피던 남 씨는 쓰러져 않는 소리를 해 댔다. 남은 것은 참판 임호와 그 아들 임거선뿐이었다.

"아버지!"

임거선 두 눈은 끝까지 싸우겠다는 의지로 충만했다. 임호가 김진을 향해 소리쳤다.

"이 일은 처음부터 끝까지 나 혼자 주도하였네. 아내와 자식놈은 그저 내 뜻을 따른 것뿐이야. 선처를 약조할 수 있겠는가?"

김진이 답했다.

"검을 버리시오. 당신 혼자 모든 잘못을 짊어질 순 없겠으나 죄의 경중을 신중히 가릴 건 약조하겠소."

임호 오른팔이 서서히 내려왔다. 투욱, 장검이 떨어졌다.

"아버지!"

임거선이 소리쳤다. 임호가 고개를 돌리지 않고 정면을 응시한 채 말했다.

"몰살을 당할 수는 없느니라. 너라도 살아남아 대를 이어야 한다. 내가 시킨 짓이라고 하면 너만은 살 수 있을 게다. 우린 야뇌를 당하지 못해."

임호가 천천히 왼 무릎을 꿇었다. 다시 오른 무릎마저 꿇으려는 순간, 임거선이 단검을 들며 외쳤다.

"싫습니다. 아버지! 목숨을 구걸한다 해도 평생을 천민으로 살 수밖에 없습니다. 대대 곱사등이란 놀림 받으며 사느니 차라리 예서 죽겠습니다. 요년을 저승 가는 길동무로 삼겠습니다."

임거선의 단검이 향이 목을 곧장 찌를 기세였다. 나는 왼 소매에 오른손을 넣었다. 김진이 왜 표창 하나를 남겨 두라고 했는지 비로소 깨달았다.

"윽!"

임거선이 오른 손목을 잡고 털썩 주저앉았다. 백동수가 마루로 날아올라 임거선 턱을 걸어찼다. 저항은 그것으로 끝이었다.

백동수는 임호 부부와 임거선, 임태명, 똘이, 무기를 들고 덤볐던 하인들을 줄줄이 포박하여 관아로 향했다. 사람들이 빠져나가고 주위가 조용해지자 허공으로 날아갔던 달마가 내 어깨에 내려앉았다.

"임거선이 향이를 공격할 줄 어찌 알았는가?"

"마지막 발악이 있으리라 여겼지. 그때 자네가 표창을 다 써 버리면 곤란할 것 같았으이."

김진은 담뱃대에 불을 붙여 한 모금 깊게 빨아들였다. 그때까지도 두려움에 떠는 향이에게 곰살궂게 물었다.

"아직 우리에게 말하지 않은 게 있지?"

향이가 고개 끄덕였다. 그 작고 얇은 입술이 열리려는 순간, 김진이 넘겨짚었다.

"가만! 내가 맞혀 볼게. 이렇게 비 갠 한낮이라면……설마령으로 가면 될까?"

향이가 겁먹은 눈을 치떴다.

# 32

"믿을 수 없군. 저 사람들이 모두 한통속이었다니. 자넨 처음부터 알고 있었는가?"

솟을대문을 나서면서부터 질문을 퍼부었다.

"처음엔 나도 몰랐네. 그들이 제각각 무엇인가를 숨기고 있다는 생각은 했네만, 이렇게 엮일 줄은 상상도 못했지. 그들을 하나로 묶을 근거가 없지 않은가. 홍 씨가 와서 딸이 임신한 사실을 고백하는 순간 이 사람들이 힘을 합쳐야 하는 까닭이 분명해졌다네. 규방 안 말소리가 집 밖으로 나가는 것조차 꺼리는 임 참판이니 며느리가 외간 남자와 정을 통해 임신한 사실을 용납할 수 없었겠지. 재가는 더더욱 말도 안 되는 소리고. 이 일은 드러내 놓고 벌할 수 없네. 종부가 아이 가진 게 알려지면 임문은 씻을 수 없는

치욕을 맛보게 되니까 말일세. 게다가 외거 하인을 양인(良
人)으로 올릴 날도 가까웠어. 그들은 임문을 위해 최선을
다했지만 임 참판은 천적(賤籍, 노비 문서)을 없애 줄 마음이
처음부터 없었지. 노비야말로 가장 튼실한 재산이니까. 그
러니 은밀히 김 씨를 죽이기로 한 걸세. 죽이는 데 그치지
않고 더욱 대담한 일을 벌였군. 가문의 치욕이 될 일을 가
문의 영광으로 바꿔치려 한 게니 말일세. 임 참봉과 똘이
를 끌어들이는 건 쉬웠겠지. 적당한 미끼를 던지면 되니까.
임 참봉에게는 병든 아내 약값을 대신 치러 주마 했을 테
고, 똘이에게는 향이와 혼인시켜 주마 약조했겠지."

"의원 조광정은 어쩌다 이 일에 끌려 들어온 겐가?"

"조 의원은 김 씨가 임신한 사실을 본인보다도 먼저 알
았을 것 같네. 김 씨가 시어머니 남 씨를 모시고 자주 조
의원을 찾았다는 걸 상기해 보게. 조 의원처럼 의술에 융
회관통(融會貫通, 능통함)한 사람이 맥을 짚었다면 김 씨 몸
에 일어난 변화를 놓칠 리 없겠지. 김 씨도 조 의원 입을
막기 위해 노력했겠지만 조 의원은 결국 더 큰 대가를 받
고 그 비밀을 임 참판에게 흘렸네. 그 순간 조 의원과 임
참판은 같은 배를 타게 된 셈이고."

"그럼 조 의원을 죽인 사람이 바로 임 참판인가?"

김진이 고개를 끄덕였다.

"임 참판은 사돈인 홍 씨로부터 적성에 곧 도착한다는 서찰을 받네. 홍 씨가 급히 적성에 오는 이유가 무엇이겠는가? 지금까지 숨겨 왔던 딸의 비밀을 의금부 도사에게 털어놓기 위함일세. 임 참판은 홍 씨에게 임신 사실이 새어 나갔을 수도 있다 여겼겠지. 홍 씨 이야기를 들은 후 우리가 곧바로 조 의원을 찾아가리라는 건 자명한 이치 아닌가. 그렇게 자주 김 씨 맥을 짚은 의원이 임신을 몰랐다는 건 말이 되지 않으니까."

"그렇군. 과연 그래."

"임 참판 입장에서 보자면 길은 오직 하나, 조 의원 입을 완전히 막아 버리는 거였네. 우리가 추궁하기 전에 말이야."

"자네가 그토록 바삐 두지진으로 달려간 이유를 알겠으이."

"지금 생각해도 아까운 일이야. 조금만 더 빨리 갔어도……."

"명령은 임 참판이 내렸고 그 명에 따라 조 의원을 죽인 범인은……?"

"임거선이 범행을 주도했을 것 같네. 오늘 소매에서 꺼내 들었던 단검의 시퍼런 칼날과 조 의원 가슴을 깊숙이 찌른 칼날을 주밀하게 살피게."

"심장을 깊이 찔러 죽인 후 왜 목을 자르고 몸까지 둘로 갈랐을까? 우리가 곧 들이닥칠지도 모르는 급박한 상황 아니었나?"

"임거선은 경고하고 싶었던 모양이야. 엄찰을 더 하면 너희도 이런 꼴을 당한다는 위협 말일세. 동정인(同情人, 공모자) 알아내는 일은 자네가 맡게. 똘이가 임거선을 따라갔을 수도 있고, 어쩌면 임 참봉까지 가세했을지도 모르네."

"알겠네. 철저히 조사하겠네. 이방과 좌수까지 이 일에 엮여 있다는 소린 또 뭔가?"

"조 의원이 죽은 김 씨를 검안한 때는 알다시피 적성 현감이 공석이었지. 현감을 대신하여 이방과 좌수가 참여했더군. 임 참판 부탁을 받은 두 사람이 향청과 질청에서 잡음이 없도록 이 일을 덮었을 걸세."

참으로 치밀하게 엮인 거미줄이었다.

"그런데 지금 설마령으로 간다 했지? 거긴 누가 있는 겐가?"

김진은 장난기 어린 눈으로 되물었다.

"자네도 아는 사람일세. 모르겠는가?"

바삐 말을 달린 덕분에 해가 지기 전 설마령에 오를 수 있었다. 김진은 소나무 둥치에 말을 묶은 후 왼손을 둥글게 모아서 귓바퀴에 댔다. 둥지로 돌아가는 까치 소리가 시끄러웠다.

"아무도 없지 않은가? 누가 있다고 예까지 온 거야?"

"쉬잇!"

김진이 몸을 낮추었다. 나도 따라 허리를 숙였다.

"들어 보게."

김진이 왼쪽 솔숲으로 고개를 돌렸다.

휘익!

굵고 날카로운 소리가 분명 내 귀에도 들렸다.

"철전(鐵箭, 쇠화살)이군."

김진이 고개 끄덕인 후 괭이밥 무성한 숲으로 들어섰다. 그를 따라 딱딱하게 굳은 숲길을 겨우 찾아 걸었다. 주위 풍광에 익숙해지면서 김진이 만나려는 사람이 누구인지 확실해졌다.

"여긴 내가 남재태와 활 솜씨를 겨룬 정신당이 아닌가? 역시 김아영과 사랑을 나눈 사내는 남재태였군."

김진은 대답 대신 사정(射亭, 활을 쏘는 곳에 있는 정자)을 돌아 사대로 성큼 나섰다. 시위를 당기려다 말고 우리를 발견한 남재태가 고개를 숙였다. 김진이 다가섰다.

"우리가 왜 왔는지 알죠?"

남재태가 반문했다.

"참판 대감은?"

"모두 관아로 압송했소이다."

나는 우선 남재태가 들고 있는 흑각궁과 철전을 빼앗았다. 그는 체념한 듯 순순히 활과 화살을 넘겼다.

"몇 가지 궁금한 점이 있어 찾아왔습니다. 잠시 사정에 오르도록 합시다."

김진이 앞장을 서고 남재태가 뒤따라 정신당에 올랐다. 나는 잡인이 있는지 주변을 살핀 후 마지막으로 합석했다. 김진은 임호나 임거선과 맞설 때보다도 격앙된 목소리로 따졌다.

"당신은 사모하는 여인이 살해당하는 걸 지켜만 보았소. 또한 그 살인을 숨기는 데 동조하였소. 당신을 믿고 새로운 삶을 꿈꾼 김 씨가 불쌍하지도 않소? 그저 하룻밤 노리개로 여긴 게요?"

어떤 상황에서도 침착함을 잃지 않는 김진이었는데, 낯선 모습이 아닐 수 없었다. 남재태가 김진을 쳐다보며 울먹거렸다.

"아닙니다. 어찌 노리개로 여겼겠습니까? 저는 낭자를 진심으로 사모했습니다."

남재태는 앞니로 아랫입술을 물어뜯었다. 어둠이 서서히 숲과 나무와 돌과 풀을 삼키기 시작했다.

"촉석루에서 처음 본 순간부터 낭자를 향한 제 마음은 변함없었습니다. 낭자가 이 세상에 있는 것만으로, 가끔 고월을 따라 그 집에 가서 볼 수 있는 것만도 큰 행복이었습니다."

"그렇게 사모했다면 왜 혼인하기 전에 고백하지 않았소? 더군다나 임거용은 죽어 가고 있었는데……. 김 씨가 혼자가 되는 걸 지켜보고만 있었던 게요?"

내 물음에 남재태는 시선을 깔고 어깨를 움츠리며 답했다.

"그땐 감히 엄두를 내지 못했습니다. 고월을 향한 낭자의 사랑이 너무 크고 단단했으니까요. 말을 잘못 꺼냈다간 가끔씩 훔쳐보는 기쁨조차 잃을 것 같았죠. 고월이 중병으로 죽어 간다는 사실도 두 사람을 떼어 놓을 수 없었습니다. 곧 닥칠 긴 이별 때문에라도 더 열렬히 아끼고 위했으니까요. 죽음이 너무 빨리 고월을 덮쳤습니다. 지는 꽃은 힘 한 번 쓰지 못하고 뒹군다더니."

"임거용이 죽은 후 임 참판은 외인들 집안 출입을 엄격히 막았다 들었소. 그대는 어찌 김 씨를 계속 만날 수 있었소?"

"그곳은 벗의 집이자 은부(恩府, 스승)의 거처이기 때문입니다. 고월과 저는 어려서부터 함께 참판 대감께 궁술과 검술을 배웠습니다. 고월이 죽자 참판 대감은 저를 통해 장남을 추억하셨습니다. 고월이 살았을 때보다 더욱 자주 그 댁을 내왕하게 되었지요. 장례를 치르고 한 달 동안은 거의 매일 갔을 정도입니다."

"미망인 소복이 청초하게 보였소? 정은 언제부터 통한 게요?"

남재태가 갑자기 두 눈을 크게 떴다.

"정을 통하다니요? 저를 욕하는 건 얼마든지 참을 수 있지만, 죽은 김 낭자를 속되게 말씀하시는 건 용서 못합니다."

"목강(繆姜, 노선공의 아내. 총명하고 아름다웠지만 남편을 속이고 간통함)이 다시 적강(謫降)한 꼴 아니오? 남자를 가르치지 않으면 제 집을 망치고 여자를 가르치지 않으면 남의 집을 망친다 했소."

남재태가 자리에서 벌떡 일어섰다. 따라 일어선 내가 주먹을 날리는 것보다 김진이 먼저 끼어들어 책망했다.

"그만두게. 우선 이야길 끝까지 들어 보세."

남재태에게 고개를 돌렸다.

"경거망동 마오. 추기(麤氣, 거칠고 경솔한 기질)를 부려 의금부 도사와 주먹다짐을 벌이는 짓 따윈 하지 않으리라 믿소."

남재태가 한숨을 푹푹 내쉬며 겨우 자리에 앉았다.

"나리들이 생각하는 것보다 훨씬 아름답고 착하며 또한 호연(浩然)했던 낭자입니다. 부덕도 모두 갖췄지요. 청소 며 길쌈이며 앙그러진(먹음직스러운) 음식 만들기까지, 집가 축(집을 매만져서 잘 거두는 일)에 못하는 일이 없었으니까요.

소경 매질하듯 함부로 비난하지 마십시오. 고월이 죽은 후 참판 대감을 모시고 거선이와 함께 집 안 여기저기를 거닐었으나 낭자는 만날 수 없었죠. 여인네들 나고 드는 부엌이나 침방에 얼굴을 들이밀 수도 없었습니다. 깊은 슬픔에 빠져 식음을 전폐한다는 안타까운 소식만 거선이로부터 간간이 듣곤 했습니다. 그렇게 얼마가 지났을까요? 그날도 참판 대감을 뵈러 객현을 넘었지요. 마침 거선이가 참판 대감을 모시고 향교로 출타 중이었습니다. 서재에서 기다리며 『운서(韻書)』를 들추다가 너무 무료해서 방문을 열고 나서려는 참에, 정말 우연히 소복을 입고 광주리를 옆구리에 낀 여인을 보았습니다. 그 사람이었지요. 꿈에도 그리던 내 사랑! 낭자도 걸음을 멈추었습니다. 우리는 눈이 마주쳤습니다. 저는 정말 놀랐습니다. 아무리 슬픔이 깊어 식음을 전폐했다 해도 그렇지, 광대뼈가 툭 튀어나오고 볼이 쏙 들어갔으며 눈가는 온통 기미가 끼었고 입술은 갈라터져 피딱지가 앉은 그 얼굴은 사람 형상이 아니었습니다. 낭자는 황급히 고개 돌린 채 인사도 건네지 않고 협문으로 사라졌지만, 그 순간 저는 알아차렸습니다. 그이에게 닥친 고난이 얼마나 지독한 것인지를 말입니다. 저는 어떻게든지 낭자를 만나야겠다고, 만나서 누가 낭자를 그 꼴로 만들었는지 직접 들어야겠다고 결심했습니다."

김진이 물었다.

"임 참판 집은 견고한 성과도 같소. 그곳으로 잠입하여
김 씨를 만나기란 쉽지 않았을 것 같은데. 더구나 그대 같
은 거구라면 더욱 눈에 띄기 쉬웠을 거요."

남재태가 답했다.

"고월은 가슴 병을 앓은 후로 바깥출입이 힘들었습니다.
참판 대감이 엄히 금했기 때문이지요. 하나 놀랍게도 그
후로도 밤에 종종 술을 마시는 우리를 찾아오곤 했습니다.
언젠가 감시를 피해 집을 나오는 비법을 물었던 적이 있습
니다. 고월이 허점을 가르쳐 주었죠. 서재 뒤란 장독들이
유난히 벽에 바짝 붙어 있다는 겁니다. 서재에서 책을 읽
는 척하다가 장독대까지 기어와선 하인들이 번을 바꾸느
라 어수선할 때 담을 넘는 겁니다. 담 바깥엔 아름드리 느
릅나무가 있는데, 그 나무는 속이 텅 비었다는 겁니다. 그
속에 사다리를 감쪽같이 숨겨 두었다고 했습니다."

나는 기억을 더듬어 보았다. 서재 뒤란에는 유난히 장독
들이 많았다. 속 빈 느릅나무도 확인할 수 있으리라.

"김 씨가 그대 마음을 순순히 받아들였소?"

"아닙니다. 저는 결코 낭자와 동침한 적이 없습니다. 숨
어숨어 찾아온 저를 만나려고도 하지 않았습니다. 끔찍한
정황을 전해 들은 건 몸종 향이를 통해서였습니다. 향이는

낭자가 시집오기 전까지 고월을 간병했던 아이인지라 저와도 안면이 있습니다. 퉁바리맞고(심한 무안을 당함) 힘없이 돌아서는 저를 향이가 광으로 끌고 갔습니다. 딱한 사정을 들려주었죠. 식구들이 낭자에게 종사를 강요한다는 겁니다. 특히 남 씨는 하루 종일 낭자를 몸종처럼 부리며 밥알 하나도 며느리 상에 오르는 것을 허락하지 않았답니다."

"종사를 강요했다? 그게 사실이오?"

믿을 수가 없었다. 아무리 세상에서 열녀를 숭앙한다 하더라도 어찌 생사람에게 목숨 끊기를 종용한단 말인가.

"사실입니다. 향이한테뿐만 아니라 나중에는 직접 고백을 들었으니까요."

매일 죽기를 강요당하며 하루에 한 끼도 못 챙기고 새벽부터 밤늦도록 일만 하였단 말인가. 김아영의 참혹한 나날이 눈에 선했다.

"다음 날에도 다시 찾아갔지만 여전히 만나 주지 않았습니다. 얼마 후에 향이가 다시 제게 이상한 말을 했답니다. 조 의원이 지은 약을 아침저녁으로 들기 시작하고부터 새아씨 얼굴과 손등에 피멍이 들고 잇몸이 자주 부으면서 옆구리가 아프다는 겁니다. 향이가 그 사실을 알렸더니 남 씨는 시어미가 내린 보약을 먹지 않으려 든다고 오히려 며느리를 불러 종아리를 쳤답니다. 그러곤 보는 앞에서 약을 마시도록 했다는 겁니다. 그 밤에 저는 기어이 무례를 범했습니다. 허락도 받지 않고 방문을 열었습니다. 서책을 넘기던 낭자 시선이 서안에서 내게로 향했습니다. 두 눈에 놀라는 빛이 역력했습니다. 남재태가 이렇듯 무례를 범할 줄은 몰랐던 것이지요. 저는 곧장 낭자를 와락 끌어안았습니다. 지금 생각해 보아도 어디서 그런 용기가 생겼는지 모르겠습니다. 이렇게 다짐했죠. '죽으면 안 되오. 이 세상이 얼마나 살 만한 곳인지 가르쳐 드리리다. 내게 기대세요. 이제 내가 당신을 지키겠소.'"

남재태는 북받쳐 오르는 감정을 삭이느라 잠시 말을 끊고 밤하늘을 우러렀다. 은저(銀渚, 은하수)를 따르던 객성(客星) 하나가 서녘으로 떨어졌다. 김아영을 처음 안았을 때의 느낌을 떠올리고 있는지도 몰랐다.

"하나 낭자는 동심결(同心結)을 맺자는 제 청을 단호하게 물리쳤습니다."

김진이 끼어들었다.

"그 밤 이후로도 당신은 김 씨를 만나려고 했습니까?"

"만나 주지 않았습니다."

김진이 목소리를 다시 높였다.

"솔직하게 말하시오. 김 씨 때문에 곤란을 겪었지요? 임참판이 당신을 불러 다시는 만나지 말라 꾸짖지 않았습니

261

까?"

　남재태 얼굴이 하얗게 질렸다. 나는 어금니를 꽉 다물며 한마디 보탰다.

　"먹기 싫은 밥 개 주긴 아까웠겠지. 적당히 즐기다가 임 참판에게 꾸지람을 듣자 얼른 발을 뺀 것 아니오? 정말 사모했다면 야반도주라도 못할까."

　"……어쩔 수 없었습니다. 죽은 친구 아내를 사모하는 건 용납될 일이 아니니까요."

　"그때 당신은 이미 마음의 정리를 시작한 것이오. 김 씨 때문에 망신을 당하느니 죽든 말든 상관하지 않기로 말이오. 임 참판이 시키는 대로 눈멀고 귀먹으리라. 사랑 따윈 잊으리라. 미소, 걸음걸이, 살내음, 작은 속삭임까지 완전히 잊으리라. 이게 당신이오. 당신 자신을 지키기 위해 당신이 사랑이라고 이름 붙였던 여인을 버린 사람! 당신을 믿고 새 삶을 꿈꾼, 당신 아이를 잉태한 채 죽어 간 여인이 가엾고 가엾소."

　"아닙니다. 운우지락을 이룬 적은 한 번도 없습니다. 정심(正心)을 흔들지 못했다니까요. 오르지 못할 나무는 쳐다보지 말라 했는데, 너무 늦게 안 것이죠……. 방금 무엇이라고 하셨죠? 잉태라고요? 그럼 아이를 가졌더란 말입니까?"

충격을 받은 듯 두 눈을 크게 뜬 남재태를 큰소리로 꾸짖었다.

"그대가 아니면 누구란 말인가? 끝까지 던적스럽게 책임을 회피할 작정인가?"

"낭자를 사모한 건 사실입니다만 그이는 언제나 남편 친구로 저를 대했을 뿐입니다. 운우지락을 이룬 적은 단 한 번도 없었습니다. 그런데 아이라고요? 잉태한 게 정녕 맞습니까? 아닌데, 그럴 리가 없는데……."

"이자가 끝까지……."

"이 도사! 되었네. 그만두게."

김진은 고개 떨군 남재태를 그냥 둔 채 자리에서 일어섰다. 나 역시 김진을 따라 정신당에서 내려왔다. 흐느끼는 소리가 귓전을 때렸다. 김진에게 다가섰다.

"굴퉁이(겉은 그럴듯하나 속은 보잘것없는 사람) 같은 저 녀석을 왜 그냥 두나? 살인을 방조하지 않았는가? 확실히 매조져야지."

김진이 말에 오르려다 말고 돌아서서 눈을 맞추었다.

"난 저런 인간들을 아네. 태배(笞背, 태장으로 죄인의 등을 치는 형벌) 몇 대 때린다고 죄를 뉘우치진 않지. 차라리 평생 죄의식에 갇혀 살도록 내버려 두자고. 버러지만도 못한 비겁한 자들에겐 신성한 법이나 좌와기거(坐臥起居)의 예의를 들이대는 것도 아까우니까."

김진이 남재태를 꾸짖는 내내 던지려던 물음을 꺼냈다.

"김 씨처럼 맺고 끊음이 분명한 대갈마치가 남재태 같
은 위인과 동침한 까닭이 무엇일까?"

김진은 잠시 생각에 잠겼다가 답했다.

"확인할 물증은 남아 있지 않네. 그 까닭도 쉽게 밝히긴
힘들겠지……. 어쩌면……."

"왜 그러는가?"

김진이 입을 쌜쭉 내밀며 말에 올랐다.

"아닐세."

# 33

한 달 남짓 적성에 머물렀다. 조사가 점점 길어진 탓이다. 이덕무는 꼼꼼하게 사건 전모를 파악하고 한 사람 한 사람의 초사(招辭, 죄인의 진술)를 상세히 기록했다.

그사이 한 가지 불행이 덧보태졌다. 설마령 솔숲 김진이 말을 묶었던 소나무에 남재태가 목을 맨 것이다. 죄의식을 안고 평생을 살 자신도 없는 사내였다.

적성은 호방 황종석이 이방으로 자리를 옮겨 질청 전체를 관장했다. 향청에선 우별감 고범영이 새로 좌수에 뽑혔다. 역대 최연소 좌수였다. 이덕무는 새로 임명된 이방, 좌수와 매일 아침 두리반(여럿이 함께 식사할 수 있는 크고 둥근 밥상)에서 겸상을 하며 고을 일을 의논했다. 구모(颶母, 환절기에 몰아치는 회오리바람)가 지나가자 한동안 따뜻하고 맑은

가을날만 계속될 듯싶었다.

공무가 끝났으니 나만 먼저 탑전에 나아갈 수도 있었다.
이덕무는 조사를 마친 다음 함께 입궐하는 편이 좋겠다고
했고, 백동수도 이참에 실컷 감악산 구경이나 하자고 했다.
김진까지 지금 한창 꽃을 피우는 큰잎기린초, 까치수염, 왕
노루오줌을 살피겠다고 하니, 나 혼자 상경할 수는 없었다.

이덕무는 치밀하게 동정인을 문초하여 물증을 확보해
나갔다.

새로 밝혀진 사실도 몇 가지 있었다.

남 씨는 향이를 한양으로 올려 보낸 뒤 김 씨에게 약을
탄 미역국을 먹였다. 정신이 산란해지다가 끝내 기절하는
미혼단(迷魂丹)이었다. 대들보에 목이 매달리던 그 새벽에
는 약에 취해 저항 한 번 제대로 못 한 것으로 확인되었다.
독약을 먹여 죽이지 않고 힘들게 목을 매단 것은 종사를
위한 자진임을 확실히하려는 의도였다. 음독을 했다면 그
독약을 어디서 어떻게 구했느냐에 대한 조사가 복잡하게
따르고, 검안도 더욱 철저할 것이다.

조광정을 죽인 범인을 찾기 위해 임거선의 단검과 조광
정 가슴에 난 상처를 비교하는 일은 내가 맡았다. 김진의
추측대로 칼날 모양이 일치했다. 망을 살피고 노를 저은
공범은 똘이와 임태명으로 밝혀졌다. 서책이나 읽고 아이

들이나 가르치는 임태명까지 조광정 죽이는 일에 참여시킨 것은 비밀을 더욱 철저하게 유지하기 위함이었다.

가장 흥미로운 사실은 향이 방에서 금가락지가 다섯 쌍이나 발견된 것이다. 처음에 향이는 새아씨에게서 받은 거라고 우겼다. 이덕무가 엄히 문초하자 새아씨가 죽고 방을 정리하던 중 우연히 열어 본 손궤에 들어 있었다고 말을 바꾸었다. 주인을 충실히 모신 향이였지만 금가락지 앞에서까지 양심을 지키기가 어려웠던 모양이다. 이덕무는 남재태로부터 받은 것은 아닐까 의심했지만 김진은 전혀 다른 의견을 내놓았다.

"연인끼리 몇몇 선물을 주고받기는 했겠지요. 하나 금가락지를 받았다 해도 기껏 한 쌍이 아니겠습니까? 똑같은 크기, 똑같은 무게의 금가락지가 다섯 쌍입니다. 김 씨가 다급할 때 쓰려고 모은 듯합니다. 내거하든 외거하든 하인들이 그토록 믿고 따랐으니 이 정도 몰래 사들이는 건 쉬운 일이죠."

하인들을 추궁하니 김아영이 금가락지를 모은 과정이 드러났다. 우선 그녀는 잔재비(공교로운 일을 잘 하는 손재주)를 살려 예쁜 비단 주머니를 만들어 팔았다. 연꽃무늬 두루주머니와 금박으로 길상문을 넣은 귀주머니, 궁중에서 쓴다는 자수 주머니까지 김 씨가 만든 주머니 종류는 서른

가지가 넘었다. 그뿐 아니라 도성에서 최근 나온 소설을
세책방에서 빌려 와 고운 글씨로 필사하여 팔기도 했다.
김 씨 글씨는 궁녀들처럼 둥글고 가지런하면서도 한 글자
한 글자 똑똑 떨어져 읽기 쉬웠다. 가을에는 곳간 바닥에
떨어진 쌀알들을 모아 팔았고, 봄에는 향 짙은 봄나물만
따로 모아 팔기도 했다.

　여름이 송두리째 빠져나가고 만산홍엽(滿山紅葉) 가을이
짙은 구월 사일, 적성을 떠나 도성에 닿은 후에도 우리는 곧
바로 전하를 알현하지 않았다. 이덕무와 김진이 힘을 합쳐
엿새 동안 탑전에 올릴 글을 다시 한 번 다듬었던 것이다.
　따사로운 구월 십일 아침, 백동수가 은밀히 그 글만 탑
전에 올렸다. 해 질 무렵 비답이 내려왔다. 구월 십일일 일
몰 후 입궐하라는 명이었다.
　백동수와 이덕무, 김진과 나는 관복을 갖춰 입고 입궐했
다. 하루 일과가 끝났음에도 총명예지(聰明睿知)하신 금상
께서는 홀로 편전을 지키고 계셨다. 대전 내관이 아뢰었다.
　"전하! 적성 현감 이덕무 입시이옵니다."
　"들라 하라."

문이 열리자 우리는 양손을 앞으로 모은 채 천천히 걸어 들어가서 예를 갖추었다.

"이리 가까이!"

성수(聖手, 왕의 손)를 들어 바람을 쓸듯 당기셨다. 우리는 공손히 허리를 숙인 채 다가갔다.

"더 가까이!"

우리들 한 사람 한 사람과 눈을 맞추시며 더 다가앉도록 권하셨다. 용상과 거리가 두 걸음도 채 떨어지지 않았다. 바닥에 이마를 대고 하교를 기다렸다.

"형암!"

먼저 이덕무를 부르셨다.

"예! 전하."

"임 참판을 비롯한 적성 현민이 이와 같은 흉심을 품었다는 게 사실인가? 임 참판이 며느리를 죽이고자 처음부터 끝까지 계획을 세웠다는 주장에 한 점 거짓도 없으렷다?"

"그러하옵니다."

"아아! 독란(瀆亂, 인륜을 더럽히고 어지럽힘)이 이 지경까지 이르다니."

길게 탄식하셨다. 깊은 절망이 그 한숨 소리에 묻어 나왔다.

"개환두면(改換頭面, 마음은 고치지 않고 겉만 달라짐)이로다.

겉으로 삼강오륜을 지키고 공맹의 도리를 잘 따른다 해도 사람이 사람을 이렇듯 핍박하여 죽인다면 무슨 소용이 있겠는가? 전국 방방곡곡에 선 충신 열녀의 비문 중 이처럼 꾸며진 것 또한 적지 않으리. 거짓으로 충신 열녀를 만드는 짓은 곧 과인을 능멸함이다. 가문을 높이기 위해 사람 목숨을 빼앗는 것이 가당키나 한가? 정수리에 부은 더러운 물이 발꿈치까지 닿았구나."

이덕무가 답했다.

"열(烈)을 강조하며 과부에게 죽음을 강요하는 짓은 비단 조선에서만 벌어진 일이 아니옵니다. 대국에서는 성대한 잔치를 연 후 고을 사람들이 모두 보는 가운데 목 매어 자살한 여인까지 있었사옵니다."

"자살하려는 여인을 아무도 말리지 않았단 말이냐?"

"말리기는커녕 그 죽음을 숭앙하고 술 마시며 잔치 벌였다 하옵니다."

"허어, 공맹을 따르는 자들이 어찌 그런 짓을 범한단 말인가? 인심은 정녕 맑을 때가 드문 것인가. 과인의 나라에서는 결코 과부에게 종사를 강요하는 유폐(流弊, 나쁜 풍속)는 없어야 한다."

잠시 침묵이 흘렀다. 짧은 하문이 내려왔다.

"적성 흉사를 어찌 처결하면 좋겠는가? 각자 생각을 밝혀 보라."

백동수가 굵은 음성으로 먼저 말했다.

"김 씨를 목매어 죽이고 조광정을 살해한 자들과 또한 적성 질청 이방과 나졸들을 죽인 자들에게 극형을 내리시옵소서. 저 거간(巨奸)들이 범한 살인은 뜻하지 않은 상황에서 이루어진 일이 아니오라 처음부터 끝까지 치밀한 계획 아래 벌인 짓이옵니다. 어떤 견합지설(牽合之說, 억지로 끌어다 붙이는 변명)로도 용납할 수 없사오니 통촉하여 주시옵소서."

"이 도사 뜻도 야뇌와 같은가?"

'인간이기를 포기한 자들이 아닌가. 참하는 것 외에 다른 길이 없다.'

"그러하옵니다. 전 참판 임호, 그 아내 남 씨, 서생 임거선, 참봉 임태명, 하인 똘이, 적성 향청 전 좌수 조벽문, 전 좌별감 조욱병, 전 병방 신익철을 참하시옵소서. 또한 임호의 전 재산을 몰수하시고 파가저택(破家瀦宅, 죄인의 집을 헐고 그 자리에 웅덩이를 파 연못을 만드는 형벌) 하시옵소서. 몸종 향이의 죄 또한 죽음을 면키 어렵사오나 2년 동안 김아영을 극진히 모셨고 잘못을 깊이 뉘우치고 있으며 범행을 소상히 토설하여 사건 해결에 큰 도움을 주었사오니 자리개미(중죄인의 목을 졸라 죽이는 형벌)만은 면케 하여 주시옵소서."

"향이는 살려 두라? 오검서(五檢書)의 뜻은 어떠한가?"

금상께서는 규장각 서리에 불과한 김진을 종종 다섯째 검서라는 별칭으로 부르셨다. 맨 처음 검서관으로 선발된 이덕무, 박제가, 유득공, 이서구와 함께 규장각으로 들어온 인연을 중히 여긴다는 표시였다.

"이 도사 뜻과 조금도 다르지 않사옵니다. 향이는 원방 (遠方)으로 내쳐 은유(恩宥, 감형)를 입도록 하소서."

"알겠다."

이덕무가 갑자기 죄를 청했다.

"이 망극한 흉사는 신이 적성을 잘 다스리지 못하였기 때문에 일어났사옵니다. 신을 벌하여 주시오소서."

"변고는 그대가 적성으로 내려가기 전에 일어난 일이고 조광정이나 이방의 죽음 역시 그대 힘으로 막기는 어려웠느니라. 어찌 그대에게 죄를 물을 수 있겠는가. 그대는 더욱더 적성 민심을 살펴 추로지향(鄒魯之鄕, 공자와 맹자의 고향. 곧 예절을 알고 학문이 왕성한 고을)을 만들라."

"명심 또 명심하겠사옵니다."

용안이 한결 부드러워졌다. 덕담과 함께 어주라도 하사할 분위기였다. 김아영이 살해된 것은 안타깝지만, 적성 일을 본보기로 이제부터 열녀 정려를 품신하는 이들에 대한 조사를 벌일 명분이 생긴 것이다. 아울러 삼강오륜을 더

욱 강조하며 만백성을 공맹지도로 아우르는 기반이 마련
되었다.

그 좋은 분위기를 깬 것은 김진이었다.

"전하! 한 가지 청이 있사옵니다."

미소를 머금은 채 답하셨다.

"말하라. 무슨 청을 하든지 내 오늘은 특별히 들어주겠
노라."

"적성 김아영을 기리는 열녀문을 세워 주시오소서."

"무엇이라고? 열녀문을 세워 달라?"

이덕무와 백동수, 나 역시 깜짝 놀랐다. 김 씨가 삼년상
도 마치기 전에 망부의 벗 남재태와 사랑에 빠졌고 또 임
신까지 한 것은 지탄받아 마땅한 일이다.

"다시 한 번 말해 보라. 누구 열녀문을 세우라고?"

"전 참판 임호의 맏며느리이자 임거용의 아내였던 김아
영이옵니다."

"상중에 외간 사내와 통정하여 아이를 가졌음을 밝힌
이가 오검서 그대 아닌가?"

"그러하옵니다. 부족한 신이 그 일을 알아냈사옵니다."

"사정이 그러한데 어찌 열녀문을 세우라 하는고? 사통
한 과부를 열녀로 세우는 법은 없느니라."

나는 김진을 흘겨보며 주청을 거두라고 입술을 안으로

말아 보였다. 김진은 멈추지 않았다.

"비록 김아영이 남편을 따라 죽지 않았고 또한 삼년상을 마치기도 전에 외간 남자와 통정하였사오나, 김아영에게는 그보다 더 큰 열(烈)이 있다 사료되옵기에……."

"그 입 다물라."

"전하!"

"열녀문을 세워 달라는 것이 진심이란 말이더냐?"

"그러하옵니다."

김진은 조금도 물러서지 않고 또박또박 답했다. 나는 김진을 쏘아보았다.

'자네 왜 이러는 겐가? 이미 끝난 일일세. 김 씨 학덕이 높고 남편을 사모하는 마음이 각별했음을 나도 아네만, 그렇다 한들 어찌 열녀문을 세울 수 있는가? 사교에 몸담고 훼절한 과부에게 열녀문이라니, 당치도 않아. 치도곤을 당하고 유삼천리(流三千里, 먼 지방으로 귀양 보냄)에 처해지고 싶은 겐가?'

김진은 내 시선을 피하지 않고 천천히 눈을 감았다 떴다.

'적성에서 보낸 여름과 가을, 그 아름다운 풍광에서 얻은 깨달음을 전해 올리는 것 또한 신하 된 도리일세. 공맹이 가르친 예와 도에 맞추자면 김아영은 열녀가 될 수 없겠지. 고을에서 쫓겨나거나 돌팔매를 당할 만큼 큰 죄를

지었다고 볼 수도 있네. 하나 정녕 그럴까?'

'지금이라도 늦지 않았어. 그만두게. 당장!'

'싫으이.'

"계속해 보아라. 어이하여 김아영이 열녀라 주장하는 고?"

김진이 기다렸다는 듯 답했다.

"오직 수절만이 열이라 할진대 김아영은 결코 열녀가 아니옵니다. 그러나 자기 삶을 아끼고 가꾸며 또한 지아비와 가문을 위해 헌신한 여인을 열녀로 본다면 김아영이야말로 참다운 열을 이룬 여인이요, 지금까지 우리가 알고 있던 모든 열을 뛰어넘는 삶을 살다 간 사람이라 사료되옵니다. 그 열이 공맹의 열과 달라 열녀문이라 부르기 힘들다면, 그 문의 이름에서 열녀란 두 글자를 떼어내도 무방하옵니다. 신은 김아영을 기리는 문 하나 정도는 세워 주는 것이 옳다 믿사옵니다."

"열녀를 넘어서는 삶? 대체 그것이 무엇이란 말이냐?"

말을 감추고 감정을 아끼는 김진이지만, 한번 결심하면 그 일이 자신에게 이득이 될 것인가 손실이 될 것인가 살피지도 않고 밀고 나간다. 나는 안다. 적성에서 이번 일을 조사하는 동안, 김진은 범인을 색출하는 일과는 별도로 김씨가 죽을 수밖에 없었던 더 깊은 이유를 고민했다. 다시 말해 김 씨가 살해된 것은 임 참판과 같은 탄주(呑舟, 배를 통째로 삼킬 만한 큰 물고기. 매우 악한 사람을 이름) 때문이 아니다. 그것은 조선이란 나라가 가진 여러 병폐와 잇닿아 있는 문제였다. 김진은 그 부분을 감히 아뢰려는 것이다.

"먼저 김아영은 그 누구보다도 깊고 뜨거운 인(仁)을 아는 여자였사옵니다. 그렇지 않고서야 가슴 병으로 곧 죽을 남자와 혼인하겠다고 결심할 수 있겠사옵니까? 또한 시집오자 시댁을 위해 최선을 다했사옵니다. 종사를 강요당하면서도 시댁을 원망하지 않고 가세를 일으키기 위해 일하고 또 일했사옵니다. 김아영에게 잘못이 있다면 남편을 따라 죽지 않은 것뿐이옵니다. 자신의 목숨을 귀하게 여기고 살아남기 위해 남재태에게 도움을 청한 것이옵니다.

그 두 가지가 죄라면 김아영은 분명 죄인이옵니다만, 살해당할 처지에 놓이지 않았다면 그토록 서둘러 새로운 남자와 만나지는 않았을 것이옵니다. 삼년상을 치른 후 천천히 앞날을 준비했으리라 보옵니다. 시시각각 죽음의 그림자가 다가와 때 이른 선택을 강요당한 정황이 가련하지 않사오니까?"

"그 말이 모두 맞다 하더라도 남재태와 음분(淫奔, 남녀의 음란한 사통)한 일이야 어찌 변명하랴?"

"김아영이 만든 삶 전체를 보시오소서. 2년 만에 가난

더미를 이기고 개미 금탑 모으듯 재물을 쌓은 장한 여인이옵니다. 시문 짓는 일이나 넓고 깊은 학식, 농사를 짓고 장사를 하며 가솔을 이끄는 일에도 놀라운 성취를 이루었사옵니다. 단 한순간도 자기 일에 대충 임한 적이 없사옵니다. 언제나 앞장서서 돌사닥다리를 오르듯 최선을 다하였사옵니다. 그것이 김아영만이 지닌 아름다움이옵니다."

"아름다움? 어찌 그와 같은 여인을 아름답다 하는가? 과인도 공맹의 가르침을 배우고 따르고자 노력하지만, 여자에게 분수를 넘어 하고픈 대로 하라는 음교(陰敎, 여성에 대한 가르침이나 교훈)는 어디에도 없느니라. 오히려 다소곳이 참고 견디며 아버지에게, 남편에게, 아들에게 순종하는 삶을 가르치지 않느냐? 성인의 가르침을 버리고 원하는 대로만 행동하면 어찌 바른 도리를 잃지 않을 수 있겠는가!"

"김아영은 여자이기에 앞서 한 인간이옵니다. 공맹의 가르침도 남과 여를 구별하기에 앞서 인간의 인간다움을 가르치고 있다고 신은 믿사옵니다. 언제나 옳다고 믿는 바를 행하며 하루하루 자신의 삶을 반성한 김아영의 삶이 어찌 공맹의 가르침을 어기는 일이 되겠사옵니까? 그 시부모가 좀 더 넓은 눈으로 며느리를 이해하였다면 김아영은 임문뿐만 아니라 적성현, 나아가 이 나라를 위해 많은 일을 할 귀한 인재였사옵니다."

"그것은 공맹지도가 아니다. 그와 같은 삶을 꾸린 건 야소교에 깊이 빠져서가 아닌가? 도철(饕餮, 욕심 많은 짐승)처럼 욕심이 깊으면 기다림이 얕아지는 법이니라."

"전하! 김아영이 야소교를 믿은 것은 사실이옵니다만, 남편을 아끼고 가문을 위한 마음은 참으로 높고 지극해서 귀감이 되고도 남음이 있사옵니다."

"그만! 감히 과인 앞에서 야소교를 칭찬이라도 하겠다는 것인가? 공맹지도를 능가하는 가르침은 없다. 석씨지도든 야소지도든 헛된 가르침일 뿐이다. 오검서도 야소교에 빠진 것이냐?"

나는 급히 끼어들었다. 지금 김진을 돕지 않으면 큰 화가 미칠 수도 있다.

"전하! 야소교도들이 나날이 늘고 있사옵니다. 그들을 잡아들여 공맹지도를 가르쳐야 하옵니다. 오검서와 소장에게 이 일을 맡겨 주시옵소서."

잠시 두려운 침묵이 흘렀다.

"그럴 필요 없다. 공맹지도가 더욱 널리 퍼지면 사악한 가르침들은 저절로 사라질 것이니라."

넘치는 자신감이 아닐 수 없었다.

이덕무와 백동수는 고개를 숙인 채 할 말을 잃었고 나역시 김진의 해괴한 언변에 놀란 가슴을 겨우 다독거렸다.

"예전에는 초정이 양반의 반을 죽여야 이 나라를 바로 세울 수 있다는 주장을 펴더니 오늘은 오검서가 야소교도에 미혹된 여인을 위하여 열녀문을 세우라는구나. 과인이 백탑 아래 모였던 너희들을 아끼는 마음 깊으나 어찌 그런 어리석은 청까지 받아들일 수 있겠느냐? 김아영을 위해 열녀문을 세우자는 청은 듣지 않은 것으로 하겠느니라. 알겠느냐?"

"예, 전하!"

잠시 어색한 침묵이 흐른 다음 하교가 이어졌다.

"또한 앞으로 열녀를 조사하는 일에서 이 도사와 오검서는 빠지도록 하라. 마침 규장각에서 대국 서책이 필요하다 하니 준비를 마치는 대로 다녀오라."

임씨 가문 살옥이 육합(六合, 천지와 사방)에 알려지자마자 불어닥칠 후폭풍에 대한 배려였다. 조정에는 아직 임 참판을 음비(陰庇, 비호하고 감싸 줌)하는 신료들이 적지 않았다. 그들은 임 참판을 구하기 위해 김진과 나를 비방할 것이다. 지금 손을 빼는 것이 옳다.

김진 표정을 살폈다. 다시 말씀 올리지나 않을까 걱정했으나 그는 이미 평상심으로 돌아온 후였다. 백동수에게 하문이 이어졌다.

"언제까지 벽려(薜荔, 은자들이 입는 옷) 입고 기린에 머물

겐가? 이제 그만 고로(菰蘆, 갈대, 은자들이 사는 곳)에서 나와 과인 곁으로 오라. 개세기상(蓋世氣象, 일세를 뒤덮을 만한 기상)을 보여야지. 조선 무예를 정리한 무예도보(武藝圖譜)를 만들겠다는 바람을 이룰 때가 되지 않았는가?"

백동수가 목소리를 높였다.

"전하! 아직 검술과 마상 무예에 대한 배움이 부족하옵니다. 공부가 끝나면 곧 상경하겠사옵니다."

잠시 침묵이 흐른 뒤 윤유(允兪, 왕의 허락)하셨다.

"너무 오래 떠나 있지는 말라. 야뇌와 함께 하고픈 일들이 많으니라. 알겠느냐?"

백동수는 이마로 바닥을 찧을 듯 허리 숙여 답했다.

"성은이 망극하옵니다. 신 백동수, 목숨 바쳐 전하를 보필하겠사옵니다. 조선 무예를 천하 제일로 만들겠사옵니다. 잠시만, 잠시만 기다려 주시오소서."

알현은 끝났다.

편전에서 물러 나와 규장각으로 향하는 동안 이덕무는 김진을 심하게 나무랐다.

"무슨 생각으로 그런 위험한 주장을 편 겐가? 김 씨를 위하여 무엇인가 하고 싶었다면 나와 미리 의논을 했어야지. 아무 귀띔도 않고 탑전에서 그런 청을 할 수 있어?"

백동수도 이덕무 편을 들었다.

"오늘 일은 화광 자네가 심했네. 나는 당장 자넬 하옥시켜 탕확(湯鑊, 사람을 솥에 삶아 죽이는 형벌)에 처하라는 명이 내리지나 않을까 간이 조마조마했다네. 이 정도로 끝난 걸 다행으로 알게. 다시는 열녀문을 만들어 주자는 따위 말은 꺼내면 안 돼. 알겠는가?"

나도 거들었다.

"자네처럼 신중한 사람이 왜 그리 생청붙이며(시치미를 떼고 앞뒤가 맞지 않는 말을 함) 바글거렸는지(야단스럽게 들끓음) 알 수 없군. 전하께서 김아영을 기리자는 자네 궤변을 받아들이시리라 생각한 건 아니겠지?"

멀리 규장각이 보이자 김진의 걸음이 눈에 띄게 느려졌다. 바람에 흩날리는 물방울처럼 맑고 경쾌한 목소리로 답했다.

"먼저 의논드리지 못한 점은 참으로 송구합니다. 오늘 일로 한 가지 분명해진 사실이 있습니다."

이덕무가 끼어들었다.

"분명해지다니?"

"김아영에 대한 소생 주장이 예법에 어긋난다고 보시

는 것이지요? 백탑 서생이 품은 뜻은 오늘 소생이 올린 말씀보다 백 배 천 배 위험하고 날카롭습니다. 앞으로도 전하께서는 백탑 서생이 펴는 주장을 헤아리기는 하시되 결코 그 뜻을 들어주시지는 않을 겁니다. 소생은 꼭 한번 확인하고 싶었습니다. 마침 기회가 왔기에 미리 의논도 없이 말씀 올리게 된 겁니다."

이덕무가 그 말을 잘랐다.

"자네도 초정을 닮아 가려는가? 어찌 첫술부터 배가 부를 수 있겠나? 우리의 바람과 전하께서 펴시고자 하는 뜻이 처음부터 같다면 그것도 이상한 일 아닌가? 우리는 끝까지 전하를 위하여 충심을 다하면 되는 것이네. 설령 전하께서 우리의 충심을 의심하시더라도 참고 견디면 반드시 우리들 바람을 들어주실 날이 올 걸세. 백탑 아래에서 세상을 한탄하며 술과 한숨으로 시간을 죽이던 서얼들을 조정으로 불러들인 분이 바로 전하시라네. 어느 군주가 이렇듯 서얼을 은권(恩眷, 왕의 특별한 총애)한 적이 있는가? 다시는 성심을 헛되이 살피려 들지 말게. 괜한 오해를 살 수도 있음이야. 사방 곳곳에 우리를 모해하려는 무리들로 가득 차 있음을 자네도 알지 않은가?"

"송구스럽습니다. 지금은 보이지 않는 적이 두려워 몸을 사릴 때가 아니라 조금씩 목소리를 높여야 할 때입니다.

그러기 위해서는 성심을 미리 살펴야 했습니다……. 예상
은 했지만 막상 확인하고 나니…… 하룻밤 꿈을 주는 쓸쓸
한 등(燈)을 꺼뜨린 것도 같고…… 괜히 슬퍼지네요."

## 34

---

그때 벌써 김진은 백탑 아래에서 키운 꿈이 깨어질 수밖에 없음을 어렴풋이 감지했던 것 같다. 세상을 바꾸려는 의지는 매우 높았고 그 방법 또한 참신했지만, 그것은 오직 삼고성(三古聖, 문왕, 무왕, 주공 등 주나라의 세 성인)에 비견되는 정조 대왕을 통해서만 가능한 일이었다. 대왕께서 서함(書函)을 여셔야 햇볕이 갑(甲), 을(乙), 병(丙), 정(丁) 권질에 쐴 수 있고, 대왕께서 각궁을 드셔야 화살이 호(虎), 웅(熊), 녹(鹿), 원(猿) 과녁을 뚫을 수 있는 것이다. 대왕께서 우리 계획을 꺾고 우리 앞길을 막는다면 곧바로 암흑천지다. 우리네 삶은 휘청대는 외줄 타듯 하루하루 위태위태하다. 백 번 줄을 잘 타넘어도 단 한 번 실수에 목숨을 잃는다. 김진이 읊은 슬픔은 이런 처지를 확인했기 때문이 아

닐까. 밤새워 황봉(黃封, 왕이 내린 술)을 들이켰지만 취하지
않았다.

망극한 슬픔에 휩싸여 지낸 경신년(1800년, 정조가 죽은 해)
여름에도, 김진과 너덜너덜해진 추억을 떠올린 적이 있었
다. 김진은 짐짓 기억하지 못하는 체하며 이렇게 둘러댔다.

"슬픔이라고 했단 말인가, 내가? 허허 그랬을지도 모르
네. 오늘 이 토경어란(土傾魚爛, 흙이 무너지고 물고기가 썩는 지
경. 민심이 흩어지고 기강이 무너져 부패한 처지를 비유함)에 비하
자면 참으로 여유로웠군."

이것 역시 아주 먼 훗날에 얻은 깨달음이다.


갑진년(1784년) 9월 13일, 김진과 나는 마지막으로 적성
에 들렀다. 이틀 먼저 기린으로 떠난 백동수는 함께 초의(草
衣) 입고 빈풍화(豳風畵, 농사짓는 그림)나 그리자고 권했다.

"가세. 기린 풍광은 적성보다 백배 낫지."

기린 풍광이 아름답다면 적어도 한 달은 여유를 두고 넉
넉히 품어야 할 텐데, 아직 오류비(五柳扉, 은거한 선비의 집. 도
연명이 고향에 돌아와 집 앞에 버드나무 다섯 그루를 심고 은거한 데
서 온 말)로 물러나 두오랑(杜五郞, 송나라의 은사(隱士)로 30년
간 문밖 출입을 하지 않았음)처럼 지내고 싶지는 않았다. 김진
도 적성에서 마무리 지을 일이 남았다며 정중히 거절했다.

이덕무는 동헌에서 이방 황종석의 보고를 받고 우리를
객현 임 참판 집으로 보냈다.

"김 씨 처소에서 기다린다네."

내 기억이 정확하다면 우리는 그때 처음으로 김아영이
목을 맨 방으로 들어갔다. 살인 현장을 보지도 않고 사건
을 해결한 것은 이때가 처음이자 마지막이었다.

진주에서 사흘 전 도착한 홍 씨는 비명에 간 외동딸의
방에서 한 발도 나오지 않았다고 한다. 딸이 쓰던 베개와
이불과 서책과 노리개를 어루만지며 울고 또 울었으리라.

우리와 마주 앉자 침착하게 슬픔을 감췄다. 과연 그 어
머니에 그 딸이었다. 김진은 화문(花紋) 모시 조각보를 꺼
내 폈다. 금가락지 스무 쌍이 들어 있었다.

"이것이 무엇인지요?"

김진이 답했다.

"따님이 친정어머니를 위해 마련한 겁니다."

"나를 위해?"

홍 씨가 금가락지를 집어 가슴에 품었다. 울음을 참으려
했지만 눈물이 뺨을 타고 흘러내렸다.

"이걸 모으려고 얼마나 고생했을까요?"

"일은 힘들었겠지만 가슴엔 기쁨이 가득 찼을 겁니다.
홀로 자신을 키워 준 어머니를 위한 일이니까요."

"그래도…… 그래도……."

홍 씨는 말을 잇지 못했다.

"평생 그 아이에게 짐이 되었던 것 같아요. 밥 짓고 물 긷는 것부터 시작하여 바느질과 빨래까지, 진주에서도 그 아이는 쉬지 않고 일했답니다. 이제 그만 친정은 잊어버리라고 했건만……."

"따님 정성이 깃든 마지막 선물이라 여기고 잘 쓰십시오."

홍 씨가 천천히 고개 저었다.

"제가 이런 귀한 선물을 받을 자격이 있을까요? 두 분께 청이 있습니다. 꼭 들어주셨으면 합니다."

"말씀하시지요."

홍 씨가 모시 조각보 하나를 내밀었다.

"이것이 무엇입니까?"

"딸아이는 어려서부터 시를 짓고 문을 논하는 재주가 남달랐습니다. 진주에서 지은 글은 여기 다 챙겨 왔지요. 적성에서 지은 글은 저 서가에 잘 정리되어 있더군요."

김아영의 뛰어난 학덕을 증명하기 위해 임 참판이 참봉 임태명에게 명하여 모은 것이다.

"이 둘을 합쳐 문집을 만들고 싶네요. 비명에 간 그 아이 원한을 풀어 준 두 분께서 꼭 해 주셨으면 합니다. 이건 문집을 만드는 데 보태십시오."

홍 씨가 고개 숙이며 금가락지를 내 앞으로 밀었다. 나는 슬쩍 김진 얼굴을 살핀 뒤 금가락지를 다시 홍 씨 무릎 아래로 옮겨 놓았다.

"문집 만드는 일은 기꺼이 저희들이 하겠습니다. 이 금가락지는 필요 없습니다."

"해낭(奚囊, 시를 넣고 다니는 주머니. 여기서는 시문 전체를 비유함)을 정리하고 또 서책으로 엮으려면 돈과 정성이 꽤 들 텐데……."

"적성에 머무르며 따님께 많은 걸 배웠습니다. 보답이라고 하기엔 턱없이 부족하겠지만 힘껏 만들어 보지요. 그럼 이만 물러가겠습니다."

예의가 아니라는 홍 씨 무릎에 기어이 금가락지를 두고 일어섰다.

시월 삼일, 전 참판 임호, 그 아내 남 씨, 서생 임거선, 참봉 임태명, 하인 똘이, 전 좌수 최벽문, 전 좌별감 조욱병, 전 형방 신익철이 저잣거리에서 참수되었다. 같은 날 향이는 함경도 경성으로 유배를 떠났다. 시월 칠일, 향이는 유배지인 경성에 닿기도 전에 고도(古都, 개성) 만월대(滿月臺, 개성의 궁궐) 앞에서 급사했다. 한양을 떠날 때부터 시름시름 앓더니 송도에 들어 가화영맥(歌禾咏麥, 망국 도읍지를 지나며 슬퍼함)처럼 통곡하며 며칠 헛소리를 하다가 피를 한 말이나 토하고 죽었다 한다. 이로써 김아영 살인에 가담한 이들은 모두 세상을 떠났다.

김진과 나는 참수하는 광경을 지켜보지 못했다. 구월 이십오일, 초정 박제가가 총괄하여 넘긴 서목(書目)을 확인한 후 서책들을 사기 위해 유리창으로 떠난 것이다. 김진과 나는 준마를 달려 송악과 평양을 거쳐 열흘 만에 의주 용만관에 닿았다. 그곳에서 마지막 점검을 하고 책을 운반할 군졸들과 함께 압록강을 건널 예정이었다.

닷새 동안 용만관에 발이 묶였다.

향기 가시고 꽃 떨어뜨린 소삽한 바람에 뒤이어 늦가을 폭우가 쏟아진 것이다. 채찍비는 밤낮없이 내렸고 압록강은 불룩한 배를 디밀듯 강변을 쓸고 흘러 내려갔다. 아침저녁 손돌이추위가 제법 매웠다. 김진은 휘휘한 강물 바라보며 김아영이 남긴 시와 문을 한 편 한 편 옮겨 적었다. 그는 특히 시보다 문 쪽을 유심히 살폈다.

광암 이벽이 찾아온 것은 된비 그치고 쌍무지개가 강 이쪽저쪽을 길게 연결할 즈음이었다. 소광통교 지전에서 사

람이 왔다는 소식을 듣고 나가 보니 패랭이를 쓴 거한(巨
漢)이 낡은 두루마리를 입고 사갈(얼음이나 진 땅을 걸을 때 미
끄러지지 않도록 밑바닥에 못을 박아 신는 나막신)을 신은 채 서
있었다.

"아영 자매님 옥고를 정리하고 계셨군요. 언제쯤 서책으
로 볼 수 있겠는지요?"

방으로 들자마자 이벽이 서안을 살피며 물었다. 나는 솔
잎차를 권한 후 짧게 답했다.

"유리창을 다녀오는 길에 그냥저냥 정리가 끝날 듯하오.
늦어도 내년 봄엔 서책으로 묶을 수 있지 않겠소? 그 일 때
문에 여기까지 온 건 아닐 테고……."

"감사 인사를 드리고자 왔습니다. 두 분 덕분에 아영 자
매님 억울함도 벗었고 또 저희들도 조금은 편안하게 숫눈
길을 계속 걷게 되었습니다. 의주로 오다가 약산 동대(東
臺)에 잠시 올랐습니다. 동쪽으로는 하얀 빨래가 산을 두른
것 같은 묘향산이 펼쳐졌고, 서쪽에는 압록강 연변의 산들
이 늘어섰으며, 남쪽은 대국 청주(靑州)와 잇닿은 바다가
있고, 북쪽은 산세가 말갈(靺鞨) 너머로 아득히 내닫더군
요. 동대에서 보이는 땅 끝까지 복된 말씀 전하도록 하겠
습니다."

"시통머리 터진 소리 마오. 우리는 그대들 야소교도들을

위함이 아니라 나랏법과 어명에 따라 조사를 마쳤을 뿐이
오. 그대들이 계속 국법을 어기고 어지러운 풍습을 퍼뜨린
다면 당연히 잡아들여 엄벌에 처할 테니 명심하오."

김진이 불쑥 끼어들었다.

"하나만 부탁해도 될까요? 이방 황종석에게 전해 주십
시오. 야소교도란 사실 들키지 않도록 각별히 조심하라고
말입니다."

나는 너무 놀라 들고 있던 잔을 떨어뜨렸다. 당황하기는
이벽도 마찬가지였다.

"알고…… 계셨습니까?"

"그게 무슨 소린가? 이방 황종석도 야소교도란 말인가?"

김진이 답했다.

"황종석은 의(義)와 신(信)이 남다른 인물입니다. 그런 사
람이 이방 진독주가 저지른 흉악한 일들을 알고도 모른 체
한다는 게 납득이 되지 않더군요. 또한 나와 이 도사에게
그동안 잠자코 있던 이방의 악덕을 고변한 것도 이상한 일
이었고요. 문득 이런 생각이 들었습니다. 이방이 저지른 악
행을 고변하지 못한 이유가 따로 있는 게 아닐까? 황종석
이 반드시 숨겨야만 하는 어떤 약점을 이방에게 굽잡혔다
면(남에게 꼭 쥐여 기운을 못 펴게 됨)? 그 약점이 알려지더라
도 이방 진독주를 조사할 만한 사람으로 이 도사와 나를 지

목한 것이 아닐까? 품성으로 볼 때 황종석은 착복을 하거나 다른 이에게 위해를 가할 인물이 아닙니다. 혹시……."

"혹시 야소교도가 아닐까 생각했다, 이 말인가?"

"그렇네. 적성에 야소교도들이 유독 많이 모여든 까닭이 무엇이라고 생각하나? 임문 종부 김아영뿐만 아니라 호방 황종석이 뒤를 보아주었기 때문이지. 어떻습니까, 제 추측이?"

이벽이 크게 고개를 끄덕였다.

"과연 옳습니다. 종석 형제는 신실한 사람이지요. 삼무사(三無私, 세 가지 사심이 없는 것. 하늘은 사사로이 덮어 주지 않고, 땅은 사사로이 실어 주지 않고, 해와 달은 사사로이 비춰 주지 않음)의 지극함을 잘 체득하고 있지요."

나는 정색을 하며 김진에게 따져 물었다.

"자넨 알고도 황종석을 이방으로 추천한 겐가?"

"질청을 맡을 적임자는 황종석밖에 없으이. 야소교도란 걸 알면 형암 형님은 그를 내칠 걸세."

"그래도 형님께 미리 말씀드려야지?"

"지금은 때가 아닐세. 대국에 다녀온 연후에, 황종석이 질청 일을 얼마나 아금받게(야무지고 다부짐) 했는지 품평할 때 말씀드려도 늦지 않으이. 이방에게 단단히 말씀드려 주세요. 그때까지 사자어금니 노릇 제대로 하라고."

"알겠습니다. 그리 하지요."

김진이 말머리를 돌렸다.

"연경 천주당을 둘러본 적 있으십니까?"

"아직 가 보지 못하였습니다."

"유리창 거리는?"

"저는 압록강을 건넌 적이 없습니다."

"야소교도들은 더러 연경에 있는 천주당에도 가고 유리창 거리도 구경한다 들었습니다만."

이벽이 질문에 담긴 속뜻을 헤아리지 못해 잠시 멈칫거렸다.

"그, 그런 이도 있긴 합니다."

"적성에서 벌어진 일들 중 다른 것은 모두 풀었으나 단 한 가지 아직 답을 얻지 못한 문제가 있습니다."

"그렇습니까? 이미 다 마무리하신 줄로만 알았습니다만……."

"부디 기도해 주십시오. 사람들은 저마다 자기 몫의 십자가를 지고 야소를 따르는 법이라 들었습니다. 그 답을 찾을 수만 있다면 기꺼이 십자가를 지겠습니다."

이벽이 희미하게 웃으며 물었다.

"잔격정이 하나뿐입니까?"

"그렇습니다."

"때론 답 하나 얻기 위해 평생을 허비하기도 하지요. 튼튼한 줄기를 얻지 못한 가지는 아무리 노력해도 꽃과 열매를 맺지 못하는 법입니다. 두 분께서 하루빨리 새로운 줄기를 찾아 머무르시기를 기도하겠습니다. 그럼 저는 이만!"

이벽이 구부정한 허리를 펴며 자리에서 일어섰다.

대문 밖까지 배웅하고 방으로 돌아오자마자, 나는 질문을 퍼부어 댔다.

"못 푼 문제가 뭔가? 적성 일은 깨끗하게 해결하지 않았는가?"

김진이 팔베개를 한 채 천장을 보고 누웠다.

"아주아주 완벽하게 해결되었네. 답이 탁탁 나왔으니까. 인과가 이렇듯 잘 들어맞기도 힘들지. 우리네 삶이란 찰찰히 살피면 얼마만큼 억지스럽고 얼마만큼 비게 마련인데 말씀이야. 『야소경』에는 생(生)과 진(眞)에 관한 비유가 가득하지. 그 많은 비유가 가리키는 것은 오직 한 길일세. 내가 바로 그 외딴길로 들어선 기분이야. 느낌이 좋지 않아."

"자네답지 않군그래. 왜 그리 자신 없는 소릴 하는가?"

"두려워서 그렇다네. 세상 모든 꽃이 거미줄에 걸린 줄 알았는데 문득 가을 국화 한 송이만 보이지 않을 때 찾아드는 두려움!"

# 35

천하제일관(天下第一關, 산해관)을 지나 육화(六花, 눈) 날리는 연경에 닿은 것은 십이월 초하룻날이었다.

섣달에야 겨우 입성한 까닭은 서책을 운반할 짐꾼으로 동행했던 일곱 군졸 중 다섯이 구련성(九連城) 지나 금석산(金石山)에 유숙할 때부터 토병(土病)에 걸려 피똥 싸며 앓아누운 탓이다. 둘은 끝내 온몸이 새카맣게 타 들어가 죽었고, 동창(凍瘡, 추위 때문에 손발이나 얼굴이 허는 병)까지 겹친 둘은 계속 극통을 호소해 의주로 돌려보냈다. 유의(襦衣, 솜을 넣어 만든 겨울 군복)를 껴입고 풍뎅이(방한모)를 쓴 채 두려워 따르는 군졸은 겨우 셋이었다.

김진은 서두르지 않고 굼벵이 천장(遷葬)하듯 봉황성(鳳凰城)에서 이틀, 신요동(新遼東)에서 사흘씩 머물렀다. 심양

(瀋陽) 조선관(朝鮮館)을 찾았을 때는 허물어진 아문(衙門)을 안타까워하며 겨우 남은 기둥 열 개를 밤새워 돌고 또 돌았다. 조금이라도 열 오르고 피곤한 기색이 보이면 들메끈(신이 풀어지지 않도록 매는 끈)을 풀고 쉬었다. 군졸들이 산지사방 달아나기라도 하면 하루빨리 연경에 닿은들 소용없다는 태도였다. 나는 의주에서 닷새를 지체할 때부터 더딘 여정에 몸이 달아 수심첩첩(愁心疊疊)이었지만, 김진은 창자를 씻을 만큼 활활(活活)하고 탈탈(脫脫)한 김아영 시문으로 음풍영월하며 엷은 미소를 짓거나 얕은 기침을 뱉었다.

김진은 육조 거리를 걷듯 익숙하게 설풍(雪風) 흩어지는 유리창으로 접어들었다. 옷도 다르고 신발도 다르며 피부색도 제각각인 행인들이 바삐 걸음을 옮기고 있었다. 머리에 흰 수건을 두른 이도 있고 코에 보석을 박은 이도 있다. 가게 앞까지 서책과 붓, 그림들을 걸어 놓았던 상인들은 싸락눈에 빗방울까지 섞여 날리자 상품들을 가게 안으로 옮기느라 바빴다. 초피허흉(貂皮虛胸, 가슴에 착용하는 담비털 방한구)을 둘렀지만 삭풍이 옆구리를 파고들었다.

나도 담헌 선생과 연암 선생, 초정 형님과 형암 형님이 상실히 적은 「연행록(燕行錄)」을 통해 유리창 서사(書肆)쯤은 외고 있었다. 숭수당(嵩秀堂), 김진은 거들떠보지도 않았고, 문수당(文粹堂), 더욱 걸음을 빨리하여 지나쳤다. 성경

당(聖經堂)에 머무르는가 싶었지만 고개 돌렸고, 문환재(文煥齋)에 마지막 기대를 걸었지만 멈추지 않았다.

"빗방울이 점점 굵어지네. 피하고 봄세. 이러다가 옷이 모두 젖겠어."

김진이 걸음을 멈추고 돌아섰다.

"자넨 저기 욱문당(郁文堂)에서 잠시 기다리게. 난 좀 더 둘러보겠네."

"유리창 대로를 세 번이나 훑었지 않은가? 이제 들어가서 흥정을 하세."

유리창에서는 촉박하게 빨리 서책을 고를수록 손해였다. 여러 서사를 우선 둘러보며 적당한 값을 확인한 후 다시 돌며 상인이 부르는 값에서 절반 이상 깎고 그다음에야 겨우 흥정을 시작하라고 이덕무가 누누이 강조했다. 김진은 세 번도 부족한지 상인들 두꺼비눈만 쳐다볼 뿐 가게로 들어갈 생각을 하지 않았다.

"잠시만 기다리세. 잠시만."

김진이 오른편 골목으로 모습을 감추었다. 나는 고개를 설레설레 저으며 군졸들과 욱문당으로 들어갔다. 『뇌고당집(賴古堂集)』과 『이이곡집(李二曲集)』, 이마두(利瑪竇, 마테오리치)의 서책들을 넘겨 보다가 힐끔 빗방울 흩날리는 거리를 쳐다보았다. 봉황과 기린을 그린 족자 사이로 검은 솜옷을 입은 사내 하나가 빠르게 지나갔다.

"저, 저치는……."

급히 서사를 나와 사내가 걸어간 방향을 살폈다. 이미 사내는 사라지고 없었다. 휘파람을 길게 불었다. 허공에서 염주비둘기 달마가 빗발을 뚫고 날았다.

'왼쪽 골목이닷.'

단숨에 내달려 골목으로 접어들었다. 점점 좁아지던 골목은 낡은 집 대문과 이어졌다. 때마침 열린 대문으로 들어서니 호호 노파가 내 팔을 잡아끌고 금빛 천을 들이민다. 홍모국(紅毛國, 네덜란드)에서 들여온 융단 파는 가게다. 내 키보다 높이 쌓인 융단 뒤로 쪽문이 보였다. 노파를 뿌리친 후 쪽문을 밀고 들어섰다. 거기서 시작된 골목을 따라 달려 나가니 다시 대로였다. 머리와 옷은 벌써 흠뻑 젖었고 기침이 목구멍을 긁으며 올라왔다.

스무 걸음도 채 떨어지지 않은 오른편 골목으로 검은 솜옷이 들어갔다. 나는 표창을 숨겨 쥐고 내달렸다. 이 골목은 사다리처럼 각을 세우며 탁탁 꺾였다. 몸을 획획 돌릴 때마다 검은 기운이 밀려들었다. 더욱 걸음을 빨리했다. 꺾인 벽을 짓차며 날아오르기도 했다. 고개를 들어 하늘을 살폈다. 달마가 날개를 퍼덕이며 제자리를 맴돌고 있었다. 그곳으로 황급히 달렸다.

"어이쿠!"

한 사내와 부딪혔다. 왼손으로 멱살을 쥐고 표창을 들었다.

"자, 자네는 화광!"

김진이 물기 어린 바닥에 떨어진 종이를 황급히 주웠다.

"이 길로 검은 옷 입은 사내가 달려오지 않았나?"

김진이 대답 대신 종이에 빽빽하게 적힌 글자를 손으로 찾아 짚으며 읽었다.

"호흥(豪興, 호탕한 흥취) 품고 일곱 번 꺾은 후 하늘 우러러 일념(一念) 모으라. 왼 담 쪽문 밀고 들어가 절묘한 인연이으라."

김진이 고개를 왼편으로 돌려 담을 더듬었다. 과연 쪽문이 있었다.

"그게 뭔가? 무슨 글을 읽은 게야?"

"쉬이!"

김진이 손으로 제 입을 가리며 쪽문을 밀었다. 문이 열리자 허리를 숙이고 머리부터 디밀었다. 벽과 벽 사이로 사람 하나 겨우 지나칠 좁은 길이 나 있었다. 김진이 엉덩이를 벽에 붙이고 앞서 나갔다. 빗물 젖은 담벼락에 엉덩이를 적시기 싫었지만 어쩔 수 없이 나도 따라갔다. 겨우겨우 대로로 나서니 금빛 두른 간판 하나가 보였다. 달마가 내 어깨에 내려앉았다.

문화당(文華堂).

"들어가세."

김진보다 먼저 팔을 뻗어 가게 문을 열고 들어섰다.

"어서 오십시오."

검은 솜옷 자락을 팔락거리며 사내가 넙죽 허리를 숙였다. 고개 든 사내와 눈이 마주쳤다.

"너는…… 식철이 맞지?"

사내가 머리를 긁적거리며 답했다.

"용케 찾아오셨네요. 도사 나리를 완전히 따돌렸다 여겼는데, 아, 저놈의 염주비둘기가 자꾸 저를 따라오더니……."

나는 달마가 앉은 오른 어깨를 들며 물었다.

"두지진 객주에 있어야 할 네가 왜 유리창에 있지? 또 그 복색은 뭐고?"

"서책을 구하러 왔습죠."

식철이 웃으며 뒷머리를 긁적거렸다. 김진이 되받아쳤다.

"거짓부렁 그만해. 손님으로 이 가게에 왔다면 주인이 있을 게 아닌가? 조선에서 온 내미손(만만하고 어수룩해 보이는 손님)에게 가게를 맡기고 출타하는 연경 상인이 있을까."

그때 문이 열렸다. 그 소리를 따라 고개 돌리다가 숨이

헉 멈추었다. 복색과 머리 모양은 분명 대국 여인이었으나 큰 눈과 조금 각진 턱, 섬섬옥수 천태만염(千態萬艶, 아리따운 자태)이 바로 계목향이었다.

"오랜만에 뵈어요. 정말 오셨군요."

"이게, 어찌 된, 일이오?"

나는 이 혼란을 바로잡을 수 없었다. 이포진에 있어야 할 식철과 『별투색전』을 마치기 위해 깊이 숨은 계목향을 유리창 서사에서 만난 것이다. 게다가 그들은 우리가 올 것을 미리 알고 기다렸다고 한다. 계목향이 미소 지으며 식철과 눈을 맞추었다.

"그 답을 주실 분은 따로 있답니다. 따르세요."

계목향이 문을 열고 다시 거리로 나섰다. 거짓말처럼 비가 그쳐 있었다. 김진과 나는 그녀를 쫓았고 식철은 서사를 돌보는 점원을 기다려 따라오겠다며 뒤에 남았다. 유리창 대로를 벗어나기도 전에 김진이 걸음을 멈추었다. 앞서 걷던 계목향도 빙글 뒤돌아섰다.

"천주당은, 예서, 꽤 멀지 않소?"

계목향이 답했다.

"이제 비도 그쳤고, 나리께서 읽은 문장이 과연 옳은지 살피셔야 하지 않겠습니까?"

김진이 눈가에 웃음을 머금은 채 되물었다.

"내가 앞장을, 서도 되겠소?"

"그러세요."

질문을 던질 사이도 없이 김진이 성큼 앞서 나갔다. 행인들이 자꾸 어깨를 치는 바람에 뒤따르기에도 바빴다. 계목향은 문득 없어졌다가 나타나고 또 없어졌다가 나타나기를 반복했다. 김진은 계목향이 나타날 때마다 오른 엄지를 흔들어 보였다. 이윽고 천주당에 닿았다.

"이쪽으로 오세요."

계목향을 따라 천주당 안으로 들어섰다. 문을 열자 맑고 서늘한 기운이 온몸을 감쌌다. 거대한 십자고상(十字苦象) 아래 긴 의자들이 줄지어 놓였다. 사방 벽에는 여러 인물들이 각양각색으로 그려져 있었다. 벌거벗은 아이가 놀란 눈으로 하늘을 보며 어미 품에 누웠는데 그 앞에 세 늙은이가 무릎을 꿇고 엎드린 그림이 특히 아름다웠다. 십자가에 묶여 몸을 축 늘어뜨린 사내와 그 아래 무장한 군졸들과 눈물 흘리는 늙은 여인이 그려진 그림도 있었다. 짐작하건대 그 아이는 야소이고 여인은 야소의 어미일 것이다. 먼저 연경을 돌아본 이덕무에 의하면 천주당에는 대개 이와 같은 인물화가 사방 벽에 두루 그려져 있다고 했다.

의자 맨 앞줄에 흰 천을 머리에 쓴 여인이 고개 숙인 채 앉아 있었다.

계목향이 가까이 가자 여인은 치마 뒷자락을 거머잡으
며 일어섰다. 우리가 일곱 걸음 앞까지 다가섰을 때 뒤돌
아서며 밝게 인사를 건넸다.

"어서 오세요."

넉넉한 미소가 야소 어미를 닮았다. 김진이 목례하며 답
했다.

"반갑습니다. 이태 전보다 더 좋아 보이십니다."

"그런가요? 어렵게 구해 주신 『역상고성 후편(曆象考成後
編)』은 참 흥미롭게 완독하였습니다. 고마워요."

여인이 가볍게 따라 웃었다. 나는 김진을 흘끔 보며 눈
으로 물었다.

'누군가?'

그녀가 내게도 알은체를 했다.

"이 도사시죠? 약한납(若翰納, 요안나)으로부터 말씀 많이
들었습니다. 저는 마리아(馬利亞)라고 합니다."

"약한납이 누굽니까?"

곁에 섰던 계목향이 고개 돌려 나와 눈을 맞추었다.

"소녀, 세례명이랍니다."

"마리아는?"

계목향이 눈짓으로 여인을 가리켰다. 여인이 차분하게
자기소개를 마무리했다.

"반갑습니다. 제가 바로 마리아 김아영입니다."

나는 벌린 입을 다물지 못하고 말을 더듬거렸다.

"기기기기, 김, 아, 영! 당신은 죽었는데, 당신은……."

살해된 김아영이 버젓이 살아 있는 것이다.

빛이 길게 쏟아져 들어왔다. 누가 크고 높은 출입문을 연 것이다. 곧이어 아기 울음소리가 들렸다. 식철이 흰 담요를 품에 안고 조심조심 중앙 통로로 걸어 들어왔다. 그 안에서 아기가 울고 있었다. 김아영이 허리 숙여 아기를 넘겨받은 후 김진과 내게 보이며 자랑했다.

"아들이에요. 아빠 닮아 영특해서 벌써부터 손가락셈을 한답니다."

나는 말허리를 자르고 묻지 않을 수 없었다.

"아빠라니? 누가 아빠란 말입니까?"

식철이 김아영 곁으로 다가섰다.

"접니다, 나리. 제가 이 어여쁜 천사 로가(路加, 누가)의 아비예요."

# 36

김아영과 식철이 머무는 집은 문화당 길 건너편 골동품 가게 취성재(聚星齋) 뒤에 있었다. 취성재 역시 김아영이 주인이었다. 식철은 다시 서사로 가고 계목향과 김아영, 우리 두 사람만 둥근 탁자를 가운데 놓고 둘러앉았다. 김아영이 낳은 아들 로가는 보모가 옆방 흔들침대에 뉘었다. 아이가 칭얼거릴 때면 김아영이 고개 돌려 옆방을 살폈지만 대화를 중단하지는 않았다.

우리는 계목향이 끓인 꽃차를 마셨다. 투명한 유리 주전자가 끓자 그 안에 든 작고 마른 꽃이 활짝 피었다. 맛과 향도 넓디넓은 들에서 갓 따 온 상큼함이 묻어났다.

"침상호접(枕上胡蝶, 잠자리에서 꾼 꿈)을 이루셨군요."

김진이 찻잔을 내려놓고 말했다. 그 손에는 흙탕물이 튄

종이가 들려 있었다. 골목에서 부딪혔을 때 김진이 집어
든 종이였다. 김아영은 말없이 웃기만 했다. 나는 그 종이
를 넘겨받아 제목부터 읽었다.

'몽중가(夢中街)! 꿈속 거리라고?'

김진이 붉은 세필로 점을 찍은 부분이 눈에 띄었다.

"유리창 거리를 찰찰히도 담았군요."

두 줄 건너에도 붉은 세필이 찍혀 있었다.

"아, 이건 유리창에서 천주당 가는 길 아닙니까?"

김진이 유리창에서 천주당까지 앞장서서 단숨에 걸어간
비결이 바로 이것이었다.

놀람은 곧 사라지고 수많은 의문이 한꺼번에 밀려들었
다. 때늦은 탄식이더라도 목소리 높여 따지지 않을 수 없
었다. 이곳 유리창은 꿈속 거리가 결코 아니며 우리가 지
난여름 적성에서 겪은 일 역시 꿈속 장난이 아니었다.

"어이된 일인지 소상히 말씀해 주십시오. 살아 있으면서
왜 망인이 된 겁니까? 계목향, 그대가, 또 여기 있는, 이유
는 무엇이오? 맙소사! 살인죄로 참형에 처한 이들은 어이
한단 말인가? 그 억울함을 어디서 풀꼬."

무거운 돌덩이가 가슴을 짓눌렀다. 계목향이 답했다.

"너무 괴로워 마세요. 그들은 흉악한 살인자니까요. 죄
사무석(罪死無惜, 죄가 죽어도 아깝지 않음)입니다."

김아영이 왼손을 들어 두 번 좌우로 흔들었다. 그만 이야기를 그치라는 표시였다. 김진이 잔을 든 채 하나하나 따지고 들었다.

"임 참판은 맏며느리가 살아 있는 줄 알면서도 순순히 참형을 받아들였습니다. 또한 그이가 야소교도란 사실도 토설하지 않았습니다."

김아영이 허리를 곧추세운 후 김진을 쳐다보았다.

"임문을 지키려는 마지막 노력이었겠지요."

"가문을 지킨다면…… 임 참판이 며느리를 살해한 것보다 더 끔찍한 죄를 지었다는 뜻이로군요. 혹시 고월 임거용의 급사와 연관이 있나요?"

"제 전부(前夫) 임거용은 살해당했습니다."

내가 끼어들었다.

"그건 알고 있습니다. 임꺽정 후예를 자처하는 양주 도적 떼와 맞서다가……."

"임 참판이 그 악한들을 끌어들였다는 자백도 하던가요?"

"무엇이라고요? 임 참판이 도적 떼를 끌어들였다고 하였소?"

김아영이 턱을 조금 쳐들었다. 젖은 눈망울이 분노로 흔들렸다.

"남편은 착한 사람이었습니다. 심지가 곧고 발랐지요. 복된 말씀 전하자 곧 주님을 영접했답니다. 우상 숭배 말라는 가르침에 따라 제사부터 물리쳤습니다. 시아버지는 좋은 말로 설득도 하고 방에 가둔 채 꾸짖기도 했습니다. 남편은 끝내 변심하지 않았죠. 문중 어른이 모두 모여 약밥 놓고 속절(俗節, 철 따라 지내는 제사) 지내는 상원일(上元日, 정월 대보름)에 더 이상 종손 역할을 맡을 수 없음을 아뢰겠다고 하자, 도적 떼를 시켜 남편을 죽인 겁니다."

김아영은 목이 타는지 꽃차를 가득 부어 마셨다.

"임 참판 부부는 큰아들 변심을 며느리 탓으로 돌렸겠군요. 아들을 죽이기 전에 며느리부터 해치려 들었을 텐데요."

"꽃잠에 들고 채 열흘도 지나지 않아 옆구리에 화살까지 맞았답니다. 남편이 항상 곁에서 돌봐 주지 않았다면 저는 벌써 죽은 목숨이었을 겁니다."

"정작 자신에게 닥친 불행은 피하지 못했군요."

"종손 노릇 못하겠다는 게 놀랄 일이긴 해도, 아비가 자식을 죽이리라고는 상상을 못했죠. 범도 제 새끼 둔 골을 두남둔다 하지 않습니까? 가문 위신이 아들 목숨보다 더 소중했던가 봅니다."

"임 참판은 살략(殺掠)을 일삼는 양주 도적 떼와 어떻게 연이 닿았습니까?"

"남편이 야소교도가 된 것을 좌수 최벽문 역시 눈치챘던가 봅니다. 시아버지는 향청에 나아가 좌수를 비롯하여 좌수가 입에 혀처럼 부리는 우별감 최은범(崔恩範)과 의논했는데, 최은범이 마침 도적 떼와 연이 있어 부탁한 거죠."

기억을 더듬어 보았지만 최은범을 만난 적은 없었다. 김진이 설명을 덧붙였다.

"최은범은 고범영 앞에 우별감을 지낸 사람일세. 그러고 보니 고범영이 우별감에 새로 임명된 시기가 임거용이 죽은 때와 겹치는군."

"시아버지는 남편은 물론 저까지 죽이라고 했지요. 최은범이 시아버지 몰래 딴 욕심을 부린 덕분에 저는 겨우 목숨을 구했답니다. 도적 떼가 삽삽비풍(颯颯悲風, 쓸쓸하고 구슬픈 바람) 흩으며 들이닥쳤을 때 시아버지는 미리 약조한 대로 서재에 숨어 있었어요. 큰아들이 목숨을 잃을 때까지 매정한 아비는 서책 사이에 안전하게 머물 작정이었습니다. 한성 판윤 임명보 대감에게 선물할 사백의 풍경화와 그림 값을 지닌 채 말이죠. 그림은 두지진 객주에서 저물 무렵 받은 것이고, 그림 값은 향청에서 마련한 것이었습니다. 김아영을 죽이러 가야 할 도적들이 갑자기 서재로 들이닥쳤고 그림과 돈을 빼앗아 달아났어요. 최은범이 시킨 거죠."

나는 고개를 갸웃거렸다.

"임 참판이 전답을 절반이나 팔아 갚았다는 빚이……."

"시아버지가 향청에 물어 준 그림 값입니다. 향청에선 받지 않겠다고 했지만 시아버지는 자신이 잘못해서 그림과 돈을 잃었으니 당연히 무리꾸럭(남의 빚이나 손해를 대신 물어 줌)하겠다고 나섰습니다. 게다가 임 판윤에게는 그림을 도둑맞아 죄송하다는 음문과 함께 그 값의 절반에 해당하는 돈을 따로 올렸어요."

계목향이 끼어들었다.

"그림 게염(시샘하며 탐내는 마음)은 돈독한 정도 넘어서는가 봐요. 서찰과 돈을 받고 한 달 후 임 판윤은 원하던 그림을 은밀히 구했답니다. 또 얼마 후에는 수표교 아래 목없는 시신 하나가 떠올랐는데……."

"최, 은, 범, 이었군요."

"그래요. 임 판윤 짓이죠. 최은범을 몰래 만나 값을 흥정하는 척하다가 그림만 빼앗고 죽여 버린 겁니다. 그림을 가졌는데도 시치미를 뚝 떼고 임 참판 돈은 끝내 돌려보내지 않았죠."

나는 계목향을 노려보며 물었다.

"김아영이 살아 있음을, 알면서, 내게, 살해된 것이, 분명하다고, 거짓을 말한 까닭이, 대체 무엇이오? 감히, 의금부 도사를 우롱하다니…….”

김아영이 대신 답했다.

“약한납을 탓하지 마세요. 나리를 뵙고 그리 말씀 올리라 시킨 건 바로 저니까요.”

“그대가 시켰다 이 말입니까? 도성에 머물며 계목향과 연통이라도 주고받았나요? 의금부 도사가 투미하게 속는 꼴을 보고 쾌재를 불렀겠군요.”

“정월에 유리창으로 건너온 후 한 번도 이 거리를 떠난 적이 없습니다. 유리창에서 다른 서사와 경쟁하여 살아남으려면 밤낮없이 일해야 합니다. 아직은 한양에 다녀올 만큼 여유를 부릴 때가 아니죠.”

김진이 흥미로운 듯 끼어들었다.

“계목향뿐만이 아니지요? 남영채가 이 도사를 구한 후 동굴에서 들려준 이야기나 로가의 아비가 우리에게 비밀 매매첩을 보여 준 일, 호방이 신암사에서 들려준 이야기나 약한을 자처하는 광암이 도성에서 우리와 만난 일도 그대가 꾸민 것 아닙니까? 이것들을 모두 유리창에서 계획한 것이 사실인가요?”

“여러분들이 고맙게도 열심히 도와주셨지요. 상세한 부분까지 부탁드린 건 아닙니다. 지금 제 앞에 앉아 계신 두 분이 김아영이란 여자를 위해 열녀문을 세울 만한가 심찰한다는 소식을 듣고 큰 그림을 그려 본 겁니다. 두 분 아니었으면 아무리 꼼꼼하게 계획을 세워도 지금처럼 멋진 결말에 이르지는 못하였겠지요."

나는 조금씩 기분이 나빠졌다. 그동안 우리는 김아영이 쳐 놓은 촉고(數罟, 촘촘한 그물)에서 꼭두각시 춤을 추었단 말인가.

"그대 처소에서 죽어 나간 여인은 대체 누구요?"

김아영 표정이 어두워졌다.

"그 사람이 누군지 저는 알지 못합니다만, 가문을 지키려는 어리석은 자들에게 납치되어 비명횡사한 것이니 참으로 가엾고 원통합니다. 그 밤 저는 낯선 사내 둘이 설마령을 넘었다는 호방 황종석의 급전(急傳)을 받고 축시(밤 1시)에 서둘러 집을 떠났답니다. 시아버지가 곧 저를 죽이려 할 것을 눈치채고 있었죠. 외거 하인들을 풀어 주는 문제로 한 달 넘게 마찰을 빚었고, 또 제가 임신한 일도 이미 드러난 듯했으니까요. 솜씨 좋은 자객이 제 목숨을 거두기 전에 적성을 벗어나야만 했어요. 시어머니가 향이를 도성으로 심부름 보낸 것도 자객들을 돕기 위함입니다.

종부의 가출 역시 가문에 치욕을 안기는 부끄러운 일이지요. 시아버지는 텅 빈 제 방에서 어둡고 끔찍한 결심을 한 듯합니다. 저를 죽이고 돈을 받기로 한 자객들이 시아버지의 새로운 부탁을 받고 가여운 여인을 납치하여 넘겼을지도 모르겠군요. 어쨌든 이미 참형을 당한 바로 그 사람들이 어둑새벽에 모두 모여 낯선 여인에게 제 옷을 입히고 목을 매달아 죽였습니다."

"믿기 힘든 진담누설(陳談陋說, 진부하고 너절하게 늘어놓는 말)이오."

"조선으로 돌아가시거든, 제가 죽었다는 날 적성이나 파주 등지에서 사라진 여인이 있었는지 수소문해 보세요. 틀림없이 아직도 행방이 묘연한 사람이 있을 겁니다. 의심이 가시지 않는다면, 그럴 필요까지는 없으리라 봅니다만, 제 무덤을 파서 시신을 확인하셔도 좋아요."

김진이 이야기를 정리했다.

"큰아들을 죽이고 맏며느리까지 죽이려 모의했으며 며느리 대신 죄 없는 여인까지 죽인 죄가 드러나는 것보다 품행이 방정치 않은 며느리 죽인 죄만 받았다, 이거군요."

"그렇습니다. 유리창에 도착하고 채 한 달도 지나지 않아 임문 종부가 자진했다는 소식을 접했습니다. 시아버지가 어떤 일을 벌였는지 금방 알아차렸지요. 외간 남자 아이를 밴 채 달아난 며느리가 다시 세상에 얼굴을 내미는 일은 없으리라 확신했겠죠. 두 분 힘을 빌려 그들을 벌하

고 싶었습니다. 원통하게 살해당한 남편과 저 대신 죽은
여인의 한을 달래 주셨으니 거듭 감사합니다."

갑자기 아기 울음이 커졌다. 계목향이 일어나서 옆방으
로 갔다. 나는 처음부터 던지려던 질문을 꺼냈다.

"아직 삼년상도 치르지 않았는데 거상가취(居喪嫁娶, 남
편의 상중에 재혼하는 일)가 가당키나 하오? 아무리 야소교가
도리를 모른다 해도 그렇지, 열불이경(烈不二更, 열녀는 두 번
시집가지 않음)을 어기고……."

김아영이 말꼬리를 잡아챘다.

"삼년상이란 누가 정한 기한입니까? 죽은 이를 기리는
정이 정한 기한 따라 그칠까요. 처음부터 수절할 뜻이 없
었다면 굳이 3년을 채울 까닭은 무엇입니까? 귀밑머리 마
주 푼 남편이 주님 나라로 갈 때까지 우리는 진심으로 사
랑했습니다."

"그대는 개가하지 않았소?"

"200년 전만 해도 조선에서 여자가 이혼하고 개가하는
일은 드물지 아니했습니다. 개가할 것인가 홀로 살 것인
가는 각자 판단할 문제지만, 열없쟁이(겁쟁이)처럼 미리 마
음을 닫을 필요는 없지요. 새로운 사랑이 찾아왔다고 하여
예전 사랑이 사라진다고 보지는 않아요. 새롭게 혼인하고
행복을 꾸미는 데 주저할 까닭이 없었습니다."

나는 더욱 날카로운 비수를 들이밀었다.

　"한낱 천것 아니오?"

　"제가 영접한 주님 앞에서는 모두 죄인일 따름입니다. 양반이라 하여 천국에 가고 천민이라 하여 유황불에 떨어지지 않아요. 객주를 오가며 만난 지금 남편은 총명하고 신중하며 또한 하늘나라에 대한 믿음이 깊죠. '이 사내 사랑스러워라/ 착하고 곧고 바르니/ 어둠이 새소리 모두 삼켜도/ 홀로 낮닭처럼 노래하리.'라는 시가 저절로 떠오를 만큼. 두지진 객주가 쑥쑥 성장한 것도 남편 공이 큽니다. 전남편과 사별하고 힘겨울 때 귀중한 조언을 아끼지 않았어요. 솔직히 고백하자면 사모하는 뜻을 제가 먼저 품었답니다. 수줍게 그 마음 드러냈더니 남편도 처음엔 주저하더군요. 제게 힘겨운 일이 닥칠까 염려한 것이지요. 제가 더욱 다가서자 곧 자기 감정에 솔직해졌어요. 이 도사께서 약한남을 아낀 것도 공맹지도 때문은 아니라고 봅니다만."

　"우리 앞에선 아주 멍청한 꺼병이(겉모양이 짜임새가 없고 엉성하게 생긴 사람)로 굴었다오, 특히 염고에서."

　"남편은 탈춤에도 능하답니다. 할미탈을 썼으면 할미로 각시탈을 썼으면 각시로, 온몸과 표정까지 바꾼다더군요."

　"남편이 죽자마자 적성을 떠나지 않은 이유는 무엇입니까? 자진을 강요당하고 또 살해될 위험 속에서도 가문을 일으키셨더군요. 그렇게라도 복수할 날을 기다린 겁니까?"

김아영은 '복수'란 단어를 듣는 순간 눈을 꼭 감았다.

"복수가 아닙니다. 복수란 더 큰 복수를 낳으니까요. 처음엔 살아남기 위한 발버둥이었습니다. 남편이 가장 아낀 벗 남재태, 그 가여운 분도 만나셨죠? 그분 말씀을 들었으면 아시겠지만 혼인 전부터 시집 식구들은 절 탐탁지 않게 여겼습니다. 남편이 죽자 종사를 강권했지요. 약한납이 아니었다면 벌써 살해당했을 겁니다."

옆방에서 돌아와 자리에 앉는 계목향을 흘끔 본 후 김아영에게 물었다.

"견고한 삼중벽 속에서 종사하란 위협을 어찌 이겨 낼 수 있었소? 임거용이 죽고 열흘 만에 곳간 열쇠까지 받지 않았소이까? 계목향 저이가 도왔다니, 무얼 어떻게 도왔단 게요?"

"정말 섬에 든 쥐 신세였지요. 다행히 시집온 첫날 지기지우(知己之友) 약한납과 만났지요. 남편이 억울하게 죽기까지, 그 집에서 벌어진 해괴한 일들을 낱낱이 적었습니다. 시집 식구들이 어떻게 구박하며 죽이려 들었고 어떻게 겨우겨우 고빗사위(가장 아슬아슬한 고비의 순간)를 모면했는가를 매일 밤 남몰래 적으니 소설 한 권이 금방 채워지더군요. 남편이 죽고서 곧 시작된 종사하란 강요도 세세히 덧붙여 적었어요."

계목향이 이야기를 받았다.

"그 소설 아닌 소설을 저와 만날 때마다 한 권씩 건네
주셨답니다. 언니에게 불행이 닥치면 그 글을 경기 감영과
형조에 고변하는 근거로 삼을 작정이었죠."

김아영이 이었다.

"남편 죽고 열흘쯤 지난 밤에 시부모와 담판을 했죠. '더
이상 종사를 강권 마라. 나는 이 슬픔을 딛고 가세를 회복
하는 일에 매진하고 싶다. 계속 자진을 권하면 이곳에서
벌어진 해괴망측한 일들을 온천하에 알리겠다. 기회를 달
라. 가을에도 곳간이 비면 어떠한 벌도 달게 받겠다. 그땐
죽으라면 죽겠다.' 밤새 의논하는가 싶더니 다음 날 아침
곳간 열쇠를 주더군요. 한가위에 자진할 채비를 하라며 말
이죠."

"자진하지 않으려고 동분서주 악착같이 돈을 벌어들인
건가요?"

김아영과 계목향이 마주 보며 웃었다.

"자진은 물론 싫었습니다만 그것만이 이유는 아니죠. 저
는 그동안 서책을 통해 익힌 북학의 장단점을 실행(實行)을
통해 파악하고 싶었습니다. 대국 문물이라 하여 반드시 좋
다고 볼 수는 없겠지요. 2년 동안 성공만 거둔 건 결코 아

닙니다. 작은 실패들 앞에서 주사야탁(晝思夜度, 밤낮 방책을 생각함)하며 소중한 가르침을 얻었답니다. 그 시절 고민을 밑천 삼아 유리창에서 이렇게 장사를 시작한 거고요."

김진이 마지막으로 물었다.

"저희에게 문집 묶는 일을 부탁한 건 오늘처럼 초청하기 위함이었습니까? 꼭꼭 숨겨 두고 오래 홀로 음미할 일을 지금 구태여 드러내는 까닭은 무엇입니까?"

김아영이 답했다.

"계목향이 권하기도 했고, 두 분이 제 초청에 숨은 뜻을 과연 알고 응하실까 궁금하기도 했답니다. 소설 좋아하는 여인네들이 벌인 짓궂은 장난이라 치셔도 되겠네요. 질문 하나가 빠진 것 같습니다만……."

김진이 고개를 갸우뚱했다. 예상 못한 역습이었다.

"왜 하필 정월 초하룻날에 연경으로 떠났는지 묻지 않으시는군요."

"그야 임신한 사실이 발각되고 외거 하인 천적(賤籍)을 태울 시기가 다가왔으며 자객까지 설마령을 넘었기 때문 아닙니까?"

"그건 적성을 떠난 이유는 되지만 연경에 온 이유는 아니죠. 덧붙이자면 제가 두 분을 왜 하필 이 천주당으로 모셨을까요?「몽중가」란 희작까지 지으면서요."

김진 얼굴이 벌겋게 상기되었다.

"모르겠소이다."

김아영 목소리가 더욱 맑고 가벼웠다.

"광암 선생은 두 분을 의주에서 뵙기 전 세례를 받으셨습니다. 그토록 흠모하던 세례자 약한을 세례명으로 택하셨지요. 광암 선생께 세례를 준 분이 피득(彼得, 이승훈의 세례명 베드로) 선생이십니다. 피득 선생은 올 정월 바로 이 천주당에서 세례를 받으셨지요. 광암 선생은 피득 선생이 산법(算法)과 천문(天文)에 관심이 많아 연경에 가면 틀림없이 성당을 온종일 드나들 것이고, 그 결과 어쩌면 세례를 받을지도 모른다는 말씀을 작년 동짓달에 하셨지요. 그 순간 저는 조선인이 최초로 세례를 받는 숭고한 자리에 꼭 참석하고 싶었답니다. 야소님이 조선 백성을 얼마나 사랑하시는가를 세계만방에 고하는 날이기도 했지요. 뜻깊은 세례식을 보기 위해 적성을 떠나 이곳 연경까지 경쾌선(輕快船) 만간(배의 고물 첫째 칸으로 뱃사람들이 잠자는 곳)에 숨어 서둘러 왔던 거랍니다. 와서 보니 정말 광암 선생 추측대로 피득 선생은 세례를 받을 준비를 하고 계셨어요."

"마리아란 세례명도 이 천주당에서 받으셨나요?"

"그렇습니다. 피득 선생이 귀국하시고 두 달 후 양동림(梁棟林, 이승훈에게 세례를 준 예수회 신부 그라몽의 중국 이름) 신부님께 세례를 받았지요."

김아영이 말을 끊고 김진과 눈을 맞추었다. 탁자 위에 놓인 수건을 들어 입술을 닦는 척하더니 갑자기 코 아래를 가렸다. 수건을 내려놓으며 약간 장난스럽게 이야기를 이었다.

"정말 기억 못하시나 보네. 피득 선생이 세례 받으실 즈음 연경에 계셨죠?"

"그, 그걸 어떻게?"

김진 얼굴이 놀라움으로 가득 찼다. 규장각에서 필요한 서책을 구하기 위해 유리창에 왔던 것이다.

"문수당(文粹堂) 앞에서 어깨를 부딪혔던 대국 여인, 기억나시나요?"

"가슴 병이 깊어 수건으로 얼굴을 가린 채 기침을 심하게 하던 여인 말씀인가요? 설마, 그 여인이⋯⋯?"

"얼마나 놀랐는지 모른답니다. 유리창에서 지내면 조선 사람들을 더러 만나리라 예상은 했지만, 화광 선생과 거리에서 어깨를 부딪친 건 정말 뜻밖이었죠. 거리를 유심히 살피며 조선 사람인 듯한 행인이 걸어오면 먼저 골목으로 숨곤 했는데, 그날은 피득 선생 세례식에 참석한 감격이 너무 커서 실수를 한 거랍니다. 마침 찬바람을 막으려고 목에 두른 수건으로 급히 얼굴을 가리고 꾀병을 부리지 않았다면 꼼짝없이 들켰겠죠. 친절하게도 저를 부축하려 하시기에 더욱 헛기침을 해 댔답니다. 잠깐 눈이 마주쳤을 땐 무릎에 힘이 주욱 빠지면서 주저앉을 뻔했죠."

"몰랐습니다. 정말 몰랐습니다."

김아영이 김진과 나를 번갈아 살피며 말했다.

"그때 인사를 나누었대도 과정은 조금 달라지겠지만 결관 아마 마찬가지였을 거예요. 주님 뜻대로 이루어졌을 테니까요. 자, 그럼 이제 자리를 옮길까요. 대국에서 가장 달콤한 술과 안주를 준비했습니다. 오늘은 찰랑대는 술잔 끊임없이 비우며 취하세요."

0

긴 시간이 흘러갔다.

형암 이덕무는 5년이나 더 적성 현감을 맡았는데 십고 (十考, 1년에 두 번 받게 되는 근무 평가를 5년간 열 번 받은 것) 모두 으뜸을 차지했다. 박아(博雅)하고 근약(謹約)하며 개제 (豈弟, 외모와 심성이 온화 단정함)하고 자상한 사또의 표본을 보인 것이다. 흔히 이덕무를 문예에 뛰어난 이로 기억하지만 실은 독행(篤行)이 으뜸이요, 절조(節操)가 다음이고, 학식이 그다음이며, 문예는 제일 마지막에 기릴 만하다. 고을 남쪽 청학동에 우취옹정(又醉翁亭)을 지어 홀로 소요하는 것이 유일한 즐거움이었다. 또한 향청을 독려하여 『적성현지(積城縣誌)』를 펴냈는데 우리나라 300여 개 주군(州郡) 중 가장 상세했다.

그사이 여름이 오면 색색가지 꽃차를 담은 항아리가 내 서안 위에 놓이곤 했다. 보낸 이는 이름을 남기지 않았지만 화광도 나도 그 마음을 고맙게 받았다.

유리창에서 대취했던 그 새벽, 계목향과 나는 문화당 가게 앞에 의자 두 개를 놓고 어둠 깔린 거리를 바라보며 나란히 앉았다. 떠나기 전에 꼭 던져야 할 물음들이 남아 있었던 것이다.

"접사향, 그 독약을 해독하는 약을, 남영채가 어찌, 미리 준비할 수 있었소? 독화살을 쏜 것도, 야소교도, 짓이었던 게 아니오?"

"나리께 복된 말씀 더 빨리 전하고자 택한 길이었죠."

"나를 급습한, 장정들이, 독화살을 맞고, 죽지 않았소? 살인하지 말라는, 야소교 교리에, 어긋나는 짓이, 아니오?"

"죽은 이는 아무도 없습니다. 그들도 모두 해독시켰으니까요."

계목향 눈은 벌써 촉촉하게 젖어 있었다. 나는 마지막 물음을 던질 수밖에 없었다.

"나와, 운우지락을 나눈 것도, 미리, 계획한 일이었소?"

계목향은 대답 대신 내 두 뺨을 양손으로 감싸며 오랫동안 입을 맞추었다. 그녀 뺨을 타고 흘러내린 눈물이 내 입술에 닿았다. 무언의 대답이었다.

이덕무가 현감에서 물러날 즈음부터 꽃차는 오지 않았다. 유리창에 다니러 가는 규장각 관원에게 수소문을 부탁했더니 문화당도 그 건너 취성재도 주인과 가게 이름이 바뀌었다 했다. 뚱뚱보 대국 상인이 말하기를 예전 주인이 그 자리에서 상고선(商賈船, 장사하러 다니는 배) 열 척을 살 만큼 엄청나게 돈을 모았기에 웃돈을 열 곱절 얹고서야 겨우 가게를 얻었다 했다는 것이다.

훙(薨, 왕의 죽음. 여기서는 정조의 죽음)하셨다는 비보를 접한 밤, 나는 김진과 꼭꼭 아껴 두었던 마지막 꽃차를 마셨다. 이 잔을 마시고 나면 적성에서 비롯된 연분(緣分)이 연기처럼 사라질 것 같았다. 꽃잎을 어금니에 얹어 저분저분 씹으며 물었다.

"언제부터 김아영이 살아 있다는 걸 알았는가?"

김진이 잔을 내려놓으며 답했다.

"천주당에 들어서는 순간까지도 죽었기를 바랐다네. 김 씨가 살아 있다는 건 그때까지 내가 쌓은 생각의 탑이 단번에 무너지는 것이니까. 언제 알았느냐고? 남재태를 다시 만나고서였네. 자네도 말했듯이, 김 씨처럼 공맹과 석씨와 노장까지 뛰어넘는 여인이 공맹에서 한 치도 벗어나지 못하는 남재태에게 의지하여 아이까지 가졌다는 사실이 갑자기 낯설어지더군. 사랑이니까, 남녀 일은 누구도 모른다는 풍설에 기대고 싶었으나 덜컥 겁이 났네. 남재태가 아 니라면? 김아영이 사귄 남자가 적성에 따로 있다면? 상상 만으로도 생땀이 흘렀지. 끔찍한 일이었어."

"너무 자책 말게. 우린 어두운 밤길을 횃불도 없이 올랐 고, 김아영은 밝은 대낮 산꼭대기에서 우리를 살폈으이. 그 쪽이 백배 유리했다, 이 말일세. 김아영이 살아 있다는 걸 늦게라도 결국 밝힌 건 기연이지."

꽃차를 비우고 인연을 접었다. 그 후로 우리는 김아영과 적성에 대한 이야기를 꺼낸 적이 없다.

재작년 나는 감히 용기를 부려 첫 소설 『방각살옥』을 펴 냈다. 그 후로 부쩍 소설 쓸 욕심에 소광통교 쥐 영감 세책 방에 자주 들렀다. 쥐 수염 영감은 오래전 저세상으로 갔 고 지금은 그 아들을 거쳐 흑묘(黑猫)라고 불리는 손자가 가업을 이었지만, 요즈음 소설을 즐기는 젊은 친구들도 그 곳을 쥐 영감 세책방이라고 부른다.

작년 늦봄, 흑묘가 검은 뺨으로 흘러내리는 굵은 땀방울 을 훔치며 내가 기거하는 이 작은 서실(書室)로 찾아왔다. 두 무릎을 꿇은 흑묘는 서책 하나와 을사년(1785년) 여름부 터 3대에 걸쳐 이어 온 비밀 이야기 하나를 꺼내 놓았다. 을사년부터 한 해도 거르지 않고 회문금에 싸인 서찰이 세 책방으로 왔다는 것이다. 서찰에 적힌 문장은 보지 않고도

외울 만큼 똑같았다. 『별투색전』이란 소설을 계목향이란
여인 앞으로 맡기지 않았느냐는 것이다. 맡기지 않았다면
이 서찰을 세상에 드러내지 않는 조건으로 함께 넣은 돈을
가져도 좋다는 추신이 따랐다. 쥐 영감과 아들, 또 손자 흑
묘는 장사꾼답게 돈부터 챙긴 다음 서찰을 건넨 이에게 고
개 젓곤 했다.

"올해는 서찰 대신 이렇게 『별투색전』이란 소설이 왔습
니다요. 이 소설을 가져온 대국 청년은『방각살옥』을 지은
매설가에게 꼭 이 서책을 전해 달라 부탁하며 예년보다 스
무 배가 넘는 거금을 사례비로 놓고 갔습죠."

흑묘가 나간 후 서책을 펴지도 못한 채 한참을 앉아 있
었다. 이윽고 해가 지고 등경(燈檠, 등잔을 얹는 기구)을 서안
가까이 놓을 즈음 왼쪽 서가 아래에 깊이 넣어 둔 비단 보
자기를 꺼냈다. 그 안에 든 서책을『별투색전』옆에 나란히
두었다.

나는 유리창에서 재회했을 때부터 약한납 계목향의 바
람을 알았다. 그녀는『별투색전』의 마무리를 내게 맡기고
싶어 했다.

나는 쓰지 않았고, 계목향은 해마다 쥐 영감 세책방에
사람을 보내 내가 소설을 맡겼는지 확인했다. 미인은 말이
없었고 풀만 절로 봄인 나달이 흘렀다.

이번에는 서찰 대신 소설을 내게 보냈다. 더 이상 기다릴 수 없는 일이 생긴 것이리라. 나는 눈을 감고 계목향의 얼굴과 가슴, 냄새와 목소리를 떠올리려 애썼다.

소설에 등장하는 사람들이 아직 살아 있는 것이 적잖이 부담스럽기도 했다.『별투색전』을 완성시키고자 했다면 이름을 바꾸고 사건을 비틀어 그들에게 피해가 가지 않도록 할 수도 있었으리라. 나는 그렇게 하지 않았고 한 여인을 지독한 기다림에 가뒀다.

『별투색전』을 완성시킬 사람은 내가 아니라 계목향이다. 이 대담한 소설을 상상하였으며 마지막 한 대목만 남기고 고고지성(呱呱之聲, 아기가 태어나 처음 우는 소리) 울린 이는 계목향과 김아영인 것이다. 김아영이 그 마무리를 계목향에게 맡겼으니, 아무리 소설이 탐나도 두 사람이 나눈 우정의 기록에 끼어드는 것은 실례다. 무엇보다도 나는『별투색전』을 든든히 뒷받침할 소설을 지을 자신이 없었다.

계목향이『별투색전』을 내게 보내기 전『방각살옥』을 읽었을 상상을 하니 헛웃음이 절로 나온다. 계목향은 내가 과연 적성 여인의 아름다움을 소설로 옮길 수 있는지 마지막으로 살폈으리라. 다행히 낙방은 아닌 듯하다.

내 생의 푸른 봄날 받았던 모과에 대한 보답으로 작은 이야기를 들려줄 때가 되었는가. 과연 나는 경거(瓊琚, 패옥,

귀한 보물)를 만들 수 있으려나.

내가 간직한 소설에서 간지 끼운 부분을 폈다. "차설 마지막 날이라. 이비 이제 투색을 끝내려 하니 김" 이후는 하얗게 텅 비어 있다. 계목향이 보낸 서책에서 같은 부분을 찾아 폈다. 숨이 막혀 왔다. 글자를 하나하나 짚어 가는 내 검지가 덜덜덜덜 떨렸다.

차설 마지막 날이라. 이비 이제 투색을 끝내려 하니 김아영 마리아 분연(憤然)하여 가로되, 내 비록 연세(年勢) 적으나 그 말씀 승명(承命)하기 어려우니 어찌 처가 본디부터 첩보다 선하며 어찌 남자 본디부터 여자보다 옳으리오. 가중폐단(家中弊端) 또한 악한 여자로부터 비롯한단 말씀 거두소서. 이황이 분기격발(憤氣激發)하여 수죄(數罪, 죄를 낱낱이 들어 밝힘)하여 가로되 종사(從死)는 못할지언정 외간 사내와 통정하여 수태한 후 야반 도주함이 가한가. 김아영 마리아 답하여 말하되 죽을 뜻 없는 열부에게 스스로 목숨 끊기를 강권하는 것은 무성무취(無聲無臭)한 천도(天道)가 아니오. 지아비 병측(病側)에서 간병 극진히 하고 깊이 슬픔에 잠겼다가 상제 뜻하신 바 있어 새로운 만남과 일을 주셨으니 이를 따르는 것이 어찌 중죄리오. 우악(愚惡)한 무리들이 목숨을 앗으려 할새 부득불 조선을 떠났을 따름이

328

라 그 역시 탓할 일이 아니로소이다. 여영 분완(忿惋) 엄문(嚴問)하되 미망인 되어 강상(江商)과 어울리고 남녀 구별이 엄연한데 남종들과 내왕하기를 자주 하였으니 어찌 혐의 없다 할꼬. 김아영 마리아 답 왈 가세(家勢) 흥기(興起)하려 낮밤 없이 근로(勤勞)하였으니 규방에 들어앉아 몰락하게 두는 것이 옳은가 나아가 농상(農商)에 임함이 옳은가? 아황 잠소(潛笑) 왈 성인의 가르치심 적확하거늘 야소를 받들어 바른 도를 폐한 죄가 적실한데도 이제 번거로이 발명(發明)하는가, 속히 물러가라. 김아영 마리아 답하여 이르되 천도는 편만하니 유독 공맹만 옳고 석씨, 노장, 야소 그르다 할 수 없네. 야소 가르침은 하늘에 어긋나지 않으니, 마서(摩西, 모세)가 서내산(西乃山, 시내산)에서 받은 열 가지 계명은 귀하고 귀한 가르침이라. 지아비와 사별 후 재가하는 일이야 공맹의 도리나 야소의 명 그 어디에 어긋나리오? 이제 공맹에 기대 여자들을 자처지경(自處之境, 자살하는 지경)에 내몰고 받드는 일은 없어야 할 것이니, 황릉묘를 폐하고 투색하며 귀살스럽게 위(位)를 다투던 여인들을 흩어 버림이 옳도다. 김아영 마리아 이에 아황 여영과 맞서 싸워 신통 변화(神通變化) 북학 묘기(北學妙技)로 제압한 후 황릉묘를 파쇄(破碎)하니 이후 다시는 투색하는 이가 없더라. 종(終).

329

여름 가을 겨울과 봄을 이곳 구서재(九書齋)에서 『별투색전』과 함께 지냈다. 2만 권이 넘는 서책을 읽은 이덕무는 이미 북망(北邙)에 올랐지만 시시로 배우고 익히는 삶에 관한 자상한 가르침은 잊지 못한다. 『논어』 병풍과 『한서』 이불이면 비단 장막과 비취 이불도 당할 수 있다 하지 않았는가.

허락도 받지 않고 이덕무가 열아홉 시절 머물던 집의 이름을 빌려 당호(堂號)로 삼았다. 어둑새벽에 눈을 뜰 때마다 책과 지내는 아홉 가지 비법을 들려주던 목소리가 맑다.

'독서(讀書)! 간서(看書)! 장서(藏書)! 초서(抄書)! 교서(校書)! 평서(評書)! 저서(著書)! 차서(借書)! 폭서(曝書)!'

『별투색전』에 등장하는 여인들은 모두 그 행실을 담은 소설이 세상에 널리 퍼져 있다. 그 여인들을 포함하여 순임금의 두 비 아황과 여영보다도 김아영이 더 뛰어나다는 사실을 밝히기 위해, 나는 소설 한 편을 남겨야만 한다.

이제 유성처럼 떨어지는 마칠 종(終) 자의 마지막 두 점을 찍고 붓을 놓은 후, 계목향과 김아영이 우정으로 함께 지은 『별투색전』과 『열녀비록(烈女秘錄)』을 함께 쥐 영감 세책방으로 보낼 것이다. 세상은 과연 두 여인의 총명함과 올바름을 어떻게 받아들일까. 『별투색전』에 비난이 쏟아진다면 그것은 모두 내 잘못이다. 책임을 회피할 생각은 없지만, 기왕이면 세상이 적성 풍광을 유난히 아끼고 사랑했던 여인들의 놀라운 성취와 깊은 고뇌를 읽어 주었으면 한다. 더불어 삼상(參商, 삼성과 상성. 두 별은 동서로 멀리 떨어져 있어 이별하여 오래 만나지 않는 일을 비유함)의 슬픔 역시 두 소설과 함께 사라지기를! 빛나는『별투색전』뒤로 드리운 지독한 그림자를 품는 것은『열녀비록』과 나의 몫이다. 그것만으로도 충분히 행복하다.

(끝)

## 참고 문헌

『열녀문의 비밀』은 여러 국학자들의 탁월한 연구 성과에 힘입어 창작되었다. 먼저 한국고전여성문학회의 열정적인 연구가 없었다면 이 작은 이야기는 탄생하지 못했을 것이다. 초고를 쓰는 내내『한국 고전 여성문학 연구』를 옆에 두고 읽으며 여성의 지난한 삶과 페미니즘에 관한 묵상을 이어 갔다. 이혜순, 지연숙, 송성욱, 구본기 선생님의 저서와 논문을 읽으면서 많은 것을 배웠다. 이혜순 선생님이 편역하신『한국의 열녀전』과 고전 여성 작가들에 대한 저서들은 18세기 여성들의 희로애락을 소설로 녹이는 데 넉넉한 울타리가 되었다. 지연숙 선생님의 박사 논문「『여와전』 연작의 소설 비평 연구」에 기대어 전성기로 접어든 고전 소설의 풍광을 세밀하게 담을 수 있었다.『열녀문의 비밀』에 등장하는『여와전』과『투색지연의』에 대한 품평과

고증은 전적으로 선생님의 견해에 따랐음을 밝혀 둔다. 송성욱 선생님은 『여와전』을 처음 소개해 주셨을 뿐만 아니라 조선 후기 소설사에 대한 폭넓은 연구 성과를 일목요연하게 가르쳐 주셨다. 지금은 고인이 되신 구본기 선생님은 고전 소설을 문화 콘텐츠로 개발하여 고전과 현대의 아름다운 만남을 솔선하여 보여 주셨다. 내가 연구자와 소설가 사이에서 방황하던 10여 년 전 "네가 할 일이 앞으로 참 많다."고 하신 격려를 평생 가슴에 새기겠다. 삼가 고인의 명복을 빈다. 소설에 직접 인용하거나 간접으로 녹인 중요한 참고 문헌을 아래 제시한다. 단, 전작 『방각본 살인 사건』에 이미 제시한 참고 문헌은 다시 보이지 않았다.


## 자료편

『**정조실록**』, 세종대왕기념사업회 편, 1991.

**박지원**, 『연암집』, 민족문화추진회 영인 표점, 한국문집총간 252, 2000.

**박지원**, 『국역 열하일기』, 리상호 역, 보리, 2004.

**이덕무**, 『국역 청장관전서』, 민족문화추진회 역, 1981.

**권문해**, 『대동운부군옥』, 남명학연구소 경상한문학연구회 역, 소명출판, 2003.

빙허각 이 씨,『규합총서』, 이민수 역, 기린원, 1988.

서호수 · 성주덕 · 김영 편저,『국조역상고』, 이은희 · 문중양 역, 소명출
판, 2004.

왕여,『신주무원록』, 김호 역, 사계절, 2003.

원굉도,『역주 원중랑집』, 심경호 외 역, 소명출판, 2004.

이혜순 · 김경미 편역,『한국의 열녀전』, 월인, 2002.

장승욱,『재미나는 우리말 도사리』, 하늘연못, 2004.

허준,『동의보감』, 동의과학연구소 역, 휴머니스트, 2002.

현풍 곽 씨,『현풍 곽 씨 언간 주해』, 백두현 주해, 태학사, 2003.

이강철 외,『역대 인물 초상화 대사전』, 현암사, 2003.


이외 고전 소설『빙빙전』,『사씨남정기』,『소문록』,『소현성록』,『여와
전』,『완월회맹연』,『유씨삼대록』,『유효공선행록』,『투색지연의』,『황릉
몽환기』등.

## 연구편

강명관,「이덕무와 공안파」,《민족문학사연구》21집, 민족문학사학회,
2002.

강명관,『조선의 뒷골목 풍경』, 푸른역사, 2003.

강혜선, 「조선 후기 여성 묘주 묘지명의 문학성에 대한 연구」, 《한국한문학연구》 30집, 한국한문학회, 2002.

구본기, 「고전 소설에 나타난 선비의 진퇴 의식」, 《고전문학연구》 11집, 1996.

김일근, 『언간의 연구』, 건국대학교 출판부, 1986.

김호, 「『신주무원록』과 조선 전기의 검시」, 《법사학연구》 27집, 한국법사학회, 2003.

김호, 『조선 과학 인물 열전』, 휴머니스트, 2003.

민승기, 『조선의 무기와 갑옷』, 가람기획, 2005.

송성욱, 『조선시대 대하 소설의 서사 문법과 창작 의식』, 태학사, 2003.

송성욱, 『한국 대하 소설의 미학』, 월인, 2002.

신명호, 『조선 왕실의 의례와 생활 — 궁중 문화』, 돌베개, 2002.

심경호, 「낙선재본 소설의 선행본에 관한 일고찰 — 온양 정 씨 필사본 『옥원재합기연』과 낙선재본 『옥원중회연』의 관계를 중심으로」, 《정신문화연구》 38집, 한국정신문화연구원, 1990.

안대회, 「18, 19세기 주거 문화와 상상의 정원」, 《진단학보》 97집, 진단학회, 2004.

오주석, 『단원 김홍도』, 열화당, 2004.

윤민구, 『한국 천주교회의 기원』, 국학자료원, 2003.

이상택, 「조선조 대하 소설의 작자층에 대한 연구」, 《고전문학연구》 3집, 한국고전문학회, 1986.

이성배, 『유교와 그리스도교』, 분도출판사, 1979.

이지하, 「『옥원재합기연』 연작 연구」, 서울대학교 박사학위 논문, 2001.

장시광, 「대하 소설의 여성 반동인물 연구」, 서울대학교 박사학위 논문, 2004.

장효현, 『한국 고전소설사 연구』, 고려대학교 출판부, 2002.

전여강, 『공자의 이름으로 죽은 여인들』, 이재정 역, 예문서원, 1999.

정민, 『미쳐야 미친다』, 푸른역사, 2004.

정민, 『한시 속의 새 그림 속의 새』, 효형출판, 2003.

정병설, 「조선 후기 장편 소설사의 전개」, 『한국 고전 소설과 서사 문학』, 집문당, 1998.

정창권, 『향랑, 산유화로 지다』, 풀빛, 2004.

지연숙, 「『여와전』 연작의 소설 비평 연구」, 고려대학교 박사학위 논문, 2001.

지연숙, 『장편 소설과 『여와전』』, 보고사, 2003.

최숙인, 「여행자 문학의 관점에서 본 이덕무의 「입연기」 연구」, 《비교문학》 35집, 한국비교문학회, 2005.

최완수, 『겸재의 한양진경』, 동아일보사, 2004.

한국고전여성문학회 편, 『조선 시대의 열녀 담론』, 월인, 2002.

한국고전여성문학회, 『한국 고전 여성문학 연구』 1집~4집, 2000~2002.

한국기독교연구소, 『한국 기독교의 역사』, 기독문화사, 1989.

한정희, 『한국과 중국의 회화』, 학고재, 1999.

허경진,『사대부 소대헌 · 호연재 부부의 한평생』, 푸른역사, 2003.

허균,『한국의 정원』, 다른세상, 2002.

홍인숙,「이덕무 척독 연구」,《한국 한문학 연구》33집, 한국한문학회,
  2004.

탈고 후 제주 바다를 품고 왔다. 다도해에서 어린 시절을 보낸 내겐 섬 하나 없는 수평선이 언제나 낯설고 통쾌하다. 3년 전 맥주 캔 홀짝거리며 넘실넘실 등장인물을 건져 올릴 때부터 유난히 느낌이 좋았다. 이야기를 만드는 동안 내 상상력이 진화한다는 느낌을 받기는 처음이다.

'소설로 쓰는 고전 소설사' 세 번째 성과물을 담았다. 필사본 소설, 방각본 소설에 이어 이번에는 『여와전』연작을 중심으로 한 메타픽션적 소설에 천착하였다. 다른 소설의 여주인공들을 모아 새로운 소설을 집필하는 방식은 현대 문학에서도 그 예를 찾아보기 힘든 독특한 창작 방법이다. 18세기 중엽부터 더욱 흥성한 고전 소설의 면면을 맛보시기 바란다.

페미니즘에 대한 관심은 『열녀문의 비밀』의 또 다른 축이다. 『나, 황진이』에 이어, 여성으로 살아가는 것의 의미를 '열(烈)'이라는 관념을 통해 들여다보았다. 여주인공 김아영은 1801년 신유박해 때 순교한 성녀들로부터 착상을 얻었다. 유교와 천주교의 충돌을 온몸으로 체험한 여인의 내면 풍경을 촘촘히 그려 보고 싶었다.

'혁신'은 백탑파 시리즈의 핵심 주제다. 『열녀문의 비밀』에서는 이야기 무대를 한양에서 경기도 적성으로 옮겨 특히 지방 혁신의 문제를 다루었다. 적성 현감 이덕무와 향청·질청 사이의 대결은 지금까지도 겉모습만 바뀌며 이어지고 있다. 행정 수도 이전을 둘러싼 우스꽝스러운 행태들을 여럿 접하면서 지방 혁신과 균형 발전이 얼마나 어려운가를 새삼 절감하는 요즈음이다.


10년 동안 네 도시를 떠돌며 열한 편의 전작 소설을 썼다. 얻은 것은 소설이요 잃은 것은 전부다. 청춘도 친구도 희망도 기억도 곁에 없다. 어쩌다가, 아, 어떡하다가 여기까지 왔을까.

혼자 걷고 혼자 밥 먹고 혼자 그림자 밟으며 이 소설을 썼다. 현명한 이들은 이렇게 살지 않겠지만, 나는 아직도 올바름으로 돌아오지 않는 일들을 부여잡고 곱씹는다. 편

가른다. 윽박지르며 뜯어고치려 든다. 김춘수 선생의 「밤의 시」를 읽는다. "집과 나무와 산과 바다와 나는/ 왜 이렇게도 약하고 가난한가." 모를 일이다. 구름도 산도 갓 피어난 가을 국화도 자기 식대로 외롭겠지만, 그 고독을 응시하는 밤과 낮은 특별하다.

"전부를 내주고 당신이 취한 건 과연 무엇인가요?" 이름도 얼굴도 모르는 독자들이 내 소설을 읽고 각자의 인생을 찬찬히 되돌아보았으면 좋겠다는 첫 마음은 얼마나 큰 욕심이었던가. 대가를 지불하지 않는 기적이란 역시 없다.

백탑파 시리즈를 격년으로 펴내겠다는 독자들과의 약속을 지켜 다행이다. 지리학자 이현군 선생의 도움으로 적성을 꼼꼼히 답사할 수 있었다. 감사드린다.

2005년 6월
김탁환

1990년부터 5년 남짓 열녀문들을 꽤 많이 읽고 정리했다. 고서에서 찾아 옮겨 적어 보기도 하고, 학술 답사를 가서 붉은 정려문 앞에 서 보기도 했다. 노인정에 들러 옛이야기를 청하면, 우리 집안에 충신과 열녀가 몇 명인 줄 아느냐고 묻는 할아버지가 꼭 있었다. 열녀는 그만큼 가문을 빛내는 중요한 존재였다.

조선 시대 여자들은 어떻게 살았을까. 이것이 『열녀문의 비밀』을 쓰면서 줄곧 품은 질문이었다. 혁신을 갈망하는 백탑파에도 여자가 낄 자리는 없었다. 황진이가 화담 서경덕의 문하에서 배우고 익혔다는 이야기는 오래전 특이한 일화로만 내려왔다.

그러나 또한 우리는 18세기와 19세기 불어닥친 새로운 문물과 사상을 받아들인 여성들을 알고 있다. 목숨을 걸고 순교한 이도 여럿이며, 신념을 지키기 위해 기득권을 내려놓은 이도 여럿이다. 그미들은 어디서 났고 누구에게 배웠으며 어떻게 상처 받았고 언제 깨달았으며 왜 이것은 하고 저것은 하지 않았을까.

10년 만에 다시 『열녀문의 비밀』 개정판 원고를 읽었다. 이 소설은 김진과 이명방을 비롯한 뭇 남성들이 김아영이란 여자를 이해하기 위해 발버둥 치는 과정을 담았다. 안타까운 사실은 2015년 지금이 10년 전보다 전혀 나아진 점이 없다는 것이고, 어쩌면 『열녀문의 비밀』의 시간적 배경인 1784년과 비교할 부분까지 있다는 것이다. 부자와 빈자, 정규직과 비정규직의 차별뿐만 아니라, 남자와 여자의 차별 역시 법 앞에 평등을 강조하는 이 나라에서 사라지지 않고 있다.

역사소설에서 여성을 다루는 방식은 탁월한 재능을 바탕으로 한 영웅담이 대부분이다. 허난설헌이든 신사임당이든 명성황후든, 이야기의 초점은 여성 주인공 개인의 우월함으로 몰린다. 『열녀문의 비밀』에서 김아영 역시 비범한 인물이지만, 그미는 또한 공동체를 만들고 그 일원으로 최선을 다한다. 남자보다 뛰어난 여자가 아니라, 남자와 여자가 평등하게 책임을 다하는 공동체를, 나는 김아영을 통해 겪었다.

개정판이 나오면 모처럼 경기도 적성을 둘러봐야겠다. 이덕무가 현감으로 부임했던 이 고을은 한국전쟁 때 포격을 당해 마을 전체가 부서졌다. 칠중성 언덕에 앉아서 사라지고 없는 마을을 상상으로 짓던 손과 눈과 가슴은 어디로 가 버렸을까. 내려가 거닐면 여리지만 힘찬 새싹을 만나게 될까.

2015년 2월
김탁환

## ●'소설 조선왕조실록'을 펴내며

인생의 향기가 유난히 강한 곳엔 잊지 못할 이야기가 꽃처럼 놓여 있다. 이야기들은 시간의 덧없는 풍화를 견디면서, 생사의 경계와 세대의 격차 혹은 거리의 원근을 따지지 않고 영원을 향해 자신을 밀어붙인다. 역사가 그 움직임의 거대한 구조에 주목한다면, 소설은 그 움직임의 구체적 세부를 체감하려 든다.

인류는 현재의 화두로 과거를 끊임없이 재구축해 왔다. 미래는 아직 오지 않은 과거이기에, 과거를 고찰하는 것은 곧 현재를 뛰어넘어 미래로 도약하는 방편이다. 선조의 삶을 핍진하게 담은 어제의 신화, 전설, 민담 역시 오늘의 소설로 재귀해야 한다. 60여 권이 훌쩍 넘을 '소설 조선왕조실록'에서 다룰 대상은 500여 년을 이어 온 나라 조선이다. 조선은 빛바랜 왕조에 머무르지 않는다. 국가의 운명을 둘러싼 정치 경제적 문제에서 일상에 스며든 생활 문화적 취향에 이르기까지, 21세기 한국인의 삶에 계속해서 육박하는 질문의 기원이 그 속에 자리 잡고 있다.

일찍이 한국 근대문학의 선구자인 이광수를 비롯하여 김동인, 박태원, 박종화 등 뛰어난 작가들은 조선에 주목하여 소설화에 힘썼다. 이 왕조의 중요 인물과 사건을 이야기로 담는 일이 개화와 독립 그리고 건국의 난제를 넓고도 깊게 고민하여 해결책을 찾는 길임을 예지했던 것이다. 그 당시 독자들은 이들을 읽으면서, 각자에게 닥친 불행의 근거를 발견했고 눈물을 쏟았고 의지를 다졌고 벅차올랐다. 등장인물들은 오래전 흙에 묻힌 차디찬 시신이 아니라 더운 피가 온몸으로 흐르는 젊은 그들이었다. 안타깝게도 이 걸작들은 세월과 함께 차츰 망각의 강으로 가라앉았다. 21세기 독자들과 만나기엔 문장 감각도 시대 인식도 접점을 찾기 어려웠다.

최근 들어 조선을 다루는 소설과 드라마 혹은 영화의 확산은 환영할 일이다. 하지만 붓끝을 지나치게 자유로이 놀려 말단의 재미만 추구하고 예술적 풍미를 잃은 작품이 적지 않은 것도 사실이다. 역사소설의 '현대성'은 사실의 엄정함을 주로 삼고 상상의 기발함을 종으로 삼되, 시대의 문제를 정면으로 응시하고 국학계의 최신 연구 성과를 두루 검토한 후 그에 어울리는 예술적 기법을 새롭게 선보이는 과정에서 획득된다.

'소설 조선왕조실록'은 새로운 세기에 걸맞도록 조선 500년 전체를 소설로 재구성하는 작업이다. '소설 조선왕조실록'을 평생 걸어갈 여정의 깃발로 정한 이유는, 세계기록문화유산으로 등재될 만큼 정밀하면서도 풍부하게 하루하루를 기록한 이들의 정신을 본받기 위함이다. '조선왕조실록'이 궁중 사건만을 다룬 기록이 아니라 정치, 경제, 사회, 문화모두를 포괄하는 기록이듯이, '소설 조선왕조실록' 역시 정사와 야사, 침묵과 웅변, 파괴와 생성의 세계를 넘나들며 인생과 국가를 탐험할 것이다. 아직 작가의 손이 미치지 못한 인물과 사건은 신작으로 발표하고 이미 관심을 두었던 부분은 기존 작품을 보완 수정하여 펴내, 거대한 퍼즐을 맞추듯 조선을 소설로 되살리겠다. 한 왕조의 흥망성쇠를 파노라마처럼 체험하는 것은 작가에게도 독자에게도 특별한 경험이리라.

세르반테스는 『돈키호테』에서 일찍이 강조했다. "역사는 진실의 어머니이며 시간의 그림자이자 행위의 축적이다. 그리고 과거의 증인, 현재의 본보기이자 반영, 미래에 대한 예고이다." 이제 조선에 새겨진 우리의 미래를 찾아 들어가려 한다. 서두르지 않고 황소걸음으로 한 문장 한 문장 최선을 다하겠다. 이 길고 오랜 여정에 독자 여러분의 강렬한 격려를 바란다.

김탁환

소설 조선왕조실록 06

# 열녀문의 비밀 2

1판 1쇄 펴냄 2005년  6월 15일
1판 6쇄 펴냄 2007년 10월 15일
2판 1쇄 펴냄 2007년 12월 24일
2판 5쇄 펴냄 2011년  2월  7일
3판 1쇄 찍음 2015년  2월 10일
3판 1쇄 펴냄 2015년  2월 25일

지은이  김탁환
발행인  박근섭·박상준
펴낸곳  (주)민음사

출판등록  1966. 5. 19. 제16-490호
주소       (135-887) 서울특별시 강남구 도산대로1길 62(신사동)
           강남출판문화센터 5층
대표전화  515-2000 | 팩시밀리  515-2007
홈페이지  www.minumsa.com

ISBN 978-89-374-4207-0  04810
ISBN 978-89-374-4201-8  04810(세트)